JN055489

犀星とその娘・朝子

「杏っ子」ものがたり

星野晃一

紅書房

室生犀星著『杏っ子』
初版（装画・山口蓬春　字刻・畦地梅太郎
装幀・著者　昭和32年10月20日発行　新潮社）

室生朝子著『赤とんぼ記』初版
（昭和37年1月20日発行　講談社）

はじめに

かつて、市民講座で室生犀星作品を取り上げていた折に、熱心な聴講者の方から、室生朝子さんに関する文章を書いてほしいという要望をいただいて、大切な忘れ物の存在を急に指摘された時のように、内心かなり動揺したことがあった。以後、その動揺は私の心に染み付いて消えるものではなかった。朝子さんと共に仕事をした経験をもつ者の一人として、書かねばならない、書きたいと思い続けてきた。

本書は、その思いの上に作り上げたものであるが、やはり犀星を外して朝子さんの業績のみに触れることはできない。そこで、朝子さんをモデルに描いた犀星作「杏つ子」を主に、「杏つ子」に重なる事柄を描いてそれとは異なる世界を作り上げた朝子さんの「赤とんぼ記」を従におきつつ、二人のその他の作品をも含めた作品世界を逍遥、遊泳してみることにした。

題名に記したように、本書は「ものがたり」であるから、いきおい、原文の魅力を味わってほしいという思いがあって、多くの引用文の助けを借りている。

★本書での符号、ルビなどに関する方針を略記しておく。

●「杏っ子」での各章の節題名は、例えば第一章「血統」の節題「蟹」を《蟹》と記したように、《　》を用いて示した。

●著書、単行本には、『杏っ子』、『赤とんぼ記』などと『　』を、作品を示す場合には「杏っ子」「赤とんぼ記」などと「　」を用いた。

●「杏つ子」「杏っ子」の「つ」の大小にみられるような混用は、原則として原本に即したものである。

●引用文は、初版本、また全集、雑誌等への収録作品や、新聞記事、日記文など（歴史的仮名遣いのものもある）に拠っているが、そこでのルビは、原本にかかわりなく、読みやすくするために適宜用いた。

「杏っ子」ものがたり——目次

四 「三十年」と、その前と後

「杏っ子」ものがたり

――犀星とその娘・朝子――

装幀・装画　木幡朋介

一 「杏つ子」、あの頃

粗々の骨格

昭和三十三年一月二十七日の『読売新聞』夕刊に、「第9回　読売文学賞に輝く七氏の作品」という見出しで、それぞれの受賞作品に関する短評が載っている。その最初に、「リアリズムに新鮮味」という見出しの青野季吉の「杏っ子」評がある。その全文を、かつて大教室で同氏の講義を聴いた学生時代を懐かしく思い起こしつつ、次に引く。

室生犀星の「杏っ子」は自伝的の長編で、幼少で言語に絶する非人間的な境遇におかれた時代から作家として立ち、戦争に出会って疎開地での困苦、娘と息子の成長、そのおのおのの風変りな結婚と破婚までが描かれている。娘の杏子(きょうこ)が題名となっているが、主人公はむしろ作家平四郎で、室生犀星の気質丸出しの生き方が私にはとくべつ興味が深かった。嫁と息子、その相手の若い男と女の生態も巧妙に浮彫にされていて、おのずから平四郎のあり方と対照され、時代の相違もはっきりしている。文学としてのあり方は古風なリアリズム文学といえるが、それがいっこう古風を感じさせず、むしろ新鮮な感じをもって強く迫ってくる。それに犀星流の密度の高い、末梢(まっしょう)まで張り切った自由自在な表現の力にもよるが、近年の文学に求められないものが犀星のリアリズムに見出されるからであろう。犀星文学の頂点的の作品である。

「杏っ子」は、昭和三十一年十一月十九日から同三十二年八月十八日まで、『東京新聞』夕刊に連載され、同三十二年十月、新潮社より刊行された。犀星晩年、六十七、八歳の時の作品である。

その昭和三十年という年は、時代のそして文学の上で大きな変わり目の時でもあった。

昭和三十一年度の「経済白書」に「もはや戦後ではない」という文言が記され、昭和三十一年二月、中野好夫が『文藝春秋』に「もはや『戦後』ではない」を発表した時代である。石原慎太郎が『文学界』に「太陽の季節」を載せたのが昭和三十年七月であった。大江健三郎が昭和三十二年八月『文学界』に「死者の奢り」を、翌年の一月、同誌に「飼育」を、また、開高健が昭和三十二年十二月、同じく『文学界』に「裸の王様」を発表している。周知のとおり、この三人がそれぞれ「太陽の季節」「裸の王様」「飼育」で芥川賞を受賞している。

先に挙げた短評には、そのような時代に犀星の「古風なリアリズム文学」が、むしろ「新鮮な感じ」を与え、「近代の文学に求められないもの」が、そこに見出されるとあった。このような受容は文学の生き生きとした姿を示していて、そこに注目すべき課題も見えてくるが、しかし、私は今ここで、作家論や作品論を真っ正面から試みようとしているのではない。今、私の心にあるのは、そのような歴史の中にあった「杏っ子」に注目して、私流の文学の魅力の発掘を試み、読みを楽しみたいという欲求にすぎない。

短評に指摘されている、「犀星文学の頂点的の作品」に見られる「室生犀星の気質丸出しの生き方」「時代の相違」、また「新鮮な感じをもって強く迫ってくる」犀星の「古風なリアリズム文学」等に関する具体的な姿についての私見は、後においおい記していくことになる。ここでは、まず「自伝的な長編」である「杏っ子」の骨格を粗々示しておきたい。

作品は、大きく分けて次に示すように三つの部分から成り立っている。

その1は、第一章「血統」、2は第二章「誕生」から第七章「氷原地帯」まで、3は第八章「苦い蜜」から最終の第十二章「唾(つば)」まで。大まかには、1が10％、2が40％、3が50％の割合で描かれている。

1には、私生子である平山平四郎の、謎に包まれた出生から養家での苛酷な環境の中で成長していく姿が描かれる。短評に記されている「幼少で言語に絶する非人間的な境遇におかれた時代」の物語である。時代は、平四郎の誕生する明治二十二年から、平四郎が裁判所の給仕として勤めに出るようになった少年時代まで。舞台は、金沢の生家とされる家と養家。主な登場人物は、平四郎の外に、平四郎の母、お春。父、弥左衛門。弥左衛門の息子、種夫。養母、青井のおかつ。義父、真乗。義姉、お孝。義兄、平一。

「杏つ子」は、杏子の愛称を題名にした作品であるが、この作品は、犀星自身、これが「最後の自叙伝」だと言って書いた作品であって、短評にもその指摘があるように、本来なら作品名を「平四郎」とすべき作品なのである。その自叙伝的な要素、それまでの自叙伝とは異なるそれを色濃く出しつつ描いたのが「第一章　血統」である。1で注目すべき平四郎の血統、そして本当の親のこと等の問題に関しては、「二　『あれ』を書く」で触れている。1には、「弄獅子(らぬさい)」に始まる犀星の自叙伝作品と重なる部分も多い。

2には、杏子の、誕生から始まって父、平四郎、母、りえ子の愛情の元で豊かに成長していく姿が中心となって描かれ、犀星の自叙伝的な要素を示しつつも、しだいに杏子が主役の色を濃くしていく。内容は、短評に「作家として立ち、戦争に出会って疎開地での困苦、娘と息子の成長」とある部分に当たる。平四郎はすでに小説家になっていて、田端の家に住んでいる。時間としては、大正十二年九月一日の関東大震災直前から終戦後間もなくの頃まで。大震災後、生まれたばかりの杏子を連れて平四郎一家は金沢へ転居、後、帰京して大森馬込に家を新築して住む。しかし、太平洋戦争勃発によって、軽井沢へ疎開。主な空間はその三箇所である。2には、「杏つ子」の「あとがき」に「本篇をよくほぐして見ればおよそ二百篇くらゐの短篇が群巒（ぐんらん）をつくり」とあるように、すでに発表されている多くの犀星作品の影が姿を変えて現れている。したがって、筆名で描かれる芥川龍之介、萩原朔太郎、堀辰雄、その他かつての犀星作品における主人公たちも数多く登場する。

　ここで注目すべきことの一つは、平四郎の作庭であり、それにかかわって登場する「雲のごとき男」物吉繁多（ものよししげた）の存在である。これに関しては、後に、項目を立

大正13年夏、軽井沢のつるや旅館の庭で。左・犀星、右・芥川龍之介。（アサヒグラフより複写）

てて記すことにする。

3には、青野氏の短評にあるように、杏子、平之介姉弟「おのおのの風変りな結婚と破婚」が対照的に描かれるのだが、その中心は杏子と、カメラマンであって作家志望の漆山亮吉(りょうきち)とのそれである。二人は軽井沢で結婚して後、本郷に住むことになるが、亮吉は、定職につこうとせずに売れもしない原稿を書き続け、酒に溺れ、杏子の健気な助力にもかかわらず、ついには経済的に生活が成り立たなくなる。それを見かねた平四郎の勧めによって、二人は大森の平四郎家の離れを借りて生活することになる。しかし、亮吉の生活に変化はない。ついには平四郎に対する劣等感、反感から、平四郎の丹精込めて作りつづけてきた庭を破壊する。これをきっかけとして、二人は間借りしていた平四郎家の離れから去ることになる。しばらくして、帰ってきた杏子は、別居したいと言い、それを聞いた平四郎は意気込んで賛成する。別居後、亮吉の元に通っていた杏子だが、ついに意を決して離婚に踏み切る。その様子を辛抱強く見つづけてきた平四郎は、わが家に帰ってきた杏子を暖かく迎え入れる。

この3の部分を、杏子の立場から描いたのが、昭和三十七年一月、講談社から出版された朝子氏の『赤とんぼ記』である。作品「赤とんぼ記」は、「杏つ子」の背景としてたいへん興味深い。後に、「杏つ子」の世界を逍遥する折に、この「赤とんぼ記」は多くの示唆を与えてくれることになる。そこで、後に「赤とんぼ記」の記述からの文言、表現をしばしば借用、援用することになるが、読みの紛らわしさを避けるために必要な、両作品に登場する人物名の対照をここに記しておきたい。

「杏っ子」での人物名

平山平四郎

りえ子（平四郎の妻）

杏子（平四郎の娘）

平之介（平四郎の息子）

漆山亮吉（杏子の夫）

官猛雄（平四郎を敬愛する男）

「赤とんぼ記」での人物名

父

母

阿梨子（娘）

邦彦（息子）

秋山知義（阿梨子の夫）

宮坂（父を敬愛する男）

印の音の快い響き

『室生犀星書目集成』（昭和61年11月、明治書院）には、『杏っ子』に関する書誌記録の「補記」として発行部数の記録が示されている。それによれば、初版一万部から、その記録の最後の、昭和三十三年九月二十日の二十八刷までを合わせると、七六〇〇〇部発行されている。その発行部数記録の後に、「特別本（革装・丸背・背金箔押）二部、十万部発行記念として新潮社より著者に贈られる」とある。さらに発行部数が伸びていただろうことは、容易に想像できる。

朝子氏は、『父室生犀星』（昭和46年9月、毎日新聞社）で、その当時の思い出を次のように記している。

「杏つ子」切りぬき　『東京新聞』夕刊（昭和31年11月19日〜32年8月18日連載）
とみ子夫人が不自由な手で作ったもの。（提供・室生犀星記念館）

『杏っ子』はよく売れた。毎週、土曜日の七時頃に、台所に速達で検印紙がどさりと放りこまれる。検印を千部押して百円、一万部の時は千百円、その割り合いで私はアルバイトとして父から支払ってもらっていた。その頃、アルバイトという言葉はまだいわれていない、検印紙に印を押すのは私の内職であった。

父は八時半に床につくが、夕食後ラジオを聞きながら私は印を押す。新聞紙を何枚も重ねて柔らかい台をつくり、茶肉ののびや油の工合を調べてから、押しはじめる。戦争前から検印だけは私の仕事であったから、正確に迅速に押せる。ポンポンポンときまった間隔をおいて打つ印の音の、快よい響きが部屋中に広がった。そして次の日の朝、送り返す。普通の物音に対しては、相当にうるさい父も、検印紙を打つ音にはすぐ傍で聞いていても、何も言わなかった。「景気のよい音じゃ」と、むしろ私の手の動かし方の早いのを、褒めてくれた。

この話は、ほとんどこの記述のとおり、やや紅潮した面持ちの朝子氏からうかがったことがある。うれしく楽しい貴重な時間の思い出であったのであろう。私の手元にある『杏つ子』は、朝子氏の手によって検印の押された「昭和三十二年十二月二十五日　七刷」の本である。

本の発行部数を確認するために著者が検印用紙に押す印であるその検印が、本の奥付に張ってあった頃が懐かしい。私の手元にある室生朝子著『赤とんぼ記』は、昭和三十七年一月二十日（第一刷発行）、講談社から発行されたものだが、この本には朝子氏の押した検印がある。今はほぼ廃止されている、我が国独特の慣例である検印が、この頃までは残っていたようである。つらい思い出を描いた同書の検印を、朝子氏はどのような思いで押したのであろうか。

『杏つ子』検印の話を伺ったときであろうか。「杏つ子」の切り抜きを見せていただいたことがあった。それは、犀星の妻、とみ子夫人が脳溢血の後遺症による不自由な手指によって、『東京新聞』夕刊から日々切り抜かれたかなり分厚いものであった。とみ子夫人の、そして犀星の喜びが大切にしまい込まれていたそれであったのだ。

『父室生犀星』に、朝子氏は次のように書いている。

東京新聞連載の『杏つ子』は、夕刊が来るのが待ち遠しく、母は時には涙をこぼしながら読み、私は読んだあと父の顔を盗み見しながら、笑った。そんな時、素知らぬ体で庭を眺めているが、私が感じていたその時のことを、父は、はっきりわかっているぞ、という顔つきであった。

三者それぞれの心の動きが巧みに描かれていて、心に残る文章である。「杏つ子」は、とみ子夫人の自叙伝でもあったのだ。そして、「杏つ子」という作品が犀星、および犀星一家にとっていかに大きな意味をもっていたかを示す文章でもある。犀星文学の華々しい晩年の活躍がここから始まったのであった。

映画「杏っ子」

ひどく異なる結末

映画「杏っ子」(東宝)は、新聞連載が終わって約九か月後、単行本刊行から約七か月後の昭和三十三年五月、封切りされている。この映画は、読売文学賞受賞作品、しかもベストセラーになった小説を映画化したものとしては、評判はもう一つというところであったようだ。

映画は、戦後二年の夏、ある高原の避暑地に疎開したまま、そこで作家の平山平四郎は妻りえ子と、娘の杏子、それに息子の平之介(映画では、平之助)の四人で生活しているところ、つまり、小説の第六章「人」の途中から始まる。そして、比較的原作に沿って物語は進むのだが、結末が原作とひどく異なっている。夫亮吉のひどい仕打ちに耐えられず度々実家に戻る杏子が、毎日酒浸りの夫の元に今日も帰る。その後の、映画最後の場面は次のような台詞で終わっている。

りえ子「別れた方がいいんでしょうがね」
平四郎「ぶっ倒れるまでくっつくものは、くっつけておくんだ。人生は、やってやり抜くとだよ、くたびれて帰って来たらその時はまたその時のことだよ」
りえ子「女は損ですね」
平四郎「男も損だよ。だが、女は生涯の損、男は一日の損。大きな違いだがね」

これが映画の結末である。杏子のその後は描かれず、平四郎は苦悩するわが子を忍耐強く見つめる人物として描かれている。

一方、小説は、先にも記したように、杏子は亮吉と別居し、ついには亮吉を見限って離婚し、父親平四郎の元に帰る、その我が娘を平四郎は喜んで迎え入れ、共に新しい生活を切り開こうとする。つまり、作品の訴えるところが全く異なっている。

『キネマ旬報』２０８号（昭和33年7月1日）に載った「日本映画批評」での、北川冬彦による「杏っ子」批評は、かなりの酷評であった。その矛先は監督、脚色を手掛けた成瀬巳喜男に向けられて、原作の魅力が全く描かれていない、と指摘している。その批評の「書き出し」と、映画の「最後」に触れた箇所を次に引く。

書き出し——室生犀星の原作で、犀星のねちねちしたいやらしさを描きながらそれでいてパッと詩的感性のひらめく文体を、成瀬巳喜男がどのように映画的に置き換えるかに興味をもって見たが、そんな興味は外されて、つまらなさばかりが目立った。
最後——ラストで、またしても杏子は夫のところへ帰ってゆくが、原作ではキレイさっぱりと別れている。結局、つまらない男のところへ帰ってゆくのは、愛情のない愛情に惹かれて帰ってゆくという結末は、自然主義の常套手段であるが、それならそれで、つまらない男だが、どこかに魅力のある文学青年としての実存を描かなければならない。
「書き出し」に書かれている「興味」は私も期待するところではあるが、監督の思いは別のところにあるのであるから、我々はその創意を受け入れざるを得ない。しかし、「最後」に示されている「どこかに魅力のある文学青年としての実存を描かなければならない」という主張は同感である。

不可解な事実

それはともかくとして、不可解な事実がある。『キネマ旬報』196号（昭和33年2月1日）に掲載されているシナリオが、特に結末の部分が小説に忠実で、映画と全く異なっているのである。因にその初めと終わりの部分を次に記す。

初めの場面

字幕――昭和二十二年
1　(F・I)　軽井沢の高原の道
　町、近く――秋
　自転車を並べて平山杏子と平之助の姉弟がゆく。ズボン、ジャンパー姿に、リュック
　サックを車体の後においた戦後風景の一つである。
　引越荷物をのせたリヤカーが姉弟と反対に通ってゆく。
杏子「冬がくる前に、東京に帰るのね……」
平之助「帰りたいかい！お姉さんも」
杏子「別に。あいたい人もないし……」
平之助「暫く形勢を眺めてってところだね……」
杏子「平ちゃんはもう学校へいく気ない？」
平之助「ないね……大学卒業の肩書きが物を云う御時勢でもなさそうだぜ」

最後の場面
190　茶の間
りえ子「(庭の方に向って)　お茶が入りましたよ」
　しまが入って来る。
しま「晩の買物にまいりますが……」
　入ってきた杏子、

杏子「これを（と、手紙を渡そうとする）」
平四郎「あとでお父さんと出よう、（そしてしまに）おしまさん……今日から杏子を奥さんなんて呼ばないでな」
しま「は？　では、どうお呼びいたしましたら……」
平四郎「そうだな……半分はお嬢で……半分は……」
杏子「（わらって）どうでもいいじゃありませんか」
りえ子「杏子！」
杏子「お母さま……またお世話になります……（と手をつく）」
りえ子「そうかい……そうきめたのかい……（と、眼をしばたたく）」（Ｏ・Ｌ）
１９１　平山家付近・道
輝く陽光をあびて、並んで行く父と娘。（Ｆ・Ｏ）

映画の初めは、ここに記した、『キネマ旬報』掲載のシナリオ（以下、「シナリオ」と表記する）の「初めの場面」の通りである。一方、映画の最後は、先に「映画の結末」として記した通りであって、ここに示した「シナリオ」の「最後の場面」（ここが、北川冬彦の言う、原作での「パッと詩的感情のひらめく文体」の中の一箇所であるが、原作でのそれに関しては後に触れている）と異なっている。

なぜ、いつ、そうなったのであろう。つまり、「シナリオ」から「映画の結末」へと、なぜ、いつ、変わったのであろうか。

昭和三十三年二月三日の『東京新聞』夕刊に載った「〝大事に蔵っておいた材料〟──『杏っ子』で文学賞を受けた室生犀星氏」に、次のようなことが書かれている。

はじめ成瀬監督は、杏っ子が離婚するところまではやりたくないといったのを、室生さんは「ああいうじめじめした生活をつづけて別れなければお客が承知しない」と主張してゆずらず、結局田中澄江さんのシナリオは二度書きなおして、三度目に成瀬監督と合作ということになった、という。

これを読むと、昭和三十三年二月三日頃には、「シナリオ」は生きていたということになる。犀星の随筆集『硝子の女』(昭和34年5月、新潮社)収録の「杏の三つある絵」(『スタイル』昭和33年4月刊の初出では「杏三つある絵」)に「作品の映画化が決定した十一月はじめ」とあるので、昭和三十二年十一月前後の頃から、「シナリオ」は作成されていたのであろうか。そして、その「シナリオ」が、「三度書きなおし」たものなのであろうか。

それが、昭和三十三年四月一日発行の『キネマ旬報』201号を見ると、そこに映画の「略筋」が紹介されているのだが、「シナリオ」とは違って、映画の最後の場面が「映画の結末」になっているのである。「略筋」の最後を次に記す。

その後も、杏子は亮吉のひどい仕打ちに、実家に戻ることも度々あったが、いつも二、三日してはまた亮吉のことを心配して帰っていった。しかし、亮吉は相変らずの酒びたりの毎日だった。平四郎は今日も、亮吉のもとに帰る杏子の後姿を、黙ってみつめるのだった。

昭和三十三年四月発行の『女性新聞』掲載の「映画ストーリー」にも、亮吉のところに戻って行く「その淋しそうな杏子を眺めて嘆く妻のりえ子に『……人生は、やってやり抜くことだよ、くたびれて帰って来たらその時はまたその時のことだよ……』と平四郎はいうのだった」とある。『キネマ旬報』201号、および『女性新聞』は、ともに映画封切りの前の記事のものであり、試写を観てか、あるいは何かの資料によったのであろうが、とにかく「シナリオ」から「映画の結末」への移行は、昭和三十三年二月一日の『キネマ旬報』発行の頃から、同年四月一日『キネマ旬報』発行までの、約二カ月の間のことらしい。北川冬彦の映画批評が「映画の結末」によっていることは言うまでもない。

結局、成瀬監督が主張を通したということであろうか。そして、原作者の主張が無視された犀星は、それをどのように受け取っていたのであろうか。

「原作者のかなしみ」

犀星の随筆集『刈藻』(昭和33年2月、清和書院)に収められている「原作者のかなしみ」(『群像』昭和33年2月)は興味深い随想である。これは、犀星の王朝物の短篇「舌を噛み切つた女」(『新潮』昭和31年1月)を、伊藤大輔が脚色、監督して作られた映画「地獄花」(大映京都、京マチ子、鶴田浩二主演)に関してのものであるが、映画「杏っ子」にも通じるものがあるようだ。「地獄花」は、昭和三十二年六月二十五日の封切りであって、「杏っ子」の封切りが昭和三十三年五月十三日であるから、約一年前、ということになる。
「原作者のかなしみ」は、次のように書き始められる。

> 　映画監督は「監督」といふ我々とは別途にある実は我々と同じい小説家なのである。我々の映画化の小説のうへを泥靴でふみこみ、監督自身にあるあらゆる私小説風な慧痴（「慧知」か）をそこに印映させ、そして一つの眼のまたたきにも、ゆだんない眼配りをするのだ。映画と文学作品とを食付けようとする失敗の大きさをくり返すより、作品の精神さへくみとつて貰へばあとは監督の仕事で沢山である。原作とちがふとか、はなれてゐるとかぼやくなら、初めから映画にすることを断ればよいのだ。
>
> 　映画が文学作品に従いて回つてゐたら、映画も小説なみのものに冗らなくなる。映画はすくなくとも文学作品の十倍の魅力をつくり上げねばならぬ。うまれ変つた文学作品の再来とでも言へば言へる。あんな冗らない小説も、人間で描くしごとの上では、こんなに面白くなるものかといふ呟きが、つい口のうへにのぼるやうになればしめたものである。

映画は、「人間で描」くところの「うまれ変つた文学作品の再来」であって、それを、原作者が「原作とちがふ」とか「はなれてゐる」とかいってぼやくようなものではない、という。ところが、映画「地獄花」の不評を知って後、犀星の心は揺れる。

　原作者は原作だけに責任をもつものでないところを、私はあたらしく感じたのである。これは私のつね日頃いふところの文学と映画とはべつべつのものであることを、些か裏切つたところがあつて、私を困らせた。

そして、原作者のかなしみを次のように記す。

子供は映画制作の前に立つて、見てゐるだけで一さい物をいふことはなかつた。子供にどれだけ知恵があつても人は子供であるために何も採用してくれないのである。

犀星は、映画「杏っ子」においては「見てゐるだけ」ではなく、「ああいうじめじめした生活をつづけて別れなければお客が承知しない」と主張してゆずらなかったということだが、結果として「何も採用してくれな」かった、ということになる。

そして、「原作者のかなしみ」の最後を、犀星は「私は伊藤大輔氏が会社からの希望のあるところでやり違へ、そして私は伊藤さんと相擁してもろともに嘆きたかつたのである」と結んでいる。

「地獄花」の不評には「会社からの希望」がかかわっていたようだが、「杏っ子」の場合はどうだったのであろう。犀星は成瀬さんと「相擁してもろともに嘆」いたのであろうか。あるいは、「うまれ変つた文学作品の再来」として満足していたのであろうか。

この「原作者のかなしみ」の、雑誌掲載の昭和三十三年二月という時が、先に記した「シナリオ」から「映画の結末」へという変化の時、つまり昭和三十三年二月から四月にかけての時の、まさに直前になるのも興味深い。

　因に、映画「杏っ子」に対する当時の評価を『キネマ旬報』２２５号（昭和34年2月1日）によって見てみると、昭和三十三年に封切られた映画、ベスト50の内、「杏っ子」は28位、合計８点。特筆されるのは、淀川長治が10点満点のうち、６点をつけている（岡俊雄が2点）ことであるが、ほぼ中位である。なお、１位は「楢山節考」の２９９点、２位が「隠し砦の三悪人」の２３４点、3位が「彼岸花」の２２７点であった。また、先に引いた北川冬彦の「日本映画批評」の後には、「興行価値」として「文芸大作だが、興行的魅力にやゝ乏しい。都会はまずまずというところ」とある。

　しかし、映画作品を鋭く批判した北川冬彦も、俳優たち、特に、平山平四郎役の山村聰、杏子役の香川京子、漆山亮吉役の木村功の演技は、優れているとしていた。私には、山村聰扮する平山平四郎の、現代では味わえなくなった、思慮深く、また頑固な父親像、「始めて奥さんの役をやるので夫婦間のことが良く理解できませんが、監督さんや山村さんに、いろいろ話を聞いてやっております」（昭和33年4月発行の週刊『女性新聞』に載せた「〝私は私なりの杏っ子で〟香川京子と一問一答」）と語る香川京子の清純な姿が目に焼き付いている。それだけではない。平四郎の妻りえ子役の夏川静江、官猛雄役の加東大介、鳩山夫人役の沢村貞子、吉田三郎役の千秋実、田山茂役の小林桂樹、小木原俊雄役の中村伸郎ら、脇役陣の演技もはっきりと目に浮かぶ。やはり昭和の役者である。その匂い、魅力から、私は離れることができない。

山村聰に父を見る

朝子氏は、『あやめ随筆』（昭和34年6月、五月書房）に収められている「『杏つ子』と私」で、犀星に「親父の映画を、それもしかも自分のことを、三度も観るのは、馬鹿のやることだ、止めてしまえ」と機嫌悪く言われたのに、ある必要があって、封切られた「杏っ子」を三度観たと書いている。その三度目に観たときは、前とは違って「不思議な失望だけの後味の非常に悪い気持で、ぼんやりとして帰って来た」という。それは結婚生活での楽しかったこと、うれしかったこと、過去の美しかった思い出だけが頭に残り、つらかったいやな思い出はほとんど忘れかけていたのに、それが全部舞い戻って来てしまったからであるという。

それだけではない。山村聰演じる父親平四郎に犀星を見てしまうからであった。そこのところを、朝子氏は次のように書いている。

山村聰さんの平四郎は、肉体的感じからもいわゆる父の感じが多分にあった。タイプから言えば、二人は全くの異質同士であるのに、山村聰さんの平四郎からにおって来るものは、私の目からは、父犀星と余りにもそっくりであった。

山村聰さんの平四郎は、話し方言葉の抑揚など全く父そのままであった。現在父にひっぱられながら生きている私は、映画の中にまでひっぱり回されてしまっていた。そのようなところが俳優の演技力の強さ、深さだと非常に印象深く思われたのだ。

後で父に、

〝君はあの映画をみて涙が出たかね〟

と聞かれた。

杏子のやりきれない暗いみじめさ、夫婦間の感情のもつれや行き違い、これらのものには私は涙は出なかった。むしろ〝ひとこと〟の平四郎の科白(せりふ)にこそ、私はほろりとさせられてしまったのだ。

朝子氏と、数人の朝子ファンの人達と映画「杏っ子」を観たのは、確か自由が丘の、二十人ほどが入れる部屋でだったと思う。昭和六十年代であっただろうか。朝子氏の知り合いで映画関係の仕事をしていた方が、その機会を作ってくださり、数人が誘われたのだったと記憶する。この時も、朝子氏は、山村聰に父を見て、思い出の中に浸っておられたのであろうか。観終わった後の朝子氏の表情にはかなりの硬さがあったように、思い起こされる。

なお、「杏つ子」はＮＨＫの「私の本棚」でも朗読され、好評だったという。先にも取り上げた昭和三十三年二月三日の『東京新聞』夕刊の記事「〝大事に蔵っておいた材料〟—『杏っ子』で文学賞を受けた室生犀星氏」の中に、「『樫村治子さんは、打ち合わせにもこられたが、あの放送は省略の仕方もうまく、細かいところに気が使ってあって、成功でした』と満足そう」、という犀星の言葉が記されている。また、テレビドラマも作られた。昭和三十二年三月一日から十二月七日まで70回、平日午後一時から一時二十分まで、朝子氏の「母そはの母」、「赤とんぼ記」などを参考にして作られた「杏つ子」で、松村達雄、宝生あやこらによって演じられている。

『美しい歴史』

室生犀星著『美しい歴史』を書棚から出し、机の上に置く。昭和五十五年六月、冬至書房新社から出された、加賀友禅夫婦函入り五十部限定の内、第弐番の本である。佐野繁太郎の口絵・挿絵も美しい。第壱番は当然室生朝子氏の元へ届けられている。その美本を手にし、見つめていると、様々な風景が甦る。

昭和五十二年の初夏であったと思う。当時、豊島区北大塚にあった教育出版センターの社長、柴崎芳夫氏から、雑誌『大法輪』に連載されたままの犀星作品を本にしたいので相談に乗ってほしい、朝子さんが社に来られるので会ってほしい、という電話をいただいた。突然、杏っ子に会うことになった私は、おそらく軽い興奮状態で同社を訪れたと思う。

出版社のやや暗い応接室のソファーに真っ白なドレスの裾を花びらのように広げてゆったりと座り、女王様のように輝いている朝子氏は、極めて快活でエネルギッシュで、美しく堂々としていらした。打ち合わせが終わり、大塚駅まで歩いた時、何を話したかは思い出せないが、大きな声でお話なさる朝子氏、それを伺いつつ従者のように付き従っていた私の姿は、他人のそれのように鮮やかに思い出される。山手線の車中は微風を受けて心地よかった。そこでも、朝子氏の声は他に憚ることなく大きかった。昭和五十二年といえば朝子氏は五十四歳。文筆家として盛んに活躍されていた頃で、実に生き生きとしておられた。四十代初めの私は、ただただ圧倒されていたようである。往時茫々。『美しい歴史』は、朝子氏、そして室生犀星と私の歴史の始まりであった。

朝子氏は私にしばしば私たちの初対面が「朝巳の亡くなる前だったかしら、後だったかしら」と言われたが、朝巳氏の亡くなられたのは昭和四十九年であり、おそらく、その三年後に初めてお会いしたのであった。それ以後、朝子氏からほとばしり出るエネルギーの刺激を受け、私は朝子氏の助力を得て犀星文学の中に没入したのである。

さて、「犀星文学の頂点的の作品」と青野季吉の記す「杏つ子」には、長年心に引っ掛かっていたものや、ささやかな発見もあり、私はいつかそれらを明らかにしたいという思いを抱いていた。また、杏子のモデル、朝子氏の業績を改めて世に示したいという望みも、もち続けていた。その二つの思いを併せて本書に綴ってみたい。また、父と娘の間に見られる希有な愛情の、また作品を通して見られるそれの姿を貴重なものとして見つめ、それをも描きたいと思う。

二「あれ」を書く

「血統」のこと

「杏つ子」の第一章「血統」、つまり作品「杏つ子」は、「小説家の平山平四郎は、自分の血統については、くはしい事は何一つ知つてゐない」と書き出される。その先へ読み進む前に、まず犀星の記す「血統」に関する二つの文章を取り上げたい。

その一つは、『室生犀星未刊行作品集』第一巻（昭和61年12月、三弥井書店）に収録されている自叙伝的長篇小説「すひかつら」（『婦人之友』大正12年1月から同年11月）からのものであるが、この作品は単行本にも、全集にも収録されていない。そこで、作中の文章を取り上げる前に、内容に少々触れておきたい。

「すひかつら」に描かれた時間は、犀星が田端百十三番地、沢田喜右衛門方に下宿していた大正五年晩秋の頃から、浅川とみ子と結婚するために金沢へ向かって出発する同七年二月八日までの約一年半。そこに、「孤独といふ病気」に苦しむ若者、春山（犀星がモデル）を主人公として、春山の従兄弟、大村貞造（実際には甥である小畠貞一がモデル）、御代田聯平（多田不二がモデル）、石田、貞子（大正6年4月23日、萩原朔太郎宛書簡に「兄に話すことで、一つたいへんなことがある。ある妻君のことで、僕が苦しんでゐることと、向うがよい心をもつてゐることと、その問題も話して見たい」とある人がモデルか）たちの姿が、そして、この間にあった事実、犀星の浅川とみ子との出会い、養父室生真乗の死、『愛の詩集』の刊行などが描かれている。

その「すひかつら」の「四」（『婦人之友』大正12年4月）は、貞造から春山に差し出された「若し君が結婚する気なら、何時でも此方へ出掛けて来たらいい」と書き出される手紙から始まる。

川島朝子（後に、犀星の妻となる浅川とみ子がモデル）との結婚を前にしたここに、春山の「血統」についての不安、恐れが記されているのである。

　母親が父の小間使であつたことや、その間にできたのは自分であることなど分つてゐたが、母の血統がどれほどまでに正しいものかといふことなど判ろう筋もなかつた。—春山の恐ろしくかんじることは、母がどういふ家がらのもので、どういふ暮しをしてゐたものか、そしてその母親の又母親の血統が正しかつたかどうかといふことが折々気になつた。父はたしかだつたが、母といふものをまるで知らなかつたかれは、その血統に遺伝とか悪い病気とかがなかつたか—さういふことを憂慮すると、自分の身体が昏(くら)やむやうな思ひがした。

　さらに、生死の分からない母親が生きていて、突然しゃりこうべのようになって訪ねてくることを想像したりして、「かういふ不健康な考へすら春山は忌はしい或る遺伝のゆるい発作でないかとさへ思はれた」と、その不安、恐れは、まず生死不明の、「なりの高い父親」の小間使いであった母親の「血統」に向けられる。

　続いて、春山の想念は、父方の人物との「血統」の問題へと移る。「春山にとっては、自分の血統をひいた青年としての貞造に、一等よく自分自身の血統的な変質の現はれを見ることに於て便宜だつた」とあって、具体的な叙述が続く。「貧血症な痩せたせいの余り高くない」ところ、「黙つて人の顔ばかり折々見戍(みまも)つてそして直ぐには自分の考へを言はないでゐる」ところが似ていると記し、さらに、「戯談(たわごと)を冗談として味へないところのあまりに生真面目過ぎるところ」、

「気短なくせに自分だけは気永に振舞つても一向関はない性質」、「他人のことなぞはどうでもいいといふ顔付でゐながら、いつの間にか他人のことにも憂慮するといふ変な性分」を記した上で、これらの貞造の性質が「自分にこもつてゐるかと思ふと不思議な気がした」と書く。

さらに、貞造に加えて、春山の実父（小畠弥左衛門がモデル）、春山の義兄である貞造の父（小畠生種がモデル）、この三人に見る「血統」の問題へと叙述は進む。貞造は、鳥刺の巧みさに生れつきの才能を持っている。実父は、つぐみの囮籠を用いて渡り鳥を捕ることを楽しみにし、またそれを得意にもしていた。春山の義兄は、鮎や石斑魚の川魚を好む。このように、「一家の人々」は「みな殺生に妙を得ている」が、これらのことは自分には「遺伝してゐなかつた」。しかし、と春山は考える。自分は小鳥を刺さず川漁もできなかったが、「小鳥や魚の生活に対しては子供のときから異常な興味をもつてゐたことだけは、よくかれらと似てゐた」と思う。そして、自分には「自分のためなら自分より弱いものの命をちぢめても関はないといふ放埓な性質があるらしかつた」と考え、「子供の時分に、つみもない昆虫をひねり潰したことを思ひ出して」、自分の中にある「諍へない血すぢの荒さ」を感じる。

「すひかつら」の「四」には、大正十二年頃の犀星の自身の「血統」に関する認識が、そして、それが自身の結婚を前にした時に描かれていたことを記憶しておきたい。また、「すひかつら」では、他の自伝的な作品と同様に、母を実父の「小間使」としている点にも注目しておきたい。

もう一つ。それは本格的な自叙伝「弄獅子」の「四十七　餓鬼」（『文藝春秋』昭和4年3月）にある。「四十七　餓鬼」は、亡くなった養母、赤井ハツの元に集まった、「血統」を異にする昔の餓鬼共、参一（犀星がモデル）、参一の兄の義一（真道がモデル）、兄嫁のお栄、姉のおてい、妹のおきぬたちが、過去現在の様々な思いを語り合う場面から始まるのだが、その先に「血統」に関する叙述がある。

一つの家族の血統は正しくする必要がある。主流による血統が満遍なく父や母やその子供に充ち、その子供は正純な血統によつて交り気のない本質を作らねばならぬ。シエフアードといふ犬は三代目の雑種になつても、その気の荒い狼に似た質は残つてゐるさうだが、最早主人以外の人間の与へた食物を食べるやうになる。主人以外の人間によつて与へられる食物を絶対に食はない此の犬族の本質は、劣性を帯びて卑しくなり、路傍の食物を拾ふやうになる、最早シエフアードの特長を持たなくなる、――耳の立つた狼の鋭い形相を持つた彼は、もはやその鋭さを失うて耳を垂れながら歩くやうに堕落する。さういふ末路は自分には一挿話として見捨てる訳に行かない。

我々兄弟姉妹は、赤井ハツの元で「他人の腹を借り合うた他の血統の集まり」の中で成長した、そのようなところに真っ当な成長はない、という表現の中に記された、家族における正しい血統の大切さを主張したものである。

この先に、赤井ハツの言葉として「血統」に関する犀星の思いが記されている。その部分からかい摘まんで、三箇所を引いてみる。「唯、お前方は血統だけを信じるとよい。（略）お前方はよい子供を生み、わたしに懲りてわたしのやうな惨酷なおもちゃを手にせぬやうになさるとよい。（略）血統だけはお前方の生涯の中で学び得たところの、唯のひとつの物だとお思ひになりませんか、それの正純さは平和であることや地獄の感じを持たないことにお気がつくでせう」。
ここには、ひたすら「血統の大切さ」が記されている。「四十七　餓鬼」を『文藝春秋』に発表したのは昭和四年三月であった。後で触れるが、昭和三年四月二十八日、赤井ハツが亡くなるが、これをきっかけとしてか、昭和三年六月『文藝春秋』への「紙碑」連載に見るように、犀星は自叙伝を書き始めている。つまり、自叙伝を書く時に、「杏つ子」がそうであったように、犀星は、まず「血統」から書き始めたのであろう。

謎めいた日記文

二つの謎

犀星、そして犀星文学には謎が多い。それを楽しむかのように秘密を好み、謎を残した作家である。昭和二十四年十一月一日の犀星日記も謎めいた内容を含みもっている。これに気を留めたのは随分昔のことであった。日記にはこうある。

あれを書くことは自分の生涯の終(つい)の作品にならう、或いは書かずじまひになるかも知れぬ、なるべくなら、書かずにそつとして置きたい。書いて見ても、何の事だか、他人には分らないし自分にも冗(くだ)らない事だからだ、それでも、書く書かないといふことを問題にするほどだから、自分にはやはり生涯の終りをとどめる小説にならうし、気になるのである。／朝子夫妻来る。けふが結婚一周年に当る。

「自分の生涯の終の作品」「生涯の終りをとどめる小説」とは何だろう。後日、それを書いたのか、書かなかったのか。また、「書かずにそつとして置きたい」「書いて見ても、何の事だか、他人には分からないし自分にも冗らない」ことだという「あれ」とは何だろう。いくつかある女性問題の内の一つとか、伊藤人誉氏が『馬込の家　室生犀星断章』(平成17年5月、龜鳴屋)で書いている隠し子問題でもなかろう。とすると、犀星の出生にかかわることである可能性が高い、という推測が当然なされるであろう。

この日記文に秘められたこれら二つの謎の答えは、「杏つ子」の第一章「血統」の中にあるのではないか、と私は推測するのである。

「あれ」とは何だろう

順序は逆になるが、まず「あれ」。「書かずにそつとして置きたい」、書いたとしても「何の事だか、他人には分からないし自分にも冗らない」ことだという「あれ」とは何だろう。

繰り返しになるが、再度「杏つ子」の書き出しを引く。「杏つ子」は、「小説家の平山平四郎は、自分の血統については、くはしい事は何一つ知つてゐない」と書き始められていた。そして、「たとへば」と断った上でだが、「父とか母とかを一応信じてみても」、本当に実父、実母であるかどうかは分からない、子供の誕生が「わかい」父の不始末によるということもある、「父親のわかい日の匿し事のなかで、或る時に関係した女がゐても、それは父親の死んだ後でも判らない」、恐ろしいことだ、と書いている。「たとへば」とした上でだが、「杏つ子」では、「すひかつら」と違って、実母のみならず、実父もわからない、ということになっている。平四郎は、生まれるとすぐ、「青井のおかつ」のところへもらわれていくのであるから、実母、実父を確かめようがない。

続けて、「小説家平山平四郎といふ人間の素性も、その血統にいたつては、一生つながれてゐる犬にくらべて、犬の方がよほど正しい」と血統の不明を再度記した後で、「一人の人間の素性をあらひ立てて見ることは」、この作品「杏つ子」においては、避けて通ることのできない重要な問題で、「平四郎はどうして生れたかといふことは」、「一人の人間の生きることが、必要であつたかなかつたかを意味するもの」なのだ、と書く。

そして、第一章「血統」には、「血統」不明の平四郎の「素性」が「あらひ立てて見」られるのだが、そうすることの必要性を「人間は或る地位に達すると、たとへば家庭の父親であつても、大臣とか高官とか、えらい音楽家になつても、時々、彼自身の地位とか名誉とか信頼とかを、或る日には美事に叩き潰して出直す必要が或る、得体のわからない仲間のなかに、自分を見さだめることで、さらに人間といふものを建て直して見たいのである」と、作者自身の問題として具体的に書いている。「杏つ子」執筆中の現在が、その時だというのであろう。

ここに取り上げた「杏つ子」冒頭の三つの段落、「血統」に関して記したそこには、前に引いた「すひかつら」「弄獅子(らぬさい)」とはかなり異なった、激越した調子が感じられる。そこに、親となり作家として世に認められた犀星の、「杏つ子」創作の基盤を示そうとしたのであり、その具体的表現世界が第一章「血統」ということになる。そこで、「杏つ子」は杏子の誕生からではなく、平四郎のそれから始まった、ということであろう。

第一章「血統」には、時間としては、平四郎の誕生から裁判所の給仕として勤めていた十代の半ば頃までが描かれるのだが、ここでは、血筋にかかわることで、気になる箇所に注目してみたい。

まず、次に引く、後に平四郎の義母となる「青井のおかつ」と、生母とされる「お春」との会話の部分である。


「名前をつけておありですか。」

「平四郎とつけてございます。」

「平四郎ちゃんか。わたしやお武家様だからもつと立派なお名前かと思つた。」


「平四郎」という名前は、「家禄二百石の足軽組頭」小畠弥左衛門の子供としては、似つかわしくない、と「おかつ」が言う。「おかつ」の台詞は、「お武家様」の子供ではないかも知れない、という暗示なのか。

周知のとおり、犀星は戸籍上、赤井ハツの「私生子」であり、「照道」という名は、後に養父となる雨宝院住職室生真乗によって付けられたのであろう。それが、作品では先記のようになっている。あえて、「平四郎」という名を一つの課題として提示しているのであろう。

犀星をモデルとした作品に当たってみると、例えば「弄獅子」では「参一」（義兄の真道は「真一」か「義一」）、「作家の手記」でも「健」（義兄の真道は「真一」）などとあって、「平四郎」

は少々異質である。

誰がその名前をつけたのかは分からないが、ともかく「お春」は「平四郎」と答えた。「四郎」であれば、一般的には四番目の男の子、と思われる名前である。

そう思って読んでゆくと、引っ掛かる一文に出会う。「その年の暮に、弥左衛門は死去した。／長男のわかい種夫と、その妻に、三人の男の子があつて乗りこんで来た」というのがそれである。「弥左衛門」と「お春」との関係を知った「わかい種夫」は長い間家に帰って来なかったのだが、父親の死を知って戻ってきた、というのである。「種夫」は、「弥左衛門」（実名が用いられている）の長男「生種（なりたね）」がモデルである。

事実を次に記して、なぜ引っ掛かるのかを説明したい。

生種の父、小畠弥左衛門吉種が死去したのは明治三十一年三月十五日であった（「杏つ子」では、吉種の死は平四郎が六歳の時、となっているが、実際には九歳の時である）。その直後のことが、「杏つ子」に先記のように記されているのだが、弥左衛門が死去するまでに、生種には三人の子供がいたのは確かである。その三人は、悌一（明治21年3月生まれ）、菊見（明治23年3月）、みのる（明治28年4月）の一男、二女であって、「三人の男の子」ではない。犀星は、「杏つ子」で、なぜ「三人の男の子」としたのだろうか。誤るはずがない。その「三人の男の子」の次であれば、「平四郎」は不自然ではない。実年齢では、悌一は犀星の一歳年上、他の二人は年下だが、ここで年齢を問う必要はない。平四郎の母が家を出て行ったのは「三十六、七」の時であり、平四郎はその時六歳ということになっているのであるから。

それに、先にも触れている語ではあるが、「わかい」という語の使われ方が気になるのである。

第一章「血統」の最初の《蟹》の中で、「わかい」は次のように用いられていた。「たとへば」と断った上でだが、「わかい父が何時何処で、どういふ事情で何をしてゐたかは、判るものではない」、「父親のわかい日の匿し事のなかで、或る時に関係した女がゐても、それは父親の死んだ後でも判らない」。その「わかい」が、《卵のあかり》から《あれを見よ》まで六つの節題の後の《置時計の中》の中に、三人の子供をもつ「種夫」を形容する語として、「わかい種夫」、と用いられていることである。ここに「あらひ立てて見」られた一つの結果が示されているとすれば、実父は種夫かもしれない、ということになる。

森勲夫氏が『詩魔に憑かれて——犀星の甥・小畠貞一の生涯と作品』(平成22年10月、橋本確文堂)において、笠森勇氏と二人での調査の結果を踏まえ、生種を犀星の父とする説、また、山崎ちかを犀星の生母とする朝子氏の説(これに関しては後に触れる)を否定しておられる。今ここで、その調査の結果を否定、批判するのではない。生母、実父をだれと主張しようとしているのではない。犀星の叙述の跡を追っているに過ぎない。

さらにもう一つ気になるものを挙げてみたい。それは次に引く箇所である。

いつも、平四郎はこのおかつからいはれる言葉は、ふたとほりあつた。
「お前はおかんぽ(妾)の子だ、そしてわたしが拾つてやつたのだ。」
おかつの言葉どほりにいへば、平四郎は捨子であつて、いつも例のおへそに血がにじんでゐたといつてゐた。おかつが平四郎に悪態口を叩くのには、なにか外に手重い原因があるやうに思はれるが、実はそんなふかい原因はないのだ、何時もでたらめの悪口を叩くことで、その日の都合の悪いことのうさ晴らしにしてゐたもののやうである。（略）なんの材料もなく、泥鮒（どろぶな）が泥を吐ききれない苦しまぎれにいふ言葉は、全く嘘（うそ）ではない、不意に飛んでもないところに、吐き付けられてゐた。

「お前、お春をおぼえてゐるか。お春は女中であつたことを知つてゐるか。」

さらにお前は女中の子であるといふことを、おぼえてゐるかと言ふのだが、平四郎はここまで来ると、とどめを刺されてしまひ、どうにも返す言葉がない、毎朝、平四郎はけふこそは叱られないやうにしようと、腹でさう決めて起きるのだが、この女中の子といふ言葉が吐かれると、なにくそといふ気がし、そこらを蹴飛（けと）ばして表に遊びに出かけた。

ここには、養母、「青井のおかつ」の言う「ふたとほり」の台詞が記されている。一つは、平四郎は「おかんぽ（妾）の子」で「捨て子」であった。もう一つは「女中の子」であるという。そして、前者には「でたらめの悪口」なのだと記しつつも、後に、「おかつ」の言うことは「全く嘘ではない、不意に飛んでもないところに、吐き付けられてゐた」とも言い添えている。この「全く嘘ではない」は、「ふたとほり」の台詞についての表現であろう。

また、「いつも例のおへそに血がにじんでゐた」ということに関していえば、それは「やせた赤ん坊は余りに泣き立つので、おへそから血がにじんで頭がむやみに熱かつた」（第一章「血統」の《お刀》）を受けての表現だが、自叙伝「私の履歴書」の「赤ん坊」（『日本経済新聞』昭和36年11月13日）の中で、犀星は、自分の赤ん坊の頃を思った時の一等イヤな思いは、生後何か月も経たなかった赤ん坊の自分の「おへそには血がにじんでゐた」ということで、それは「その赤ん坊がぎあぎあ泣きすぎること、へその緒がうまく切れなかつたことに原因するらしい」、それを、犀星は「姉から聴いた話」だと書いている。だから、自分は子供達が生まれたときも、まずへその安泰を目に入れたという。「姉から聴いた話」には真実味がありそうだ。

一方の後者には、平四郎は「とどめを刺されてしまひ、返す言葉」を失うのである。この「女中（あるいは、小間使）」の子というのは、例えば「はつきりいへば君たちの卑しんでゐる女中といふもののお腹から僕が生まれて来たから」（「弄獅子」）、「私の母は小畠弥左衛門の女中であり」（「作家の手記」）、「父は足軽組頭で禄高二百石、おそらく六十くらゐの時分に、妻に先立たれた彼はつい小間使に手をつけ」（「私の履歴書」）など、犀星がしばしば用いている語である。

作者は、「おかんぽ（妾）の子」「女中の子」のどちらが真実であるとは書いていない。犀星が自叙伝、随筆等で書き続けているのは「女中の子」であるが。

ここで「おかんぽ（妾）」という言葉に注目したい。これは、「弄獅子」を初め、他の自伝的な作品には使われていない言葉ではないかと思う。それを、あえて「杏つ子」において記した。「おかんぽ（妾）の子」は、冒頭の日記中の「あれ」に、そして、「平四郎はどうして生れたか」という重要な問題にかかわるものなのであろうか。ことによると、「おかんぽ」も「女中」も同一人物であって、「おかんぽ」が後に「女中」になった、という暗示なのかもしれない。ともかく、平四郎の母方の「血統」は調べようがない。

さらに、「母はもう一人僕の兄を生んでゐたらしかつたが、これもよそに貰はれて行つたが噂によると商家に勤めてゐたといふが、どうだか判つたものではない。（略）その後、誰がいふとなく死んだやうにも聞いてゐたし、アメリカへ行つたといふ噂もきいてゐた」、「母は二人まで子供を産んでそれをよそへ回さなければならない事情があつた」と「弄獅子」の「一　ぬばたまの垂乳根」（『早稲田文学』昭和10年1月）にある記述を見たりすると、ますます複雑になる。「素性をあらひ立てて見」た第一章「血統」の、特に《蟹》から《泥鰌》までを読み進めてみると、「血統」の不明を記す中に、実母、実父にまつわる如上の認識を示している。それを明らかにするのが、ここでの目的であったのではないか。それゆえに、他の自叙伝と違って、「血統」の不明を言い、実母のみならず実父も不明としたのではないか、と推測するのである。

次に、若き日の犀星を知る同郷の作家で、不遇な文士として生涯を閉じた藤沢清造（先頃急逝した芥川賞作家、西村賢太の私淑した作家）の「渠に云ひたいこと」（『新潮』大正9年8月）の一節を取り上げておきたい。その書き出しに「渠は人として、かなり特殊な経歴や経験を持つてゐる。これは僕が渠から聞いたのだが、渠は実の父母を知らない人間だ」とある。さらに次のような文章を記している。

> 渠は一夜僕のところに宿泊して、翌朝八時頃に外出したが、見ると其処に一冊、小形の手帳が置き忘れてあるのだ。僕は何気なしにそれを取上げて見ると、最初の頁に「俺の死骸を発見した者は、即刻左記のところへ知らしてくれ」と云ふ意味を明記した次へ、渠が養父の姓名と其の住所とを並記してあつた。僕はそれを目にした時は、今でも尚忘れない。渠が自己の数奇な生涯を顧る気力さへも失つて、只変に最後の死に場所を探求しつつ彷徨してゐた心の寂寥と悲痛とを思つて余りの痛ましさについて泣かされてしまつた。

もう一つ。『愛の詩集』（大正7年1月、感情詩社）に収められている作品「自分の生ひ立ち」（『文章世界』大正6年4月）の、末尾五行に注目したい。それを次に引く。

僕は父と母とをうらんだ
父も母ももう死んでゐた
僕はほんとの父と母とを呪ふた
涙をかんじたけれど
もうどこにもその人らはゐなかつた

先の二行の、恨まれた「父」と「母」は、おそらく、「弄獅子」など多くの自伝的作品に登場する「弥左衛門」と、「青き魚を釣る人の記―序に代えて―」（大正12年4月アルス刊の詩集『青き魚を釣る人』収録）に犀星が記して以後、実母の名として書き続けられきた「はる（春）」であろう。犀星が、養父、室生真乗を恨むはずはない。「弥左衛門」は明治三十一年三月十五日に亡くなっている。そして、その夜、「はる」は家を出て姿を消したと伝えられている。

そして、三行目の、恨むだけではなく「呪ふ」とまで言われた「ほんとの父と母」は、誰と確定し得ないままの「父と母」ではなかろうか。したがって、五行目の「その人ら」は、「父と母」と「ほんとの父と母」とであろう。そこには、恨み呪う一方で、心に滲み出る喪失感、孤独感が謳われているのであろう。

もう一つの課題

もう一つの課題、先の日記文に記されていた「自分の生涯の終の作品」「生涯の終りをとどめる小説」とは何だろう。結論としては、それは書かれなかったのではないか。それが書かれたとしたら、「杏っ子」の第一章「血統」を膨らませたもの、つまり、それまでとは異なった自叙伝だったのではないかと推測するのである。

犀星晩年の再出発への力の入れようは、かなりのものであった。室生朝子著『父室生犀星』には、「杏っ子」への犀星の意気込みを示す文章がある。

> 昭和三十一年。ある日、父は、私を机の前に呼び、「用があるから座りたまえ。」と、言った。／このような形で、父と私はほとんど対話をしたことはなかった。（略）／「いよいよ、東京新聞の夕刊に、君のことを書くことになったよ。そのつもりでいてほしい。」／この年の夏頃から、父の一生の集大成のようなものを書くという話は、お茶の時間になにかのついでのような形で、私は聞いていた。（略）／「お父様の俎（まないた）の上にのった以上、私は何を書かれても、なんでもありませんわ、どうぞお好きなように料理して下さってよ。」（略）／「わしの最後の自叙伝のようなものになるのだから、君の結婚生活も当然書かねばなるまい。（略）」

「父の一生の集大成のようなもの」「わしの最後の自叙伝」には、犀星の並々ならぬ思いが込められているようだ。それは、先の日記の中の「自分の生涯の終の作品」「生涯の終りをとどめる小説」に十分重なる。犀星作品の中での評価も高い。しかし、「杏つ子」という作品は、「書かずにそつとして置きたい」「書いて見ても、何の事だか、他人には分からないし自分にも冗らない」ことを描いたものではない。

ところで、やはり気になるのが、血統不明の平四郎の素性が洗い立てられた第一章「血統」の、作品「杏つ子」の中での位置である。他の自叙伝が主人公の出生から始まって時系列的に描かれているのに対して、「杏つ子」には飛躍がある。第一章「血統」から第二章「誕生」には、時間的に大きな隔たりがある。第二章「誕生」は、大正十二年八月二十七日の杏子の誕生と関東大震災、そして平四郎一家の金沢への転居を描くのだが、その第二章の書き出しは、血統不明の平四郎が「ちんぴら小説家に化けた」ところから始まり、第一章とのかかわりがそのように示されるのだが、そこにはかなりの時間的な隔たりがある。

内容の上でも飛躍があるようだ。長男豹太郎の死までもが（第四章「家」の中に、「この面白くない顔は八年前に長男を死なせたときから、平四郎の顔のうら側にこびり付いてゐる、もひとつの平四郎の顔つきであつた」と書き出される数行があるが）省略されている。深刻な「血統」問題が、第二章「誕生」の初めで「裁判所の雇員上りが物好き一つで詩文を弄し、二十一歳から東京に出て三十の時に小説を書いて、眼のくらやむ早さで、ちんぴら小説家に化けた」と、継続を断たれている。第一章の、養母の「青井のおかつ」に虐げられ反抗に明け暮れた苦難の世界から、いきなり、精神的にも経済的にも安泰な生活に入ってしまった。作者は、第一章「血統」で、平四郎の素性を洗い立ててみることの重要性を言い、そのことが、一人の人間が生きるか死ぬかにもかかわるような重大な問題なのだ、と書いていた。「生きることが、必要であつたかなかつが欠落しているともいえる。

第一章から第二章へと、犀星文学になじみのない読者は、驚きをもって素直に読み進めることになる。一方、犀星文学に親しんでいる人は、第一章と第二章との間を埋めることができる。

第一章には、平四郎の給仕時代までが描かれているが、そこに平四郎と文学とのかかわりはない。平四郎でなく、犀星のこととして、給仕時代から始まる苦難の時を見つめれば、詳しい説明は省くが、第一に照道少年が俳句の創作という魅力、喜びを知ったことによる、生きることへの積極性の獲得を上げるべきであろう。

犀星親子。大森谷中1077の家にて。（提供・室生犀星記念館）

犀星十五歳のころ、『北国新聞』の俳壇に投句しているうちに、『ホトトギス』の系統をひき北陸で古い歴史をもつ北声会というグループの俳人たちと知己になり、その句会に出席するようになったのが、犀星の俳句との最初の出会いであった。その北声会の中心となって活躍していたのが、当時第四高等学校で教鞭をとっていた藤井紫影であったが、その紫影が、ある時、運座の席上で、犀星の扇面に「句に痩せてまなこ鋭き蛙かな」と書いてくれたという。ここには「生きること」に必死な照道少年の姿を思い浮かべてもよいのではないか。

犀星の文章を一、二引けば、昭和二年五月『令女界』に載せた「幼年の俳句」で、俳句に打ち込んだ過去を「何を見てもこれは俳句にならないだらうかといふ見方をするやうになり、風物草木の一切が実際これまでよりも興味深くぢかに心に触れてくるのであつた」と回想し、「それ故、自分は俳句で文学的の知識や、俳句から入つた文章を手に入れたと言つてよいのであつた」と、俳句との出会いの意味を記している。また、大正五年十月『燕泥』に載せた「詩と俳句との中間」では、「俳句は私にとつて有難い美しい母胎であつた。私はそれにすがつて私の愛やをさない情欲やを満たした」と書いている。照道少年は、俳句という「母胎」から生まれ育ったのである。

そしてさらに、解き明かすことのできない出生の謎を、そして虐げられ孤独を極めた幼少年時代を見つめ、自己の生の根源と心の成長過程を検証しつづけ、自己の内面史、形成史を描き続けた犀星は、その文学的営為によって、拭いきれない執拗な煩悶から自己を救ってきた、と言い換えてもよいのであろう。その結果、平四郎は詩を書き、「小説家に化け」ることができたのである。

第一章「血統」が「杏つ子」の基盤となっている、とはいえる。平四郎の人生観、生き方、そして杏子への家庭教育などの土台にあるものとして、血統の問題は平四郎に絡み付き、随所に描かれている。後で取り上げるが、「私生児」という語を表に出しての場面もある。しかし一方で、やはり、第一章が独立しているという思いは否めない。「杏つ子」は、平四郎の血統の問題を随所に組み入れつつ、平四郎の誕生からではなく、題名どおりに、杏子の誕生から始まってもおかしくはないともいえる。独立した世界が、そこにはあるようだ。

第一章「血統」は、長篇「杏つ子」の前に置かれた一作品、一短篇の部分のような姿を示している。つまり、先に示したように、第一章「血統」は、極端に言えば、「自分の生涯の終の作品」「生涯の終りをとどめる小説」にかかわる表現世界であったのではないか、「あれ」を書きつつ、それの変形した姿を示しているのではなかろうか、と思われるのである。

あの作品は、自分で人間をつくり上げたようなものを書こうとした。堅実で、失敗しないようにと自分で書くまいと思って大事にとっておいた材料もつぎ込んでしまった。

これは、昭和三十三年二月三日の『東京新聞』夕刊の「〝大事に蔵っておいた材料〟――『杏っ子』で文学賞を受けた室生犀星氏」から引いたものであるが、「堅実で、失敗しないようにと自分で書くまいと思って大事にとっておいた材料」を書いたのが、第一章「血統」だったのではないだろうか。そして、その第一章が、「書くまいと思って大事にとっておいた材料」である「あれ」を書きつつ変形した姿を示していた、ということなのではなかろうか。

草山草平の語り

「あれ」、再び

犀星は、「杏つ子」で平山平四郎に、娘杏子の結婚とその失敗、そして我が人生と文学を記させていたように、「杏三つある絵」（『スタイル』昭和33年4月）では、草山草平という架空の小説家を設定して、「杏つ子」制作にかかわる諸々のことを語らせているが、その中に、再び「あれ」という謎めいた語が使われている。

草平は、或る暖かい日、東京新聞文化部の宮川部長の直々の訪問を受ける。現存する昭和三十一年六月七日までの犀星日記にその事実が記されていないので、訪問はそれ以後であったろう。用件は、『東京新聞』夕刊への連載の依頼であった。宮川部長に仕事の都合はどうかと聞かれて、その後に次のようにある。

草平はすぐ頭の奥の方であれを書かう、あれなら新聞社に迷惑をかけることはあるまい、草平自身でもあれにかかれば行き詰つてぢたばたすることはなからう、あれを一つ書かうと殆ど異例の明晰さで草平は喜んで書きませう、書くからには一生懸命書きませうと答へた。この不思議なおちつきは草平が咄嗟のあひだに作り上げた状態ではあつたが、一つには、しまつてあるあれを書くためのあれの人事が、ふだんから頭で練られてゐたための落ち着きであつた。宮川部長は帰り、草平はこれはひよつとすると、ただ一つ後にのこす小説になるかも知れない。書かねばならないものを制へて来たのだから、気をつけて書かねばならない、ゑぐるべきことは抉るべきであらうと思つた。

あれを書くのであれば「行き詰つてぢたばたすることはな」い。あれはこれまで「しまつてあ」つた素材で、それに関する「人事」は「ふだんから頭で練られてゐた」。あれは「書かねばならないもの」で、長いこと「制へて来た」素材である。だから、「気をつけて書かねばならない」し、「ゑぐるべきことは抉るべき」である。「あれ」とは何だろう。この文章を読んだとき、まず、前出の昭和二十四年十一月一日の犀星日記の「あれ」を思い起こした。その「あれ」であってもおかしくはない。しかし、第一章「血統」に書かれている平四郎の出生から給仕時代のことは、それだけが「杏つ子」の中心素材ではない。第二章「誕生」以後に活躍する杏子も主人公の一人であり、作者が最も力を込めて描いている素材の一つは、杏子の結婚とその失敗である。犀星は、朝子氏の離婚後に、それに触れた作品を書いていない。ここでの「あれ」は、それということになろう。

先の引用箇所の後に、「草平はこの物語の執筆の最中に、娘を呼んで笑はずに言つた。／『こんどは君の事を洗ひざらひ書いてゐるが、何か言ひ分があつたら今の内に訊いて置かう。』」と話しかける箇所がある。先に、室生朝子著『父室生犀星』から同様の内容の記述を引いてあるが、そこには「父の一生の集大成のようなもの」「わしの最後の自叙伝」という表現もあった。これは「ただ一つ後にのこす小説」に重なる表現である。

ほめて貰って有難う

奥野健男氏が新潮社刊『室生犀星全集』第九巻（昭和42年8月）の「月報」十三号で紹介しているように、「杏つ子」は「連載中から異例の評判になった」。評論家の評も高く、昭和三十二年度の「読売文学賞」を受ける。ここで注目したいのは、その当時の多くの書評の中の一つ、福永武彦の「怒りの文学『杏つ子』」（『図書新聞』昭和32年11月16日）である。

ここで、福永は、作品の主題は「明らかに娘の結婚と、その失敗にある」、そして、この作品のモチーフは「怒り」であって、「この小説の初めの『血統』という章は、人生から無慈悲に投げ出された少年の怒り」で、「最後の『唾』という章は、娘の亭主に対する怒りの爆発である」と書いている。そして、その怒りは、「犀星さんの生きかたの中心を貫いている」と添えている。

犀星は、『図書新聞』発行前にすでにその原稿を読んでいたのであろう。これに対する十一月十五日付の福永武彦宛の葉書がある。

杏つ子　ほめて貰つて有難う、これが認められないとすると僕がからになつて了ふ、あれであるだけで後には何にもないわけです。（略）

自分のすべてを出し切った作品、それを認めてくれた福永への率直な感謝であろう。先に取り上げた「杏三つある絵」に、犀星は、福永の指摘した「怒りの文学」を肯定しつつ、珍しく、わが作品への作者の思いを記している。

まず、そこに示されている「杏つ子」執筆前の計画、制作意図を見てみると、そこには二つのことが記されている。一つは、「不幸な小説にある若い女」のために「道義的に復讐すべきである」ということ、もう一つは、「職業としての小説稼業の難かしさを最後に解くこと」だという。

特に前者に関しては、草平という一小説家の「怒りと悲しみ」を、「女の登場」から「破局」に至るまで描くつもりだ、と記している。犀星のかつて主張した「怒りの文学」「復讐の文学」の復活である。これは、作り上げられた作品では、主として第七章「氷原地帯」の《男》から始まる。そこに、二十歳を過ぎ「女」となった杏子が登場し、終戦直後の軽井沢での杏子の結婚問題が描かれ、長篇は「破局」まで続くことになる。つまり、「『あれ』、再び」の「あれ」が描かれるのである。

後者は、小説家平山平四郎と、作家志望の杏子の夫、亮吉とのかかわりの中で描かれる。それは、作品では第八章「苦い蜜」の《ひやりとすること》以後ということになる。

更に、執筆に先立って、草平は「この女の赤ん坊以前、その父母から二代に亙つて書く」という考えを起こす。第一章「血統」を、つまり、昭和二十四年十一月一日の犀星日記に記されていた「あれ」を書こうと思い立ったということである。ということは、生母の悲しみ、それを与える者に対する怒り、さらに、私生子の怒りをも、作品の土台に置くべきだと考えたのである。

次に、作品の制作過程、制作に要した時間について、興味深い事実を記している。まず、「その十ケ月間のあひだ（「杏つ子」連載期間のこと—星野、注）の喜々たるものを内にしまひ込んだ草平は、原稿を抱へて信州の眼のくらやむ暑い日に最後のしめくくりをつけた」とあるのを見ると、「最後のしめくくり」は、昭和三十二年の夏、軽井沢で、ということであろう。

そう思って記述を追っていくと、まず「草平は秋にはいると樹々の葉が一枚もなくなるまでかかつても、まだ草平自身の生ひ立ちから筆を抜くことが出来なかつた」とある。おそらく、昭和三十一年の十一月頃までの数か月かかっても第一章「血統」を書き上げることが出来なかった、ということであろう。自叙伝で書き慣れているはずの出生、幼年そして少年時代を書くのに、かなりの苦労をしている。新しい「あれ」故であろう。

次いで、「裸の木々に雪がふり、さらに枯木に芽が立ち緑の点綴する頃やうやく、草平の怒りの文学がほとばしり始め、(略)つひに八百枚の枚数と、十ケ月の日数を指の間に算へた」、つまり作品を完成させた、とある。昭和三十一年十二月から翌年の七、八月頃までの約七、八か月で第二章から最終章の第十二章までを書き上げた、ということになる。怒りの筆が進んだ故か。

続けて犀星は、「そして草平はその生涯の文学といふ山嶽のてつぺんに行き着いて、彼自身の生ひ立ちも整理して行つた」と書く。「生涯の文学」、前出の犀星日記で「自分の生涯の終の作品」「生涯の終りをとどめる作品」と書いていた作品「杏つ子」を書き上げる中で、自分の生い立ち、「あれ」を改めて整理することができた、ということであろう。そして、作品完成の喜びを、次のように記している。

報復は成り人間に喜びがさづかり、草平がどのやうにして今日まで生きて来て、生きた証拠をあへて翳(かざ)すことの出来たかを、彼の書いた物語が示してくれたのを眼の前に見た。作家は晩年に生涯の作品を整理しなければならない者だ、そして草平はそれをなし遂げたのである。

この後、草平は、モデルとなった娘を呼んで笑わずに話す。作品執筆中のことだという。そこには、「おれはこの小説では女がうけた傷のふかさを読む人にも考へてもらひたいのだ、君自身がうけた傷は傷であつても、書いてゐるうちに女の人全体の問題にもなり、いやな言葉だが人類へも交渉したくなる問題なのだ」と、普遍的な主題を説明している。さらに、「自分の小説が魔除けになる」、「幾らかでも人のためになる小説を書いたことは今度が初めてなんだよ」と、「不幸を避けるために書」いた作品だとも語る。

更に加えて、「不滅の良心」の蘇りを次のように記している。

詩を書いてゐた時分やはり人道主義の詩ばかり書いてゐた。その五十年も前の考へが滅びずにのこつてゐて、こんどはその頭を持ち上げて来たんだよ、（略）平和な不滅の良心にめぐり会へたのだ。だが、それも君が傷を受けなかつたら不思議な昔の考への頭を、撫(な)でなかつたかも知れないがね。

「怒りの文学」「復讐の文学」は、『愛の詩集』時代の「人道主義」「不滅の良心」の復活でもあった。

杏子の結婚とその失敗という「あれ」を書くことによって「ただ一つ後にのこす小説」を創造しようとした犀星は、そこに更に、平四郎の出生のかかわる「あれ」を書き添えることによって、大作「杏つ子」を作り上げたのであった。

『赤とんぼ記』のこと

本書では、「杏三つある絵」において草山草平の意図した二つのこと、すなわち、それは「不幸な小説にある若い女」（つまり、杏子）のために「道義的な復讐」をすること、それに、亮吉を対象として、また平四郎自身の体験を踏まえて「職業としての小説稼業の難かしさ」を解くことの二つであったが、この二つを中心に据えて書き進めていくつもりである。

草平は、更に、「この女の赤ん坊以前、その父母から二代に亙つて書く」という考えを示していた。これに関しては、すでに大略は触れているが、「赤ん坊以前」、つまり第一章「血統」にかかわる部分にも、折々に触れていく。

さて、草平の意図した二つのことに関して書き進める中で度々登場するのが、室生朝子著『赤とんぼ記』である。なぜかと言えば、この著作は、室生朝子著『晩年の父犀星』（昭和37年10月、講談社）が、犀星の小説「われはうたへども　やぶれかぶれ」（中村真一郎の言葉を借りれば、言わば「一種の遺書」としての作品群の最後の作品）の背景を語るものとしてたいへん貴重な著書であるのと同様に、「杏っ子」を読み進める上で欠かせない力作だからである。ここでは、その『赤とんぼ記』のごく簡単な紹介に止めておく。この後で、度々登場するはずであるから。

『赤とんぼ記』は、昭和三十七年一月二十日、講談社から刊行されている。犀星が亡くなったのが同年三月二十六日であるから、亡くなる約二月前ということになる。犀星がこの作品「赤とんぼ記」を読んでいたかどうかは不明だが、おおよその内容は知っていたはずである。次に引用するのは、『晩年の父犀星』に記されている「赤とんぼ記」という題名に関する文章である。

車が上野駅前の雑踏の中を走り出すとすぐに、／「君の小説の題はどうなった。いつかの葉書に書いたとおりか。」／自分の健康のことでもない、この言葉を、父が東京に着いて、約一カ月ぶりで私に会って、最初にしたのであった。私はその時父の深い愛情をはっきりと見た。私が初めて書いた長篇小説が、来春早々にK社から出版される予定であった。父はその題を気にして、三つほど考えて、わざわざ葉書を書いてくれた。そして最後にこのことは誰にもしゃべってはならぬという、但し書きがついていた。しかもその葉書の表書きは、万里江の字であった。その時宛名を書くのも、父はうっとうしかったに違いない。私はそれを受けとって後、暫く（しばら）ぼんやりと、軽井沢の父の書斎の様子を思っていた。／「お父様のおっしゃるとおりにしました。最初は題としてはよいが、弱いのではないかという意見も出たそうですが、決めました。」／「最後のは使うなよ。誰にも話すな。君のためだ。」／「はい、ありがとうございました。」／そして父は、大きく咳（せ）き込んだ。

『犀星発句集』（昭和10年6月、野田書房）に「山みちをゆきつ戻りつあきつかな」の句が載っている。傾斜面の細道を上ったり下ったりするように、紅あきつが飛び続けている。身も細り、何かに憑かれたように。「杏つ子」では、杏子が夫亮吉への思いを断ち切れず、父の馬込の家から夫のいる駒込の家へと、約二年間、何回か通っていた。ふと、この句を思い起こした。「赤とんぼ記」では、阿梨子と知義との間で、同じそれが描かれている。

先の「赤とんぼ記」命名に関する文章は、昭和三十六年九月末日、最後の軽井沢生活を終えて帰京し、虎の門病院に入院する直前の事実を記したものである。そこには「杏つ子」から「赤とんぼ記」へという不思議な絆が感じられる。不思議な絆といえばそのとおりなので、朝子氏が執筆生活にはいるきっかけは、「杏つ子」にあった。「杏つ子」連載終了後に、朝子氏に原稿依頼があり、昭和三十三年三月、『婦人朝日』に「杏っ子の独白」が掲載される。この随筆が朝子氏の活字になった最初の作品であった。

「赤とんぼ記」は、時間的には、昭和二十年の春、阿梨子が知義を知るところから始まり、離婚成立（朝子氏と青木和夫との間で協議離婚が成立したのは、昭和二十九年十二月六日であった）までが描かれる。「杏つ子」でいえば、第六章「人」の中の《釦（ボタン）の店》からが「赤とんぼ記」に重なる。ここでは、『赤とんぼ記』の「あとがき」を参考にして、その特色に簡単に触れておくに止める。

この作品は、「一度は書かなければならぬ事柄であるし、書いて心の中を奇麗に空っぽにしたい」という思いで書かれたのであって、いわば、「杏つ子」における「不幸な小説にある若い女」である杏子の立場から書かれた、やや主情的な作品なのである。その営為は、朝子氏が過去を整理清算し、自身の再出発のために必要なものだったのである。その思いで書き続けてみると、冷静に「数多くの角度から、取り組んだつもりではあったが、結果として、憎しみ多いことのみ、記憶として残っていたのが、不思議であった」と、朝子氏は「憎しみ」という生の感情から抜け切れない姿をそこに示している。しかし、作品に描かれたのは、憎しみのみではない。杏子とは異なる阿梨子の内面の変化、成長が、夫婦生活、及びさまざまな事件を通して描かれている。作品には主人公の喜び、悲しみ、やさしさ、強さ、そして悶えが滲み出ていて、そこには主人公と離れ切れない作者の姿がある。「杏つ子」にはほとんど欠けている夫婦の情愛も、知義の心理も描かれている。それ故、書かれた内容は、かなりの部分で事実に即したものと思われる。そこに、「杏つ子」と併せて読む意味、楽しみも含まれているのである。

いつであったか、ある日の夕方、朝子氏の部屋でのこと、犀星関係のその日の仕事を終えてほっとしていた一時、朝子氏が、ふと言われた。「あの人、子供が三人もあって、幸せに暮らしているそうよ。良かったわね」と。やや紅潮し、はにかむような、哀しいような、懐かしんでいるような表情で、やや上ずった声であった。そこには、憎しみのみではない、現在があった。

「あの人」(「赤とんぼ記」での知義、朝子氏のかつての夫)は、「赤とんぼ記」の中で「子供を作ることに余り積極性はなかった」と書かれている。更に、それに同調する阿梨子の気持が、「子供を産むこわさと自信のなさばかり考えていた阿梨子の気持の上に更にひとつの拍車をかけた」と記されている。更に、「後年の阿梨子にとっては、子供がなかったということが、不幸中の喜びでもあった。そして又それは、知義に感謝に近い気持をもつ、唯一つのことであったかもしれない」という心境が語られる。朝子氏の話を聞きながら、私はこの一節を思い起こしていた。

更に、現実に戻ったように元気な声で、朝子氏は「写真店をやっているんですって。私、写真家に縁があるのね」と言われた。その当時、朝子氏の良き協力者として、写真家のH・T氏がいた。「赤とんぼ記」の知義は、「書くこと」に執着し、写真家にはならなかった。それ故に困窮し、種々の問題を起こし、離婚せざるを得なくなった。

子供がいて、写真家になり、幸せに暮らしている。ただ伺うだけであった。朝子氏との共同作業、そしてある日の夕方の記憶も、遠い懐かしい過去である。

絡み付く二つのもの

「私生子」と「顔」

晩年に至るまで、しつこく犀星に絡み付いていたものが二つあった。

一つは、確かめようのない「血統」、知らぬ間に押されていた「私生子」という烙印である。「杏つ子」には、平四郎がその事実に真っ正面から向き合い、それ故に苛酷であった環境と戦い、「書くこと」によってそれに打ち勝った姿が描かれているのだが、平四郎のその心中を簡潔、明確に表現しているのが「化ける」という語である。それは、第二章「誕生」の冒頭に「小説家に化けた平山平四郎」と用いられている。その「化けた」という語の後ろに「私生子」はしつこく張り付いている。文中には「化ける方法もまだ知らないちんぴらの狸は、見やう見真似で聡明な人間の岸辺にむかつて泳いでゐたのである」とある。

他の一つは、「顔」である。「杏つ子」は、第一章「血統」で始まるが、その始めに置かれた《蟹》。そこに、「夏が来てお春は男の子の赤ん坊を生んだ。／赤ん坊はやせて、みにくい、弥左衛門が蟹なら、赤ん坊はその蟹の子の子蟹であつた」と書く。「容貌」（『文章倶楽部』昭和3年11月）には、「年少の時代から自分は容貌の美しく無い悩みを、精神的な憂鬱さの一部に加へてゐた。（略）自分は自分の生涯的に嫌悪するものは此容貌の外のものではなかつた」と書いている。後で記すように、髭を生やしたりメガネをかけたりして「顔」を変えようと努力したようだが、当然、顔は変えられない。

いずれも、生まれながらに備わっていたものであり、決して自分の自由にならないものである。

それ故、「ちんぴら小説家に化けた」第二章「誕生」以後でも、それらは平四郎から離れない。直しようがない。しかし、実際はその二つとも、後で記すように「『紙碑』に張り付けたもの」であった、と思われる。

恥ずかしくないかね

初めに、深刻な「私生子」の問題が「杏つ子」の中でどのような顔を出しているかと尋ねてみると、それは杏子の結婚問題との関係の中に出てくる。先に「『血統』のこと」で取り上げた自叙伝的長篇小説「すひかつら」では、それは春山の結婚直前のことであった。「私生子」は、親と子それぞれの「結婚」に、しつこく絡み付く。

まず、爽やかなる男として登場する伊島と杏子との結婚話が進んだ状況の中、「杏つ子」の第八章「苦い蜜」の《恋愛》の終わりと、《しべりあ行》の初めに、次のように書かれている。

一週間後、伊島家から戸籍謄本が送られ、正直に身分証明をして来た。由緒正しい家がらであつた。此方からも謄本を送つたが、残念乍(なが)ら平四郎は青井おかつの私生児の書き込みがあつた。(《恋愛》より)

戸籍謄本に私生児の書き込みがあつても、平四郎はびくともする男ではない、いまどき私生児の書き込みをするばかな役所があるのかと、そこまで気付かないでゐる役所自身が気をつけてくれたらいいと思ふだけである。知事とか市長の諸君も、情愛の前科を六、七十年も、もつと先の戸籍のあるかぎり書き込みをしてゐて平気なのは、仕事の眼配りが手ぬるいではないか、私生児でない子供がこの世界にゐるかゐないか考へて見ろと言ひたくなる。それと同時に微罪の前科も或る一定の十年とか二十年後には削除する法律を作つた方がよい。

「どうだね、おやぢが私生児だと書いてあるが、恥かしくないかね。」

「そんな事かんがへても見ないわよ。」

「そりや有難い。」

「先方で何かいひはしませんか知ら。」

「言つたら話を打ち壊すよ。」

「それも乱暴ね。」

「訳の判らない奴は初めから打ち壊した方がいいんだ、（略）」


（『しべりあ行』より）

実際に、かつて朝子氏に見せていただいた犀星の戸籍謄本のコピーには、現在は使われていない語の「私生子」（現在、法律上は「嫡出でない子」）が用いられていた。照道は父親の認知のない子である。さらに、母は実母ではない赤井ハツ。しかし、娘朝子を結婚させる父親になった犀星に、かつてのような悲壮な思いがなかったのは当然であろう。平四郎は「びくとも」しない。それに続く、役所、知事や市長に向けての憤り、子供はみんな私生児であるという、平四郎を借りての犀星の主張は、独特である。

因に、昭和二十三年十月九日から同年十一月一日までの犀星日記のうち、朝子氏の結婚にかかわる部分を拾い挙げてみる。

昭和23年10月9日　藤田米子さん来る。朝子結婚につき媒介する人、妻の旧友、泊る。明日朝子と婿になる□□なる人来る由、

同年同月10日　朝子、□□と倶に来る。□□は結婚の対手役なり。説なし、朝子の意志に任せることとするも、式は歩行ならざる母親出席のため軽井沢にて挙げることとする。つるやが宜からん。／つるやの主人を呼び、式と宴席につき談合、□□、六時の汽車にて帰京、□□□□記者、有望なる青年かどうか分らないが、朝子もさまでなき様子なればこの男に決定。

同年同月14日　突然、□□□□君来る。こんど朝子の結婚の〔二十字削〕、どうしても此の話をこはしたいといふ。聞けば肯づくことあり電報にて藤田さんに断る。「ツゴウアリ、ハナシコワシタ」／青木君に貰つてもらふこと考へたことあり、青木君も進んで朝子をもらひたいといふ。承諾す。

同年同月15日　□□君来る。よく話して破談にした。□□君に気の毒ではあるが、娘の一生の事で情を越えなければならない。

同月11月1日　つるやにて朝子の結婚式をあぐ。堀たえ子、正宗白鳥さんの媒介なり。青木和夫三十二歳、午餐にて一さいを終る。十三人列席。

犀星は、昭和二十三年十月九日から十三日までの間のいつかに、戸籍謄本を軽井沢の家に取り

寄せたはずである。その当時の謄本について調べてみると、それは明治十九年式謄本のようであり、当然そこには「私生子男」とあったろう。

第二次世界大戦後に民法が改正された。昭和二十二年十二月二十二日公布、翌年の一月一日に施行。そこでは、「私生子」（旧民法で、法律上夫婦でない男女の間に生まれ、父親が認知していない子）、そして「庶子」（旧民法で、本妻でない女性から生まれ、父によって認知された子）をも含めて、単に「男」あるいは「女」と記されるようになったという。世の中は変わった。犀星が謄本を取り寄せる約十か月前のことである。役所や知事、市長へ向けての「平四郎」の憤りの背景に、戦後のそのような事実をおくこともできるかもしれない。

しかし、先に「平四郎を借りての犀星の憤り」と書いたが、ここは「平四郎を借り」ないで、途中から、犀星自身が表に出て来てしまったところなのかもしれない。つまり、「杏つ子」執筆時の昭和三十一、二年時の犀星の憤りになってしまったのかもしれない。

「戸籍謄本に私生児の書き込みがあつても」から「と思ふだけである。」までの一文の主語は、平四郎であろう。しかし、それに続く「知事とか市長の諸君も」から「法律を作つた方がよい。」までの二文は、どうか。その二文の「言ひたくなる。」」、「削除する法律を作つた方がよい。」という二つの文末を見ると、ここには「杏つ子」執筆時の犀星の直接の憤りと主張が見られるように思われる。これは、犀星の表現の一特色でもある。それは、すでに「『あれ』とは何だろう」で触れているように、作品の冒頭にもあった。そして、それはやはり「私生子」にかかわる表現の中で、感情の高揚した憤りの中であった。

また、「私生児でない子供がこの世界にゐるかゐないか考へて見ろ」という平四郎の台詞も、興味深い。現代では素直に受け入れられるようである。非嫡出子、いわゆる婚外子の多い現代では、確かに、だれもが、みんな女性という私から生まれた子ではないか、という表現も、当然のこととして素直に受け取られるであろう。

室生朝子著『父室生犀星』は、「出生」という見出しで始まり、その最初の小見出しは「私生子」である。そこで、朝子氏は複雑な父の出生についても、祖父母についても、勇気を出して聞くべきであったのに、父犀星にそれを聞かなかったと記している。そして、父が「私生子」であったことを知ったのは、「旧制の女学校入学試験の時に必要な戸籍謄本を、母にかくれてこっそり見た時」で、それを見ても「特別な感情を抱きもしなかった」が、「私生子という意味と出生にまつわるこまごまとした事柄を、作品を通じて理解した時の方が、打撃は多かった」と書いている。

朝子氏が普連土女学校に入学したのは、昭和十一年四月、満十三歳の時であり、「特別な感情」をもたなかった。その後、作品を通じて「私生子」の意味を理解し、打撃を受けたとあるが、その作品は長・短編小説集『弄獅子（らぬさい）』（昭和11年6月、有光社）に収められた自叙伝小説「弄獅子」であろうか。これは、娘、息子に向かって書き始められた自叙伝であった。娘朝子は父犀星の思いを作品を通して知り、衝撃を受けた。しかし、その後も、父娘の間に「複雑な父の出生」、朝子氏の「祖父母」に関する会話はなかったという。

犀星のかたくなな沈黙は何を意味するのだろう。作品に書いたことがすべてで、あえて口に出して言うこともない、または、娘にとっては、それは重要なことではない、作品以上に知る必要もない、ということなのか。あるいは、犀星はさらに深刻な事実を知っていて、それゆえの沈黙なのか。理由はいくつも考えられるが、いずれも想像の域を出ない。

かたくなな沈黙は、犀星の伝記を調査していた新保千代子氏（犀星生母、佐部ステ説を唱えた人）との関係にも見られる。

昭和三十二年七月二十五日付、軽井沢より、新保千代子氏に宛てた封書に、こうある。


御面だうですが、一さいを含めてあなたが私に代つて言ふべきことを言つて下さい、／あなたの調査による文献それ自身が私の代行となる一切を、ちやんとお持ちになるのですから、片ツ端から料理して下さるやう。私のおねがひはただ生きてゐる間は何もしないでほしいのです。どうぞよろしく、（碑の如きものです、）

一切をご自分で片っ端から料理してくれてよいが、自分の生きている間は、何もしないでほしい、自分が自叙伝として作り上げてきた碑文の世界を壊されては困る、というのであろう。ここにも、沈黙がある。

また、随筆集『刈藻』（昭和33年2月、清和書院）所収の「ひとのあけくれ」（『世界』昭和32年10月）には、こうある。


この人は私の伝記をしらべてゐる方で、私の生母、父、姉、兄、妹、義父、義母、その祖母、それらの墓碑まで草も分けて尋ねて居られ、これを「赤門文学」に文献として毎号記述してゐた。私のもっとも驚いたことは私の義母の母親、つまり祖母が前田の御殿女医であった事まで判明したのである。

ここにも、距離がある。そして、「私の義母の母親」に関しての驚きは記しているが、「私の生母、父」に関しては何も触れていない。

ここで、少し込み入った話に入る。先に、朝子氏が読んだのは「弄獅子」か、と書いたが、その「弄獅子」の「八　再び垂乳根（たらちね）の母」から「十三　兄」までは、「紙碑　一　第一の母」から「紙碑　七　兄」として、昭和三年六月『文藝春秋』に載せたものである。この「紙碑」には、「弄獅子」に収められていない、「前書」に相当する文章がある。そこには、過去に「詩的な出羅目を書いい」たものをいつも書き直したいと思っていたが、今がまさにその時期であると書き出し、ここには自分自身に厳格に向き合って「自分の本当」を書くゆえ、これまでの自叙伝小説とは違って、この作品は「僕の紙碑文たるに過ぎない」と結んでいる。つまり、「幼年時代」「性に眼覚める頃」などとは違うのだ、と言う。

「紙碑文」とは、「本当の自分」を石に彫りつけるかわりに紙に書きつけた文章、という意味の造語なのであろうか。先に挙げた、新保千代子氏への封書にあった「（碑の如きものです、）」の「碑」も、「紙碑文」の意であろう。

ところで、犀星文学に興味のある方はよくご存じのことだが、犀星は、この「紙碑」を発表した翌年、甥の小畠悌一に「僕のオヤヂの名前をしらせて下されたく、年譜をつくる必要があるのです、（略）」と葉書（昭和4年2月23日付）を送っている。これへの悌一からの返信の葉書に「貴兄の母は山崎千賀とあるのがそうらしい」とあったのを発端として朝子氏の山崎千賀の追跡が始まり、それによって得た結論を、「鯛の帯留—生母林ちか—」（『解釈と鑑賞』昭和54年2月）に「父犀星の生母、そして私にとって今まで無であった祖母は、『林ちか』である」と記したのであった。『父犀星の秘密』（昭和55年5月、毎日新聞社）によれば、犀星が生まれた頃は「林ちか」が戸籍名で、「山崎千賀」は、山崎忠四郎の養女に行った先での氏名で、「山崎千賀」であったという。

そして、興味深いのは、「鯛の帯留—生母林ちか—」の中に書かれている朝子氏の推測である。そこには、悌一が葉書を書いた昭和四年頃、犀星が悌一に生母を探してほしいと頼んだそうだ、悌一は林ちかのことを犀星に報告した、犀星はそれを頭に残し、悌一からの手紙を捨て去った、犀星は悌一に他言せぬようにと約束させた、という伝聞、推定が記されていて、次のような推測をしている。

犀星は初期の作品から書き続けて来た「生母の形」を書き改めることを、しなかった。犀星がちかのことを知ったと推定する昭和四年以後の自叙伝のなかでも、母親像は初期の作品と全く同じ形の女であった。犀星だけが知っていたからこそ、私の家庭の中で、「生母」「祖母」という言葉は、唯の一度も出なかったのである。

犀星は、「自叙伝」の中に「生母の形」、つまり、母は「はる」であるという「碑文」を書き改めなかったという。（「生母の形」だけではない、父は「弥左衛門吉種」であるという「父親の形」も書き改めないということか。）朝子氏の言葉を借りれば、「犀星だけが知っていたからこそ」、犀星家では「『生母』『祖母』という言葉は、唯の一度も出なかった」のかも知れない。

　昭和三年六月に、血統、生母、実父、私生子に関して「紙碑文」を打ち立てた犀星は、晩年に至っても、「(碑の如きもの)」を守って沈黙のこだわりを続けた、そして、その沈黙のこだわりの結び目を、一瞬解いたのが、「杏つ子」の第一章「血統」だったのではなかろうか。生母は、「妾」であり、また「女中」でもあったと。誠に重要な、そして密かな、碑文の書き換えである。

　朝子説によれば、林ちかは高岡の遊亀戸というお茶屋に芸妓として出ていた。教職にあった生種（なりたね）（「杏つ子」での「わかい種夫」）を、父の弥左衛門吉種が富山に訪ねた折に、ちかに会う。吉種とちか二人の間に子供が出来、身ごもったちかは、遊亀戸の大事な客の一人で、横田村の地主であった藤村宇之助家の敷地内にあった小さい家で、犀星を生んだ。赤ん坊が生まれる前に、養子に出す約束は既になされていて、誕生後幾日かして、赤ん坊は赤井ハツに渡された、とのこと。この朝子氏の説を借りて、そこに「青井のおかつ」の言う「ふたとほり」の台詞を押し当ててみれば、「母」は生種の「妾」で、後に吉種の「女中」になった、ということになろうか。

　さて、先に引用した室生朝子著『父室生犀星』にもどる。その後半の部分に、「それは私生子の娘であるということが、恥かしいというような単純なことではなく、父が物心つく頃から背負って来た、私生子の重荷を考えると、私は父が文学によって世に認められるまでの苦悩に、同情と同じほどの救い難い悲哀を感じたことを、覚えている」とある。「父が物心つく頃から背負って来た、私生子の重荷」を担いでの反抗と悲哀の日々を中心に描いたのが、第一章「血統」であり、「父が文学によって世に認められるまでの苦悩」が、まさに、先記した第一章「血統」と第二章「誕生」の間に省かれていた時間のそれであった、ということを書き添えておく。

見慣れている顔

次に、「顔」に注目してみたい。

「杏つ子」の第八章「苦い蜜」の《見なれた顔》から、その部分を引く。杏子と亮吉の結婚直前の頃のことである。

　平四郎は対手に収入があるか、血統がどうかといふことは調べない、調べても収入なぞは変化のあるものであり、血統も人間のことだから調べても現はれてゐるものしか、判らないのだ、ただ、対手の男の顔があまり悪くては、こまる、その点で亮吉は及第である。男でも女でも顔が一応出来てゐなくては、杏子も困るであらうし亮吉の方でも困るであらう、この点で大して苦情がなければ先づどうにか片がつくのではないか、といふ平四郎の考へには、いはゆる見なれてゐる顔といふものに、一さいの根拠があるやうな気がした。

平四郎は、娘の結婚の条件として、相手の収入や血統ではなく、「顔」を重要視している。第七章「氷原地帯」の《男》にも書かれていた。そこでは、「えらい男なぞ何処にもゐないし、将来えらくなるなどといふことも当になるものではない（略）ただ、平四郎は対手の男の顔が相当にまとまつた人間だけが、選びたかつた」とあって、ともかく「顔」を結婚の絶対条件にしている。杏子が初めて亮吉に会った時を記す中で、亮吉は「きちんとした顔立」で、「杏子のうけた感じは平凡なものであつたが、くせも、きずもない顔にはどこか疳癖がありさうだが、そんなことは杏子に判らない」（第六章「人」の《憲兵》）と描かれていて、亮吉は「顔」の点で、一応合格であった。

なぜそれほどまでに「顔」を重要視しているのかといえば、その根拠は「いはゆる見なれてゐる顔」にある、というのである。

子供の時分は、自分の顔を見るのは、理髪店に月に一回行った時くらいであったが、「十七八頃から髭を剃るやうになり、二十過ぎには大胆に自分用の鏡を持ち、顔を見るやうになつてから、髭を剃るたびに、美しくないために厭世的な傾きをおぼえ」、「つねに絶望してゐた」と「顔といふもの」（『婦人之友』昭和33年2月）に書いている。また、大正時代の写真を見ると、犀星は髭を生やしたものが多いが、それは「宿命的に」与えられた「嫌いな顔」の「運命を叩きこはしてやらうと考へて、口髭を生やしたり髪を長くもしたり、或は眼鏡をかけてみたり」して、苦心した跡なのであると、「嫌い（私の顔）」（『文章倶楽部』大正14年9月）に書いている。犀星は、これと同様の顔への絶望感を多くの随想に繰り返し記している。

また、顔への絶望感故の写真嫌いも書いている。「廃墟の学問」（『新潮』昭和30年6月）では「私はふだんから写真家の来訪を嫌つてゐた」と書き、写真を撮られているときの面倒を書いた後に「それにあんた方は写真をとつてしまふと、写真までとらして上げてゐる時間的な友情なぞを、まるで認めないでさつさと帰つてしまつて、一生やつて来ないかも知れない、そんな一生涯にいちどくらゐしか用事のないお人に、だいじな面をあちこち動かし、芸当面までして撮られてたまるものかね、全く僕は写真が大嫌ひでしてなと私はぐづぐづいひながら、ことわるのである」とユーモラスに書いている。

しかし、「廃墟の学問」には写真嫌いだけが書かれているのではない。前段がある。ある雑誌に掲載されている自分の写真を見てもらおうと、訪れて来た恩地みほ子、堀たえ子両氏の座る場所の辺りに、それとなく置いておく。最近撮られたというその写真は、「ほんものよりも遥かに旨く、しかも好男子に撮られてゐ」る、自分自身が見ても「よく撮れてゐるなあ、こんなのならさう悲観したものぢやないと、上機嫌になつて写真を見るほどのもの」である。

なぜ二人に見てもらうかというと、「本物よりもよく撮られてゐることが、私を不安にしたから」だという。案の定、不安が的中し、恩地みほ子氏の「あら、をぢ様はこんなにお鼻が隆かつたか知ら?」という遠慮のない率直な感想から始まって、このあと、その写真の顔の、特に鼻をめぐってのユーモラスな会話が続き、最後に「あんなに気にかけてゐる鼻のことをわすれるやうでは、私も年をとつたものだと思うた」と結ばれる。つまり、「顔」は嫌悪の対象ではなく、ゆとりをもった鼻談義がそこにはある。

また、「廃墟の学問」の中に、犀星作品を読んだ読者からの感想が三つほど紹介されているのだが、その一部に「先生が本気であんな事をお書きになつていらつしやるのか、それとも記述を面白くするためにわざとあんな風に書いていらつしやるのか、仲々解決が出来ません、先生のお写真も拝見致しましたが、たいへんお顔のことを気にしていらつしやいましたが不思議に思つてをります」とあり、これに対する犀星の答えは書かれていない。

森茉莉が「気違いマリア」（新潮文庫『贅沢貧乏』昭和53年）に書いている。「犀星も晩年は、あの、名人の焼いた希有の茶器のような、値段のつけられない、珍らしい岩のような自分の顔を、自分でも気に入っていたようだ。写真を撮られることが好きで、雑誌社が載せた写真のもとの写真をくれないと言って怒っていたところをみても、それは確かである」と。森氏は、犀星は「自分の顔を、自分でも気に入っていたようだ」、「写真を撮られることが好き」であった、という。犀星を崇拝し、晩年の犀星をしっかりと見つめていた森茉莉の言葉である。信じられるように思われる。ことによると、「私生子」と同様、「顔」写真は、犀星が「紙碑」に張り付けたものかもしれない。

ただし、私が注目したいのは、「紙碑」に張り付けた文章に見る、密かな、そして興味深い変化である。「私生子」のそれについては、すでに「『あれ』とは何だろう」に記したように、犀星は「杏つ子」の第一章「血統」において慎重に書いていた。一方、「顔」は、作品の第十一章「まよへる羊」の《飯》に、亮吉が酔っ払って食卓を引っ繰り返したのを知った平四郎が「おれのはたらいた飯を蹴飛ばすことはおれの顔と仕事を足でふみにじつたことになる」と怒ったように、また、第十二章「唾」の《殺気》に、庭に唾を吐いた亮吉に対して、平之介が「おれの親父の顔に唾を吐いた奴は、ただでは置けない」と怒ったように、「ちゃぶ台」や「庭」が平四郎の立派な「顔」になっている。「顔」の碑文は、そのように変化している。

相当にうまく撮れていた

昭和二十九年六月二十八日の『日本経済新聞』に犀星の「顔を気にする」というエッセイが載っている。幼少年期、青年期、中年期、と自分の容貌に対する否定的な思いを綴った後に「老年期にはひつても容貌を気にすることは以前と同じである。もつと酷く痛感してゐるかも知れない。シワとかシミとかタルミとかのある顔は、全く見られた態(ざま)ではない。だから私は戯談に家の茶の間で『何処かヂヂ捨山はないか、誰か捨てに行ってくれないか。』と怒鳴るのである」と面白おかしく書いているが、どうもおかしい。これが新聞に載った六月から約二か月前の、快く写真を撮らせたらしい、ある事実がある。

朝子氏がお亡くなりになった翌年の平成十五年三月三日、講談社ＯＢの野村忠男氏から葉書をいただいた。次に挙げるのはその一部である。

さて、私の知り合いのカメラマンで、毎日新聞社ＯＢの方が、在社中の昭和29年、馬込の室生宅を取材して撮った写真を、近々紙焼きにして下さる、というのです。犀星と朝子さん、それに庭の写真だそうです。どの程度の資料になるかは、貰ってみないと分かりませんが、その方は、先日馬込の文士村を再撮影したそうです。（略）春休み中（今月中）に写真を差しあげ方々、飲みませんか。

その年の私の手帳を見ると、三月二十日、有楽町の喫茶店ロイヤルで待ち合わせ、某所に飲みに行き、楽しい一時を過ごし、その折に、貴重な写真をいただいている。毎日新聞社ＯＢの方は吉村正治氏。いただいた写真は、庭を見る犀星、三葉、庭を見る犀星と朝子、一葉、庭、六葉、犀星家の垣根、一葉、犀星家から見た外景、一葉の計十二葉で、すべてがプロフェッショナルの、すばらしい写真であり、貴重な資料でもあった。

その後野村氏からいただいた、三月二十五日付の封書には「写真のことは、いつか役立つこともあろうかと、喜んでいらっしゃる様子でした。（取材の用件は、もう記憶にないようですが、

庭に目をやる犀星。昭和29年４月。（撮影・吉村正治）

『サンデー毎日』のグラビア用だったようですから、その頃の誌面を見れば、分かるかも知れません。）」とあった。その当時、勇んで近代文学館に行き、『サンデー毎日』その他の雑誌に当たってみたが、ついに見当たらなかった、という記憶がある。ともかく、その写真に魅了され、後日、吉村氏の許可をいただいて、二度、拙著『室生犀星―何を盗み何をあがなはむ』（平成21年４月、踏青社）と、共編著『室生犀星文学アルバム　切なき思ひを愛す』（平成24年3月、菁柿堂）に、それぞれ数葉を使わせていただいた。

そして、今回、さらにその重要性を、改めて知ることになったのである。

その写真が、いつ撮られたものであるかはすでに確認済みであったが、それがいかに貴重なものであったかをここに確認する意味で、犀星日記から、吉村氏の犀星家訪問に関する部分を、次に引く。

昭和29年4月5日　毎日新聞グラフの写しん班、不在中に来る。明日くるよし。
同年同月8日　毎日サンデー写真を見せに来てくれる。相当にうまくとれてゐた。

その写真は、おそらく四月六日に撮られたものなのであろう。

何が貴重かと言えば、まず、朝子氏の離婚寸前、別居中の写真である。犀星と二人で庭を見ている姿はかなりお窶(やつ)れになっているようだ。犀星も窶れている。犀星はその年の一月二十二日胃腸病院に入院し、二月二十三日に退院しているが、日記によると、その後も健康状態は良くないようだった。自身の健康状態に加えて、朝子氏の離婚問題もかかえていた。さらに、様々な角度から撮られている庭は、「杏つ子」に描かれた、破壊後に整えられた姿である。

つまり、十二葉の写真は、「杏つ子」の最終章である第十二章「唾」の後半、《亭主といふ「兵営」に住む女の兵隊》から作品の終わりまで、すなわち、庭破壊事件によって、夫亮吉が平四郎家を出て行った後、杏子の離婚までの作品世界の一部が、視覚的に残されていたのである。

写真の説明に重きを置いてしまったが、先に記した昭和二十九年四月八日の犀星日記を見返していただきたい。そこには「相当にうまくとれてゐた」と、簡単ではあるが、写真に満足している、現実の犀星を見ることができるのである。その写真は、味わい深く、実にすばらしいのである。

さらに書き加えて置きたいことがある。ことによると、犀星が、恩地みほ子、堀たえ子両氏に見せた写真は、ここに紹介した吉村氏の撮ったものだったかもしれない（81頁参照）。
まず吉村氏が撮影した写真を犀星が見た昭和二十九年四月から、「廃墟の学問」を発表した昭和三十年六月前までの犀星日記を見ると、次に挙げる記述が出てくる。犀星、軽井沢滞在中のことである。

昭和29年8月17日　堀たえ子、恩地みほ子来る、菓子をもらふ、ビールがあつたので出すと、恩地みほ子はうまさうにのんでゐた。（略）

そして、その日までに、犀星が写真を撮られていたかというと、日記にはその記録はないようである。昭和二十九年十月十二日の日記に「土門拳といふ写真師、助手二人と、巌谷大四とともに来訪、早く撮るのも名手のわざか」とあるが、その後に、恩地、堀両氏の犀星家訪問の記述はない。あくまで推測だが、犀星が幾分得意気に、また幾分不安気に見せた写真は、吉村氏の撮ったもののように思われる。

三　「小説稼業の難かしさ」と「道義的な復讐」

悲劇の始まり

一生懸命

「杏つ子」の第八章「苦い蜜」の《ひやりとすること》は、いわば「小説稼業の難かしさ」の序章に当たる。そこには平四郎と杏子との次の会話がある。


「亮吉さんの小説はどう。」

「まだ読まない。」

「読んでおあげになつてよ。」

「うん。」

「此(こ)の間ね、或る新聞の懸賞小説に応募したんですつて、ところがそれが第二等にはひつたんです。」

「さうか、それは残念だつたな。」

「だから読むといいわ。」

「それならなほ読む必要がない。」

「どうして?」

「もう実力が示されてゐるから。」

「それならあとにもつと巧(うま)くなつてゐるかも知れないわ。」

「さういふこともあるがね。いまでも書いてゐるのか。」

「毎日書いてゐるわ、一生懸命。」
「一生懸命か。」

小説家志望の、後に夫となる亮吉の、そして、その妻となる杏子の悲劇、つまり、亮吉は毎日「一生懸命」書いているが世に認められず、それが主因で、かつ、結婚当初からの問題ではあったが、経済的にも立ち行かなくなり、二人はついには離婚せざるを得なくなるそれが、ここから始まるのである。

《ひやりとすること》は、「亮吉は或る日暇のあるときに読んでくれといつて、短編小説の原稿を置いて帰つた」と始まる。その「或る日」は、亮吉と杏子との結婚に関する話が生じる前の「或る日」である。これを平四郎は読まずにいる。他人の作品を読んでその実力を見極め、失望させるようなことがあってはならないと思うからである、また、それが優れた作品であるときには、そのすぐれたものがそれを読む作家に紛れ込む危険さえあるからである、と「読まない」理由が記され、これに続くのが先の引用部分である。

引用箇所に続いて、「一生懸命」にかかわる平四郎の創作観が示される。「いつもばかばかしいくらゐ一生懸命」に創作してきた平四郎だが、その四十年くらいに何が書けたというのかと振り返ると「ひやりとして来る」、という。そういう自分が「無名の人が一生懸命に書いてゐる」と聞くと、「ひやりとする」のだ、という。そして「他人へのひやりとしたものも、自分のひやりとしてゐるものが、両方で或る処で打つかり合ふのである」と書く。しかし、同じ「ひやり」だが、平四郎にとっては、その「ひやり」があるからこそ創作が可能なのだという。一方、どれほど「一生懸命」に書いても、それが報われ、将来作家として生きて行けるという保証はなく、ほとんどの人は挫折せざるを得ない。それを思うと、「ひやりとする」のだという。これが、無名の人の「一生懸命」に接した時の「ひやり」である。

さらに、引用箇所には亮吉を「一生懸命」にさせる要因、悲劇の源の一つが示されている。それは亮吉が「或る新聞の懸賞小説に応募し」て、その作品が「第二等にはいつた」ということであった。「杏つ子」では、それを平四郎は杏子から聞いたことになっている。その事実は、「杏つ子」の背景として興味深いものがある。

朝子氏は「赤とんぼ記」で、この事実に関して詳しく描いている。「阿梨子も喜びはしたが、知義と生活を共に始めて後年、朝刊に知義の名前の出たのを、何度恨めしく思っただろう。そして彼が第二席にはいらずに選から洩れ、小説を書かずに写真一本を仕事として行ったなら、或いは阿梨子は知義と別れなかったかもしれない。大袈裟な言い方かもしれないが、彼が第二席になったという事実が、知義の生涯の道に於いて、あるひとつの誤りであったと、阿梨子は知義と別れなくてはならぬ気持に自分が近づいていっている時に、はじめて気がついたのであった」と。

さらに、「悲劇の源」を具体的に示している。朝子氏は同書で、「年も明けて雪の多い寒いお正月が来た。／二日の朝刊の懸賞小説入選発表の中に、阿梨子は知っている、思いがけない二つの名前を発見した」と書く。続けて、第二席に秋山知義、第三席に「父の家を空襲の東京で守ってくれている、父のお弟子さん」の名前を発見した、と。第三席のその人は、伊藤人誉氏である。

ここには、ほぼ事実が記されているようだが、創作もある。

昭和二十二年二月二日『読売新聞』の朝刊、二面にそれは発表されている。まず、選考経緯について次のように記されている。

文学界に清新躍動の巨火を掲ぐべくさきに本社が募集した懸賞小説は、応募数一千二百八十八編の多きに達した、社内予選を通過したものは十一編、そのうちから、川端康成、大仏次郎の両氏が更に「墓石」「北緯卅八度」「ひとすじ」「月光」「芙蓉収容所」の五編を選び、志賀直哉氏に送付（山本有三氏は眼疾のため選者を辞退）最後の決定は去る一月二十五日三選者が集合協議の結果、募集の趣旨に応えた一等該当作品なきため入選作二編を選び一等作品への賞金二万円を入選作一編に賞金一万円ずつとし佳作作品とともに次の如く決定した、なお入選作は本紙に連載の予定である

続いて、入選作、第一席「北緯卅八度」、第二席「芙蓉収容所」が紹介され、その後に「予選通過」作品七篇が記されている。その中に、「月光」長野県青木和夫、と、「溶解」伊藤人誉、とを見ることができる。ということは、事実としては、二篇とも予選通過作品ということであった。それにしても、千三百に近い応募作品の中から選ばれた数編の内の作品である。「一生懸命」になる気持ちは十分に理解できる。

伊藤人誉氏にも、これに触れた文章がある。平成十七年五月、龜鳴屋から出された『馬込の家室生犀星断章』の中で、青木和夫は「カメラマンの仕事をしてはいたが、かれの志望は作家になることだった。そしてそのための勉強もしていたし、朝日新聞の懸賞小説に応募して二次予選まで通過したという経歴もあった」と書いている。それぞれに多少の相違があるが、いずれにして

も、これが「杏つ子」に使われたことは確かである。

犀星は、東京空襲が確実視されていた昭和十九年七月下旬、家族を軽井沢に疎開させ、自身も同年八月中旬に軽井沢に立つ。その時、馬込の家の留守番を頼まれたのが伊藤氏であった。その馬込の家での生活は、終戦を挟んでの、昭和二十二年十二月二十九日に川崎市久本に引っ越しをするまでの期間であったという。つまり、その留守番の期間に、懸賞小説応募作品「溶解」が書かれ、それが予選通過作品になった、ということである。

犀星は、ちょうどその頃、昭和二十二年一月下旬に上京し（伊藤氏の『馬込の家　室生犀星断章』には、犀星が上京したのは「昭和二十二年二月の初めだった。疎開(そかい)してから約二年振りである」とある）、八月下旬に軽井沢に発つまで馬込にいたので、新聞を直接見ていたのか、あるいは伊藤氏から報告を受けていたのかもしれない。そして、あえて、「予選通過作品」を「第二等」としたのであろうか。杏子の台詞が「ところがそれが予選通過作品にはいつたんです」では、作品にならない。

朝子氏の「第二席に秋山知義、第三席に……」も、伊藤氏の「朝日新聞の懸賞小説に応募して二次予選まで通過した」も、それぞれの意図があり、事実を曲げたのであろう。伊藤氏は、自身の「溶解」に触れていない。伊藤氏は、この頃までに、すでに際立った活躍をしていた。これに関しては、後の「小話」に記すことにする。

鎌倉のＫ氏

朝子氏の「赤とんぼ記」には、知義をさらに「一生懸命」にさせる事実が示されている。何と、青木和夫は、選者の一人、川端康成を直接に知っていたのだ。

新聞の選にはいった後の知義は、写真をぴたりと止め、原稿を書くことに没頭していた。／阿梨子が結婚したのは、丁度このような時であった。（略）／知義の原稿は間もなく売れて、纏ったお金がはいって来る、と実に甘い考えを阿梨子は持っていた。だが結婚したての、夫のものを書くという意気込みは、凄じいものであった。（略）／僅か四カ月過ぎた後、知義の貯えは皆消えていってしまった。／その間に知義は、何枚かの短篇を書き上げて、鎌倉のK氏のもとに持って行った。／知義が海軍の報道部でカメラの仕事をしている時に、K氏はペンの召集で来合わせ、知り合いとなった。その上、知義の選にはいった新聞の、選者の一人でもあった。阿梨子も勿論面識はあった。阿梨子が知義の妻となってK氏を尋ねると、喜びと驚きとの交わった、不思議な面持で、客間に出て来た。／「あなたが小説など書くとは思いもよりませんでした。又……阿梨子さんと結婚なさったそうで。」／と、大きい目玉をギョロリとさせながら、笑顔で話題は弾んだ。そしてこの日から、知義のものを書くという決心は、益々かたくなっていった。

これは「赤とんぼ記」からの引用である。ここには、朝子氏と和夫の新婚時代の生活、朝子氏の夢、和夫の「一生懸命」を知ることができるだけではなく、「鎌倉のK氏」、川端康成と和夫との、そして朝子氏との関係（これについては、後に記す）、さらに和夫の「一生懸命」を増幅させる奇縁を知ることができるのである。

それだけではない。「赤とんぼ記」には次のような文章が出てくる。

まるで雲を摑むようなものを、目標においた阿梨子の考えが、生ぬる過ぎたのではあるが、知義の自信の程は偉大なものであった。／その自信が、唯新聞の選にはいったというだけのものであったなら、知義の考えは、少しは融通をきかしてほかに伸びていったかもしれない。雑誌の写真をとっていた関係から、親しくしていたジャーナリストを通じて、銓衡経過の速記を、知義は見る機会を持った。其処に知義は思いもしない結果を、発見してしまった。／それは唯の喜びばかりではなく、自負と彼の自信を強く自覚させるものであった。入選すれば新聞連載になるということを、知義は知らなかったから、百二十枚の中篇に書き上げた。委員の中の何人かは、彼の作品を強く推したのだが、題材が戦争ものでないこと、新聞形式に書かれていないことが、主な理由として、次席になった。この速記を見て、自分が其処迄力があったというのが、知義を大いに刺激もし、発奮もさせた。だがその自信は、唯知義だけに通用し、その時の文壇やジャーナリスト達に、何の通用するひとつのものもなかったことを、知義も阿梨子も、お互いにはっきりと思い知ることの出来たのは、ずっとずっと後になってからであった。

先のＫ氏宅訪問時の話に戻るが、やがて、その時Ｋ氏に預けてあった知義の原稿に関する、Ｋ氏からの返事がくる。Ｋ氏の紹介状を添えてある雑誌社に原稿を持って行くように、とあった。結果として、「いくらＫ氏の紹介状があったとしても、商品価値として活字になるには、何かが足りなかった」ために、採用されない。しかし、それ以後、ひるむどころか、知義は異常な熱意を示すようになる。

さて、さらに話が戻るが、川端康成と青木和夫との出会いを探ってみたい。

「赤とんぼ記」で作者は、知義の姉喜美子の言葉として、知義を阿梨子に「弟です。海軍の報道部の写真班として、行っていましたが、一寸体の具合を悪くして、帰って来ました」と紹介している（「杏つ子」の第六章「人」の《憲兵》には、「すみ子はこれは弟の亮吉だといつて紹介したが（略）」／「亮吉といふ男は杏子にお父さんの平四郎の小説はしじゅう読んでゐるといつた。きちんとした顔立で、報道班員であつたが、病気をして戻つて来たのだと言つた」とある）。それは「木々の芽も出揃い、山肌のあちこちに春一番早く咲く、朴の花の白い渦が、遅咲きの山桜に混って見分けられるころ」だという。場所は軽井沢、昭和二十年の遅い春、五月中旬の頃であろうか。その後、知義の姉、弟、阿梨子の弟邦彦たちの交際が始まるが、やがて「邦彦にも、最後の動員の赤い紙が来て」入隊、「その間に知義も亦、カメラを肩に掛けて、鹿児島の方の基地に、再び出て行ってしまった」とあり、やがて終戦となり、九月の末に邦彦が帰ってくる。知義も邦彦の復員と前後して帰って来た、と作品に書かれている。

これが事実だとすれば、知義はもともと「海軍の報道部の写真班」に属していて、おそらく二回、「鹿児島の方の基地」に行ったということである。一回目がいつからか不明であるが、軽井沢に帰ってきたのは、先にも記したように、おそらく五月に入ってからであろう。

二回目は、邦彦の入隊と同じ頃に知義は「鹿児島の方の基地」に行った。邦彦は、朝子氏の弟朝巳氏がモデル。朝巳氏が入隊したのは、昭和二十年七月十五日。除隊は、その九月中旬であった。ということは、知義、つまり青木和夫が写真班の一員として「鹿児島の方の基地」にいたのは、それとほぼ同時期だとすれば、終戦を挟んでの、約二か月ということになる。

一方、川端康成はどうであったか。川端は、海軍報道班員として、鹿児島県鹿屋（かのや）の海軍航空隊特攻基地を訪れていたのは、昭和二十年四月末から五月二十四日にかけての約一か月であった。ということは、おそらく、第一回目の鹿児島行の時に、青木は川端に近づいたのであろう。この間に、文学青年であった青木は川端を知り、そのような場、時であったがゆえにか、親しくなれたのであろう。

宿命的なあわれ

「赤とんぼ記」によると、青木和夫は犀星に何の依頼もしなかったようである。それが朝子氏にも魅力であった。作中から、それに触れた部分を引いてみる。

まるでお酒にのまれているような、その当時の知義は、正気の日中は実に人の好い、物事の理解力の多い男であった。その上人には頼らないということも、阿梨子の結婚当初の、大切な知義の魅力のひとつであった。／結婚式の後、旅先の旅館で知義は言った。／「ひとつだけ改まって言うことがある。僕はいかなることがあっても、あなたの父君の名前と力を借りて、文壇に出るつもりはない。自分には自分で決めた先生もあるし、自分の力を一杯に出してやってみる。決してあなたがあの父君の娘であるから、結婚しようと考えたのではない。又父君の仕事は、仕事として尊敬もし立派だとは思うが、父君は唯あなたの父君としてだけ考えている。文壇に出るための下心があって、あなたと結婚したのではないかと、他人には思われるかもしれない。それらを思う人に、僕の心は全く別の処にあるというのをはっきりと形にして、見せるつもりだ。これだけはもっと早く言わなくてはならなかったのだが、今日になってしまった。心に留めて忘れずに、覚えていてほしい。」／（略）阿梨子は、知義のこの長い科白を聞いて、安心もし事実喜ばしくもあった。急にとりきめた結婚ではあったが、このひと言が、かようにはっきりと、しかもしっかりとした塊りとなって、知義の心の中に収っている限り、阿梨子は長い知義との人生に、ついてゆけるだろうと、強い安堵感を持つことが出来た。実際に阿梨子が夫となる人に求めていたものの中の、重要視するものであった。／原稿を書いている長い間、先生のお口添えがあったら、掲載いたしますと言った人もあった。だが知義は、父に原稿を見てほしい、何処かの雑誌社を紹介してほしいと言ったことは、唯の一度もなかった。それを見ている阿梨子の方がよけいに辛く、又まどろっこしくもあり、編集者の言うように、父に頼めばよいではないかと、うっかり、阿梨子にしてはうっかりではない、もうこの言葉を言わずには、居ても立っても居られない程、悲しく戸惑っていた。だが阿梨子は言下に、知義の叱責にあった。／「おれの言ったのを忘れたのか。いかなることがあっても、おれは頼まない。いや頼まないのではなく、頼むことは出来ないのだ。君も亦、遊びに行った際に、余計な泣きごとを言って、迷惑をかけるのではないぞ。」

「赤とんぼ記」における知義像をとらえておきたく、また、「杏つ子」における亮吉像との対比にもなり得る箇所でもあるので、長い引用になってしまった。

これが真実であるとすれば、この章の初めに記した部分、つまり「亮吉は或る日暇のあるときに読んでくれといつて、短編小説の原稿を置いて帰つた」とあるのは、事実に反することなのかもしれない。それに、師を川端康成と定めてあったとすれば、なおさらである。犀星は、「ひやりとすること」を描くために、亮吉を「原稿を見てほしい」と頼む男にしたのであろう。

そして、思う。これらのことが事実に近いことなのであれば、恐らく、青木和夫の心は複雑であったであろう。ひそかに師と決めていた川端康成の紹介があったにもかかわらず、原稿は採用されなかった。失望は激しいものであったろう。「赤とんぼ記」には、「編集者を呪うように、怒りを阿梨子にぶつけた」と書かれている。

しかし、一方で、懸賞小説において千三百に近い応募作品の中から「予選通過作品」として選ばれ、新聞に作品名、作者名が載ったこと、さらに、その選考過程においての、「刺激もし、発奮もさせ」る情報を得たこと、それらは、原稿不採用の失望に打ち勝つだけの意欲を残してくれたことであろう。「赤とんぼ記」には、「どんなにひどい言葉でけなされても、ひるむどころか、ひとつの原稿が戻って来ると、戻って来たことに反発して、此の次には成功させると、意気込んでいた」とあって、そこには異常ともいえる熱意が記されている。青木和夫の受けたこれらの劇的な体験は、「赤とんぼ記」によれば、結婚後間もなくの頃からのことであって、そこには執筆に明け暮れる作家志望の男と、その夫を献身的に支えようとする妻との宿命的なあわれが描かれている。

室生朝子著『晩年の父犀星』(昭和37年4月、講談社)の奥付の後のページに、『赤とんぼ記』(これも講談社から出版されている)の広告が載っている。その中に、亀井勝一郎の次のような短評が紹介されている。

女のあわれを、自分の身につまされて知るとは、どういうことであろうか。ここには現代風の突飛な事件などひとつもない。むしろ平凡な日常性のうちに、内的に挫折してゆく男と、それをうけとめて傷つく女心の、ひとつひとつの思い出が、結婚から離婚までの時の流れのうちに描き出されている。室生朝子さんは、一度これを描くことで、過去の自分に別れなければならなかったのであろう。同時に「父母のしきりに恋し」という一句の心情が、それとなくにじみ出ているところに、あわれの深さが感じられる。

さて、上述のこと、「杏つ子」の背景としてのそれ、つまり、懸賞小説入選発表後に生じた朝子、和夫夫妻をめぐる悲喜劇を「杏つ子」にたどってみると、全く見当たらない。犀星は、亮吉の体験としてそれらを描くことをしなかった。平四郎は、冒頭の引用部分にあるように、「或る新聞の懸賞小説に応募し」て、「それが第二等」になったということを、杏子から聞いただけである。そして、結婚後「一年が過ぎかからうとした時分」までに、小説の原稿を書く亮吉はいない。結婚前に平四郎に「書かない」と言ったことを忘れたかのように書き出すのは、その後である。結婚後は雑誌社の写真の仕事をしていた亮吉であったが、その仕事が打ち切られることになり、その時に、「本当の仕事」をすると一方的に宣言し、そこから原稿書きが始まることになり、生活の破綻へと物語りは展開することになるのであった。

「杏つ子」「赤とんぼ記」が、それぞれの制作意図に沿った必然的な手法で描いているのは当然であるが、その相違に興味が引かれる。さらに、青木和夫の私小説作品が読みたいという、全く無理な願望も生じてしまうのである。

二つの哀しみ

「川端康成氏の死におもう」

「杏つ子」での、「或る新聞の懸賞小説に応募したんですつて」という杏子の台詞からの流れでその懸賞小説を調べていったところ、その選者の一人に、「赤とんぼ記」で「鎌倉のK氏」と記されている川端康成がいたことを知った。「杏つ子」からかなり流れ下った先のことではあるが、ここで、川端康成が朝子氏にとってどのような存在であったか、その姿を朝子氏のエッセイを通して眺めてみたい。

川端とのかかわりを描く中で、朝子氏は何度も泣いている。特に、犀星の亡くなった昭和三十七年を描く文章の中にそれは見られる。

昭和三十七年三月二十六日、犀星は七十三歳の生涯を終える。その年の七月二十七日、朝子氏は、父からの生前の言い付けに従い、馬込の庭に残されていた一基の俑人を軽井沢に運び、その下に犀星の分骨を納める。その折のことを、『追憶の犀星詩抄』(昭和42年8月、講談社)に次のように書いている。

私は父が母の納骨をひとりで行ったように、誰にも知らせず大工の頭梁を呼び、洋服を改め、大輪の百合の花束をかかえ、家族と共に文学碑まで登っていった。入口の錦木の茂みから話し声が聞こえていたが姿は見えなかった。私は他人が居合わせたことに少しばかりの躊躇を感じたが、勇気を出して静かに歩いていった。傭人の前に白髪が揺れねずみ色のブレザーコートの背中が見えた。私は安堵した。川端康成氏が二人の客を連れて話をしていらした。私達の服装の改まっているのを見て、「どうしたのですか。」と言われた。町に散歩に出られたついでに来られたとか、納骨することは勿論知ってはいられなかった。父の生前毎夏軽井沢だけのおつきあいであったが、父と川端さんとの間にある、文学を通しての見えない絆のようなものを、私は強く感じ、納骨の前に鼻の奥がこそばゆくなった。私はふるえる手で母のお骨壺の傍に、父の白い壺をそっと並べた。父は川端さんに見守られながら、自分の作った墓の、一生の間愛した軽井沢の土の中に納まったのである。

この偶然の出会いの後、間もなくのことだと推測されるが、父の死後、「日がたつに従って、深い渕の中に沁み込むほど」寂しかった上に、金銭にかかわる深刻な問題に直面していて心身共に疲れ果てていた朝子氏は、考えあぐねた末、浅間隠しの川端家を訪れる。その折のことが、朝子氏の随筆集『雪の墓』（昭和48年1月、冬樹社）の中の「川端康成氏の死におもう」と題された一文に、記されている。これを読むたびに、私は心打たれる。

私はもやもやした大きい塊のこだわりを持って、軽井沢の浅間隠しの川端さんの家へと、山を登っていった。私はすべてをお話しした。

「なぜ、もっと早く来なかったのですか。」

大きい目でじっと私を見つめて、川端さんは、ひと言、言われた。私は不覚にも涙をこぼした。だが、話し終えたことで私はほっとし、また勇気を得た。女一人で意地をはっていても、たとえそれが正当な事柄であっても、それを押し通すことの困難を、身に沁みて感じていたから、川端さんがそれを知っていて下さることだけで、再び私は自信をとり戻した。今まで神経に応えていたことも、気にすべきでないと悟った。

「朝子さんはよい仕事をすればよいのですよ。よいものを書けば、誰も何も言わなくなるから、せいぜい書きなさい。」

私にとって、この言葉に勝る、なにも

軽井沢の詩碑横におかれた俑人二体。馬込の庭から移されたもの。（撮影・著者）

のもなかった。

川端さんは、私の話したことについての書面を、見せてほしいと言われた。私はそれをはじめて、川端さんにお見せした。

ここに書かれていることは、父犀星の死後に生じた、対立する周囲の人々との確執の中にいる朝子氏の苦しみ悲しみと、そこから救ってくれた川端康成の存在である。「書面」は、確執の具体的な内容が記されたものである。

なぜ四面楚歌の状態になってしまったのか。朝子氏には犀星没後、金銭にかかわる問題で孤独にならざるを得ない状況があった。犀星を師と仰ぐ作家たちとの関係に亀裂があった。そこに亡き父に代わって傷ついた朝子氏を慰め苦境から救ってくれたのが、川端康成であった。

これに関して、伊藤人誉氏が『馬込の家　室生犀星断章』に「朝子も朝巳も、犀星の友人たちから孤立していた。とりわけ中野重治や佐多稲子のような犀星とごく親しかった人たちと絶交状態であった。そういうことになったのは、姉弟が声をそろえて、『室生犀星全集』の印税を万里江にわたすのを拒否したからである」「私自身は、万里江に印税をわたせばよかったと思っている」と書いているが、それゆえの四面楚歌である。「万里江」（仮名）とは、犀星の晩年に犀星の身の回りのすべての世話をしていた女性であることはよく知られている。朝子氏に紹介していただき、私は、かつてこの女性に会い、お話を伺ったことがあり、そのあらましを、拙著『室生犀星―創作メモに見るその晩年』（平成9年9月、踏青社）に記した。また、私は、その「書面」を見せていただいているが、この問題に深入りはしない。事実としてはそうであるが、内容はもう少し複雑なように思われる。
川端は、相談相手になってくれただけでなく、実際に動いてもくれたようである。印税問題に関してではないが、中野重治の「うろ覚えの記」(『新潮』昭和43年5月)に「犀星死後家をどうするか、土地建物に限らず遺族がどう身の振り方をつけるかで姉弟と私とのあいだで意見のちがいが生じてきた。(略)心配した川端が、沓掛の私のところへわざわざ出かけて話しにきてくれたこともある。そして事は落着した」とある。
「川端康成氏の死におもう」に戻る。明くる日の夕刻、帰京の支度をしている朝子氏のところに、預かった書面を持って川端が来る。朝子氏は感激する。

私の頭は少し混乱していた。父を想い、自宅の離れで庭を見ながら、川端さんと二人だけで腰かけているその時間は貴重であった。足の組み方を替えても、もろくこわれてしまいそうなほど、その「時」は「時間」ではなくて、ひとつの「物体」のようであった。時々、鋭い視線が、私の頭のてっぺんに止るのを感じていた。

この後に、朝子氏が川端を女学生の頃から「おじ様」と呼んでいたこと、川端が苔を分けてほしいと言い、朝子氏がそれを掘り起こして差し上げることが記され、この場面は、次のように締めくくられる。

私はその時川端さんのなかに、たしかに父の影を見たと思った。

お送りするという私の言葉をさえぎって、
「また、なにかあったら鎌倉にいらっしゃい。」
家の前の細い道で川端さんのお姿はすぐ見えなくなったが、足元のぼおっとした懐中電灯のあかるみを、私は消えてしまうまで見とどけていた。

そして、「川端康成氏の死におもう」は、次のように結ばれる。

私は心の柱を今、失ってしまった。気軽に始終お会いしていたわけではないが、何かのことが起きたとき、話を聞いて下さる方、すぐとんで行って話の出来る方、このような方が私にあるというだけでも、それは強い力の心のよりどころであり支えであった。ぽかりとあいた穴を埋めるすべを知らない。精神的に頼ることと甘えを失った私は、唯、仕事の中に自らを埋没させ、気強く生きねばならない。私は父を失った時も同じようなことを、痛切に感じた。だが、この時はまだ、川端康成氏があった。だが現在は私にとって大切な、そして父と同じほどの偉大な存在を失ってしまったのである。

朝子氏は、昭和四十六年九月、毎日新聞社から出した『父室生犀星』の「あとがき」に、自分の前にそびえ立っている「父の残した作品の大きい山」に挑み、これを踏破することが自分に課せられた生涯の仕事である、という自覚と決意を示している。引用文中に、「唯、仕事の中に自らを埋没させ、気強く生きねばならない」とあるが、昭和四十七年四月十六日の川端の死が、この決意を更に強いものにしたのであろうか。特に、川端没後からの朝子氏の働きは際立っている。

その働きの成果を記せば、犀星の残した『全作品』という偉大な遺産を理解し調べることに専念し、ジャンル別に編纂した業績として、『室生犀星句集　魚眠洞全句』（昭和52年、北国出版社）、『定本犀星童話全集』全三巻（昭和53年、創林社）、『定本室生犀星全王朝物語』全二巻（昭和57年、作品社）等の編著・共編著が生み出された。また、『室生犀星文学年譜』（昭和57年、明治書院）、『室生犀星書目集成』（昭和61年、明治書院）等は、厖大な犀星作品の初出の作品に興味を持つようになった朝子氏が、協力者と共に長年にわたって調査をつづけ、その結果をまとめた大著である。

これら朝子氏の文学的営為の背後には、二つの哀しみがあった。

はにかみのような色

さて、昭和三十七年、犀星没後に戻る。

朝子氏は、昭和三十七年十月十日、講談社から『晩年の父犀星』を出版するが、その帯に川端の推薦文を貰うため、出版社の松本道子氏と紀尾井町の福田屋に川端を訪ねる。川端は快く承諾してくれる。原稿は九月の初めに、軽井沢でいただくことになる。

九月の初め、朝子氏は浅間隠しの川端家を訪れる。すると、川端が「朝子さん、まだ一枚半しか書けません。あなたは今日、こちらに泊まりますか」と言う。泊まる予定です、と答えると、「じゃ、面倒でも明日の夕方、もう一度来て下さい。明日は大丈夫ですよ」と、川端。帯の推薦文をお願いしたのに、まだ一枚半とはどういうことだろう、と朝子氏は驚き理解しかねるが、そのまま引き下がり、次の日の夕方再度訪れると、「お待たせしましたね。朝子さん、七枚書きました。これでいいでしょう」と無造作に原稿を縦に折って、手渡してくれた。本は、すでに製本が終わっている段階である。帯に、とお願いしておいたのに、序文と思い込んでしまった結果らしい。このような偶発的な出来事によって生まれたのが、『晩年の父犀星』の序文「夕日炎炎――序に代へて」であった。

この川端の序文に関係する文章を、かつて拙著『犀星　句中游泳』(平成12年1月、紅書房)に書いたことがある。

いつであったか、室生朝子氏に、犀星の俳句の中で一等好きなのはどの句ですか、と伺ったことがあった。すると、すでに七十歳を過ぎておられる朝子氏が、表情に少しはにかみのような色を見せて、

春あさくわが娘(こ)のたけに見とれける

という句をあげられた。調べてみると、この句が『四季』に載ったのは昭和十年三月である。ということは、朝子氏が満十一歳の時の犀星の作ということになる。遠い昔の思い出がにわかに蘇って、それがあのような表情になったのであろうか。

が、ふと思い出した。たしか、この句は朝子氏の著書の中で見たような気がする。本箱から『晩年の父犀星』を引っぱり出すと、あった。同書には川端康成の「夕日炎炎――序に代へて」が収められているが、その冒頭にこの句が引かれていたのである。犀星が死去したのは昭和三十七年三月二十六日だが、この本は同年十月に出された鎮魂の書で、犀星の闘病生

活と死を描き、そこには父と娘の真剣なそして緊迫した愛の姿が描かれていた。

川端康成は「夕日炎炎――序に代へて」の中で、この句についてのすばらしい鑑賞をしている。それを紹介してみたい。

康成は、まずこの句に犀星の一人娘に対する「よろこび、ねがひ、また、おどろき」が現れているという。そして、この句の季節は「春あさく」でなければならないとし、それは、一つには朝子氏の名を一句の中に読み入れたいという、父の愛がこめられているのかもしれないからだという指摘をしている。さらに、「わが娘のたけ」は象徴の意味を帯びていて、身のたけとは限らず、「心のたけ、人柄のたけ、本質のたけ」と読み取ることもできるようだというのである。

先に、朝子氏の表情に「はにかみ」をみたのは、私の誤りだったのかもしれない。朝子氏は、父犀星の晩年を、そして死の悲しみを蘇らせていられたのかもしれない。康成は「夕日炎炎――序に代へて」の中で、父と娘の関係を「異常に深い愛」と書いているが、まさにそのとおりで、朝子氏の心の中に生きている犀星を私はしばしば見ている。

ここに書いた当時の思いを訂正するつもりはないが、加えたい思いはある。朝子氏の見せた「はにかみのような色」には、川端康成との思い出が、当然重ねられていたのであろう。

芥川賞以上ですよ

再び朝子氏の『雪の墓』に戻るが、この随筆集は、「強盗」と題された話で始まる。内容は、犀星没後三年の、三月のある深夜、朝子氏が一人で寝ている離れに、若い男の強盗が入った、その強盗を朝子氏が上手に退治した、それが夕刊の新聞記事になるのだが、そこには、朝子氏が「ありのままかくさずに話したことが、強盗に説教したようによく解釈されすぎ、女ながら余りにも賊の帰し方が立派である」と書かれて、朝子氏は「恥かしい以上に困惑してしま」う、その折のことである。次に引くのがその一部。

> テレビを終らせ家に帰ったのは、十一時十五分をすぎていた。お茶を飲む間もなく電話がなった。
> 「夜分遅く申し訳ありませんが……」
> と、聞き覚えのある柔らかい女の声であった。
> 「私は夕刊をまだ見ず気がつかなかったのですが、今、主人が東京から帰って来て、びっくりしています。主人と代りますから。」
> 川端康成氏の奥様の声であった。
> 「上手に強盗を帰して怪我がなくてよかったですね。」
> という川端さんのお声を聞いて、私ははじめて朝からの緊張がとけて、涙が出てしまった。
> 「あまり各社が派手に書いてくれて、きまりの悪い思いをしています。」
> というと、
> 「いや、あれはよい宣伝ですよ。芥川賞以上ですよ。」
> と川端さんの軽ろやかな声が聞こえた。私は耳の底から頬にかけて、赫（あか）くなりつつある自

分を感じた。たとえようのない恐怖と不愉快と疲労の連続の一昼夜ではあったが、川端さんの電話のお声を聞いただけで、どれほど救われたか、その長かった一日の終りのある何分間かに倖を感じた。

『乙女の港』

昭和十三年四月、堀辰雄は多恵子氏と、結婚する。仲人は犀星夫妻。その時、朝子氏は女学校三年生で満十四歳。式の後、堀辰雄、多恵子氏と、朝子氏と母とみ子が、大森ホテルに行き、部屋に入る。母と多恵子氏が何かの用事でか部屋を出、堀辰雄と朝子氏がそこに残る。

辰ちゃんと取り残された私は、どのようなきっかけか記憶はないが、川端さんの話になり、その単行本について何かしゃべった。辰ちゃんは、「朝ちゃんがほしいなら、僕が川端さんに葉書を書いてあげよう。」と言い、気軽にホテルに備えつけた紙に、短い手紙を書き、私はそれを大切に家まで持ち帰り、翌日投函した。四、五日後署名入りの本が、川端さんから届き、何人もの友人の間を本は渡り、ある意味で私は友達から、羨ましがられたのであった。

これは、室生朝子著『杏の木』（昭和41年11月、三月書房）からの引用である。「その単行本」とは、中里恒子の草稿に川端が加筆指導した、二人の合作とされる長篇少女小説『乙女の港』で、実業之日本社から昭和十三年四月に刊行されている。『少女の友』に昭和十二年六月から同十三年三月まで連載され、女学生同士の間に見られる愛の世界を描いたこの作品は、中原淳一の挿絵とともに、当時の女学生の間でたいへんな人気であったという。

これが朝子氏の著書『詩人の星　遥か』（昭和57年7月、作品社）では「連載が終わり単行本になった時、私は犀星に内緒にして本を買い、本箱の奥にしまっていた」、「私は『乙女の港』を読む大分前から、川端康成さんを軽井沢で知っていたが、はじめてお会いした時がどのような機会であったか、それは覚えていないのである」とあって、はっきりしない部分があるが、作家としての川端を意識したのは、おそらくこの時であろう。

これ以後のことと思われるが、朝子氏は軽井沢での夏に、川端に会う機会がしばしばあったようである。

『乙女の港』を送ってもらった翌年の昭和十四年の夏、朝子氏は、女学校を卒業する仲良しの同級生四人と軽井沢で十日間を過ごすが、この時間は犀星にとっても貴重な経験であった。この夏の生活を中心に、そして仲良しグループの内の一人の少女の死の哀しみを、犀星は小説「蝶」（『中央公論』昭和16年5月）に描いた。その同級生たちは、「杏つ子」の第五章「命」の主役として、また、その内の二人は、第十一章「まよへる羊」の《足》に訪問客としても登場する。この昭和十四年の夏、そして翌年の夏の思い出を、朝子氏は、『杏の木』の「『蝶』『告ぐるうた』にしのぶ」に書いている。


ことしは若い人が多くて、にぎやかですね、と、町でお会いした時に、父との挨拶の中に、私たち五人の少女の話が出ていた。そのころ、川端さんの小説「乙女の港」は、女学生の間で特に人気があり、五人の少女の中にも毎月楽しみに、愛読しているものがあった。好きな

小説家に会えたということも、若いころ独特の、ひとつの満足も加わって、実に楽しい思い出多い夏の十日間であった。（略）
次の夏、母も行かれぬ軽井沢は去年に比べて、ひっそりとしていた。私と弟との二人の、何時にかわらぬ生活であった。／ある日、川端さんは、三人の少女を連れて、ぞろぞろと家の前を歩いていかれた。町から丁度帰って来るところだった私に、／「今年は、少女が家に三人来ています。あなたのところは誰も来ませんね。羨ましいでしょうと、お父様に言って下さいね。」／私は正直に父に伝えた。よほど去年は、川端さんは、くやしかったのだろうね、と、父と大笑いしたのであった。

この夏には、朝子氏は川端家に三人の少女を訪ねて行き、そこで川端康成を交えて「こっくりさん」に興じたことを、『父犀星と軽井沢』（昭和62年10月、毎日新聞社）その他に書いている。戦前戦後を通じての川端との思い出を、朝子氏は繰り返し記している。その中で、先に触れた「川端康成氏の死におもう」は、繰り返し読ませる文章である。その一節に、昭和四十三年、川端がノーベル賞を受賞し渡欧する、その日のことを記した箇所があるが、そこには父犀星を慕うかのように川端を思う朝子氏の心中、行為が素直に描かれていて、朝子氏の人柄が懐かしく思い浮かべられる。川端康成は、朝子氏を危機から救ってくれた、そしてまた、文筆家としての覚悟を促してくれた恩人であったといえよう。

書くということ

原稿を書く気がありますか

「杏つ子」に戻る。第八章「苦い蜜」の《淡々》の中で、平四郎は、結婚を申し込む亮吉に対して杏子を食わせる自信があるかと問うている。亮吉は写真の仕事があるので大丈夫だと答える。平四郎は、「もう一つ気になる小説の原稿の事を最後に訊(き)く。亮吉が、平四郎に読んでほしいと言って、短篇小説の原稿を置いていったのは、ごく最近のはずである。新聞の懸賞小説で第二等に入ったとも聞いた。そこで、平四郎は「では原稿を書くといふ仕事は問題にしてゐませんね」と聞く。亮吉は「勿論(もちろん)、原稿でどうといふ考へを持つたことはございません。それに原稿などはまだがらでないやうな気がしますから」と答える。

この問答は、《淡々》の後の《したしさ》で繰り返される。

平四郎はなんとなく言つた。

「僕には財産といふ物はない、これは君には関係のないことだが、かういふ事も言つて置きたいと思ふんだ。」

「………」

亮吉は無言であつた。

「だから君達に補助するといふことは出来ないから、それも頭にいれて置いて下さい、いまは若い人の生活は却却(なかなか)困難な時世だが、だからと言つて僕には何も出来ない……」

「それはもう、……」

「もう一つある。」

平四郎はこれは言はなくともよい事かも知れないが、打ち明けて言つて置かうと思つた。

「君は将来小説のやうな原稿を書く気がありますか。」

亮吉はきつぱりと言つた。

「書くかも知れないし、書かないかも知れません、そんな事は考へて見ないんですが。」

「若しも小説を書いてもだね、そんな文学上のことでは僕は推せんの能力機関のない男だから、その文学上のことでは無関係にしてほしいんですよ、書きたければ書いて君が勝手に発表するといふことにしてだね。」

亮吉は一層きつぱりと自嘲的に笑つて言つた。

「そんな事ではご迷惑は一さいおかけしません。書けさうにも思はれませんからね。」

「僕は誰の物もすゐせん出来ない質だから。」

話は再び終つた。


平四郎が、自分は経済的に補助することはできないと言う平四郎に対して、亮吉は、重ねて経済的には頼らないという意思表示をする。もう一つの大事なこととして、再び、「原稿を書く」ということに関して問う。平四郎が「君は将来小説のやうな原稿を書く気がありますか」と問うと、亮吉は「書くかも知れないし、書かないかも知れません、そんな事は考へて見ないんですが」と答える。ここでは、書かないとは言っていない。かなりあいまいな答えになっている。そこで、平四郎は、小説を書いたとしても、自分は推薦できない、文学上のことでは無関係にしてほしいと伝える。

ところが、結婚後一年が過ぎようとした頃、亮吉は写真の方の仕事をやめて「本当の仕事」をすると言い出す。そして、第九章「男」からは、亮吉の「一生懸命」の悲劇が描かれることになる。経済的にはほとんど平四郎に頼らざるを得ない。また、やがて、《荒縄》に描かれたのは、自分からではなく、杏子を通じて、威張って、平四郎に詩の推薦依頼をする亮吉の姿であった。「一生懸命」故の、文学という魔物に取り憑かれてしまった故の二重の裏切りである。このようにして、平四郎と亮吉との対立、格闘、決別の象徴的事件である「庭破壊」の準備ができたということになる。なお、「庭破壊」には、「小説稼業の難かしさ」と「道義的な復讐」の両者の終末の姿が示されているのだが、これに関しては後に触れる。

一方、「赤とんぼ記」では、「結婚後暮迄の二カ月」の生活を描く中で「知義は写真の仕事を打ち切って、朝食が済むとすぐに、机に座ってしま」い、一日中「書いている」、「来る日も来る日も机に向って、座っていた」と記されている。いや、それ以前からであったらしい。「新聞の選にはいった後の知義は、写真をぴたりと止め、原稿を書くことに没頭していた。／阿梨子が結婚したのは、丁度このような時であった。原稿を書くことと、写真をとり歩くことは、両立出来る訳はないと、結婚式をあげる間際になって、程よく使いこなしたカメラまで、友人に譲ってしまった。手元にカメラを置くと、書くことより容易なカメラの方に気が散る、形を無くなしてしまった方がよいとも言った」ともあり、阿梨子もそれを当然のごとく受け入れている。つまり、同書では、亮吉が平四郎に「原稿でどうといふ考へを持つたことはございません」と誓った言葉に反していることになる。「赤とんぼ記」では、「杏つ子」で示したような二つの約束事に関する表現はない。

当然のことではあるが、「杏つ子」と「赤とんぼ記」ではかなり異なる人物像が記されているのであるが、重要なことは、犀星が「杏つ子」において、「小説稼業の難かしさ」を解くために、この「書く、書かない」を最重要な問題として取り上げていることである。血統も定かでなく、学歴もない平四郎が「書くこと」によって生きる意味を得、生計を支え、家族を養ってきた、それ故に、平四郎にとっての「書くこと」の意味の重さは、尋常のそれではない。また、「書くこと」は平四郎にとって、庭を「掃き清める」という行為と無関係ではない。この私見については、後に記すことにする。

それにしても、「杏つ子」は亮吉に対して厳しい。一方、「赤とんぼ記」の知義は悲しい。「赤とんぼ記」は、「ひやり」とさせる「一生懸命」の時間を持った若き日の、書くことに埋没していた我が友人知人たちを、懐かしく思い起こさせる。そして、「ひやり」とさせる「一生懸命」を持つことのできた自分自身の時間をも。和夫、朝子夫妻も、それぞれの「一生懸命」をひたすらに生きたのだ。

「杏つ子」は新聞の懸賞小説に応募し、それが第二等に入ったが故に、義父であり作家である平四郎との二つの約束を破って「一生懸命」に執筆生活を送った亮吉の、そしてその妻杏子の悲劇という側面、つまり「ひやり」が現実のものになってしまったというそれが描かれた作品でもある。

現実に戻って、杏子のモデル、朝子氏に関して、先に引いた伊藤人誉氏の『馬込の家　室生犀星断章』に、興味深い指摘がある。

朝子は夫の書いたものを世に出すために、ずいぶん力をつくしたらしい。もし彼女の夫が作家として成功していたら、朝子は自分では何も書かなかったかも知れない。また犀星の俳句や短歌の初出誌を調べたり、新保千代子の『犀星ききがき抄』に疑問をもって実母さがしをはじめたりしなかったかも知れない。それを思うと彼女の結婚と離婚は、ひとつの不幸のようにも見えるが、予め運命の鎖に組み込まれていた環のひとつだったような気がしないでもない。

皮肉なものである。前にも触れたが、朝子氏が文筆生活に入ったきっかけは、「杏つ子」の発表であった。朝子氏は、昭和三十三年三月、「杏っ子の独白」を『婦人朝日』に発表した。この随筆が活字になった最初の作品であった。

小話

ここで、懸賞小説との関係もある伊藤人誉氏にかかわる小話を語っておきたい。

それは、昭和十六年の秋であったという。当時、小石川郵便局の高田分室で電信係として窓口業務を行っていた伊藤氏は、そこで、時々速達を出しに来る秋田雨雀と知り合い、雨雀の主催していた仏典研究会、聖典輪読会に入会する。そして、当時から小説を書いていた伊藤氏は、作品をもって雨雀家を訪れ、それを読んでもらい、助言をもらう。再度、書き直した作品を持っていくとそれを認めてくれて、自分は芝居の方の人間だから、作家を紹介しようと言い、室生犀星か宇野浩二かどちらかを選ぶように言う。伊藤氏が犀星を選ぶと、雨雀はその場で紹介状を書いてくれたという。早速、馬込の犀星宅を訪れる。次に引くのは、その時の様子を記した伊藤氏の文章（『馬込の家　室生犀星断章』）である。

私はあいさつをすると、持参した原稿を座卓の上にのせて、犀星の前に差し出した。犀星はだまって、その場で私の原稿を読みはじめた。／私は頼みごとをするときの、自分のやりきれないぎこちなさをよく知っていたので、そういう場面がなくてすむように、前もって紹介状を同封した手紙を書いて、原稿を読んでもらいたいという自分の希望を伝えておいたのである。／かなり長く感じられたあいだ、犀星は私の原稿を読んでいた。それから、紙をめくるのをやめて、私を見た。／「とっかかり十枚読めるものは、めったにない」／と犀星は言った。「きみのはよくできている。あとのほうも、初めと同じ位にうまく書いてあるかね？」／「はい、終わりのほうがもっとよくできていると思います」／と私はいった。本当はそう思っていなかった。／「そうか。それなら置いて行きたまえ。わしは、山というものは、医王山しか登ったことがない。山の描写は、わしよりもきみのほうがうまい」

「平四郎」とは違い、犀星は無名の男の作品を読み、出版社を紹介している。当然、「推せんの能力機関のない男」ではない。

それから一年以上過ぎた昭和十七年十二月の初めに、伊藤氏は犀星からの封書を受け取る。そこには、三笠書房から犀星宛の封書が同封されていた。犀星宛封書には、「岩小屋」を賞賛する内容に加えて、三笠書房の発行している、十四、五枚の作品を載せている『文庫』には、枚数が多いので掲載できない、代わりに、『文庫』に適した枚数の作品がいただければ結構だ、という内容が書かれていた。さらに、その封書の「室生犀星様」という宛名の横に、「(その内、来い、日曜后2時半頃)犀」とあるのに伊藤氏は気づく。

久しぶりでの、二度目の訪問である。その折、犀星が「岩小屋」を芥川賞に出すという「いたずら」を提案し、それを実行するが、手違いもあって、「岩小屋」は結局候補作の中にも入らなかった。これは、昭和十八年二月、第十六回芥川賞に関することなのだが、その時は、倉光俊夫の「連絡員」(『正統』昭和17年11月)が受賞している。因に、記録(『文藝春秋』昭和18年3月)によれば、犀星も結局はこれを推している。ともかく、この二度目の訪問がきっかけで、伊藤氏は犀星に近づくことになる。これまでの記述は、主に『馬込の家　室生犀星断章』によるものだが、この先を簡単に紹介する。

芥川賞事件後のある日、犀星から葉書がくる。

人誉よ、絶望する
勿(なか)れ、自ら別途開かれつゝあり、来れ。

犀星の紹介があって、「岩小屋」は昭和十八年五月号の『文学界』に掲載される。さらに、その八月号に「嗣子」を。そして『文庫』の六月号には「郷愁」が載る。伊藤氏には、読売新聞の懸賞小説に応募した昭和二十二年以前に、すでにこのような経歴があった。平四郎が亮吉に対して、「僕は推せんの能力機関のない男だから、その文学上のことでは無関係にしてほしい」とは矛盾する、実話である。

伊藤氏とは、「犀星の会」（朝子氏を中心とした、犀星とごく親しかった作家、詩人、研究者や犀星文学の愛読者たちの集まり）で、また、個人的にもお会いする機会があって、独特の、鋭い犀星観、朝子観などを伺ったことがある。批評眼の鋭い方であった。

矢張り書いているかね

さて、「杏つ子」に戻る。時を経て、結婚後一年が過ぎかかろうとしている頃から、亮吉は「比類ない酒癖」（第九章「男」の《千円札》）をもって登場する。さらに、せっかく得ることのできた写真の仕事も失ってしまう亮吉は、ついに言う。「おれは写真機を売り飛ばさうと考へてゐるんだ、あれを持つてゐる限り本当の仕事が出来ない」。杏子は言う。「けれども小説の原稿が巧くゆかなかつたら、どうなさるおつもり？」（第九章「男」の《かなしい階段》）。自信に満ちた亮吉は、ついに平四郎との約束を破ることになった。

それからさらに約一年、亮吉の猛烈な「一生懸命」が続く。講文社、作品社と原稿を持ち込むが、ことごとく採用されない。その上、平四郎を敬う言葉が、編集者の口からしばしば出る、それが亮吉の心をさらに痛め付ける。

収入もなく、荒れる亮吉に我慢を強いられている杏子は、ある日、息抜きに大森の実家に行く。

次に引くのは、その折の親子の会話（第九章「男」の《ふとつた頬》の中の一節）である。


「どうだ矢張り書いてゐるかね。」

「毎日だわ。」

「少しは売れたかね。」

「ちつとも。」

「それでも悄気(しょげ)ないかね。」

「いまにみな見返してやると言つてゐるわ。」

「おれも見返される一人かな。」

「さあ、それはどうか、……」

「怖いね。」

「怖いわよ。」

「あの根気は大したものだ、不死身の根気だな、ただ無為の根気になることが一等警戒すべきだね。」


平四郎は続けて言う。原稿のことでは、「親も子もないといふのが本当なんだ。たつたこれだけで生きてゐるんだからね、碌(ろく)に正確な文字すら書けない奴が、ちよつとした頭の加減の違ひで、小説家だとか、チンドン屋とか言はれてゐるんだからね」と。何もしないのと同じ根気を恐れ、いくら書いても書いていないと同じ結果になることを警戒し、作家として生きることの厳しさを言う。つまり、さらに深刻になった「ひやり」を、平四郎は杏子に伝えているのである。

一方、亮吉の平四郎に対する対抗意識は膨れ上がってくる。酔った亮吉は、「平四郎」を「平四郎輩」と言い、杏子に向かって「僕はあの男の詩は認めるが、小説は読むこともご免蒙りたいのだ、僕の書くものはあんな腰の折れた小説ではない」「あの男の小説のいのちもちぢまつてゐるし、この頃どこにも書いてゐないぢやないか」と口走る。あたかも、犀星自身が自虐的に昭和二十年代の自分を表現しているかのように。

続く口論の中で、杏子は「平四郎さんを見返すといふのは」亮吉の作品掲載の広告が出たときだ、あなたが一年前に言った「善意の復讐」はまだ成されていない、あなたは作家平四郎の娘を女房にした故に「理由のない反抗」をもっているのだ、と厳しく対応する。そんな感情をもち続けつつ、亮吉は三年近く小説を書き続けている。それは亮吉自身の「良心の現はれである外には、何の役にも立たない」行為である、と作者は書く。

第十章「無為」の《すくひ》は、親子の次のような会話で始まる。


「収入がないと言つても、どの程度に入らないのか。」

「全然ないのよ。一銭もはいらないわ。」

「一銭も?」

「ええ、一銭もよ。」

(略)

「もう、いいよ、その間亮吉はやはり小説を書いてゐるのかね。」

「毎日書いてゐるわ。」
「君は亮吉君の仕事に何か意見を持つてゐるのか、たとへば将来有望だとか、どこかで小説が売れるといふ見込みが、あるとか。」
「全然ないわ、ぢつと見てゐるより外はないいんです、それはあの人が逃げこんでほつとしてゐる孤独の場所みたい、そこまでわたくしは捜しに行きたくないの、わづかにそこで生きようとしていらつしやるんです。」

亮吉にとっての「書くこと」は、「逃げこんでほつとしてゐる孤独の場所」、「わづかにそこで生きようとして」いる所だと、杏子の理解が進んでいる。「書くこと」という勝負に負けた者の姿が、このように厳しく描かれている。

亮吉の前途に期待をしていない一方で、また、別れる決心もつかない杏子に平四郎は一切助言をしない。そして、親として「無類の屈辱を感じながら」も、忍耐強く彼らを救う道を選び、「どうだ、君達はこの家に来て見ないか、おれの物を食つて暮したらどうか」と言う。犀星日記（昭和26年4月28日に「朝子夫妻は来月五日頃に一先づ離れに来て、夏は留守をしてくれ、秋までに家を見付けて越す予定」とある）に照らして、これは現実の犀星の姿であったようだ。

同居後も相変わらず書き続けている亮吉の心中を、作者は「『見たところ凡くら爺さんの何処が一たい、えらいといふのだ。』／亮吉のこの必然な観念は、一緒に住んでみると、全くのぼんくら爺さんの正体であつた。あいつの鼻の穴を開けてやらうといふ亮吉の腹構へは、書くことだけに熱中された。原稿の用ひられることなぞは問題ではない、書いてゐる間は同等の位置があるような気がしたからである」（第十一章「まよへる羊」の《生き身》）と記す。原稿が採用されるかどうかが問題ではない、書いている間だけは義父平四郎と同等でいられるという、それは確かであるが、そこに逃げ道を見つけようとする卑屈な思い、どこかに意味とは言えないそれを見つけなければ生きて行けない哀れな究極の姿が描かれる。亮吉にとっての「書くこと」の意味がここまで変化した、と書く。

小便をこらえて書く

続く《同じ家に》の冒頭で、作者は、「書くこと」に関しての作中最後の文章を記す。

同じ家の、庭を挟んでの書斎と離れで二人は原稿を書いている。平四郎から亮吉のその姿が見える。亮吉は終日書いて

東京・馬込の庭。母屋に通じる石畳。正面が書斎、右は離れ。昭和29年４月。（撮影・吉村正治）

いて飽きない。平四郎は予定の枚数を書いて止めて、思う。「どういふ人間がどんな原稿を書いてゐるにしろ、書いてゐるといふ事実は大したことだ、書いてゐる生き身はないがしろには出来ない、ペンを原稿紙にうごかしてゐる事実の前では、有名も無名もな」い、「ただ惨酷な才能の批判の行はれる時にだけ、その書きあがりが時間の空費であるかないかが決定される」のであり、「いま書いてゐるすがたはいかなる場合でも、これを抹消出来るものではない」と、「書くこと」という誰にも侵すことの出来ない神聖な領域を示す。

しかし、それだけでは終わらない。その後に、午後三時のお茶の時間での、平四郎と亮吉との「書くこと」に関する会話が出てくる。平四郎が、いくらか慇懃に、ひとかどの作家に言うように「書けますかね」と言う。亮吉は自分は遅い方だと言い、あなたは早い方ですね、あっという間に書いてしまう、と応じる。それに対して平四郎は、早いとも遅いとも言わず、次のように答える。

> 僕は速力のある時だけが書けるので、速力が鈍ると書くことがらも鈍つて来るんだ、書きたくて小便をこらへて書く時だけが成功してゐるんですよ、（略）小便をこらへて書くやうな時間がほしいし、何時も肉体と一しよに書いてゐる気がするんだ。

これに対する亮吉の反応は書かれていない。平四郎にとって、書く時、書ける時がどのような時であるかを示しているだけである。

犀星の『刈藻』（昭和33年2月、清和書院）に収められている「冬のない人」（初出未詳）に、次のような文がある。

さて、私はようやく五つの短編小説を書き終つて、一カ月も尿を耐へてゐて、それをしやあとコンクリイトの上に打つつけた安閑さをおぼえて、おもむろにほつと息をついた。

うっかりするとせっかく捕まえた大切なものを逃してしまう、それをそうさせないためには、書かなければならないことを書くためには、小便も我慢しなければならない、体全体でそれを守らなければならない、「書くこと」で大切なのは、書くことが早いか遅いかの問題ではない。「杏つ子」は、「書くこと」のひやり、その歴史を描いた作品でもあった。その「ひやり」は、犀星自身のものでもあった。戦後、「杏つ子」までの間、犀星に華々しい活躍はなかった。作中で、亮吉に「もつと言ふならあの男の小説のいのちもちぢまつてゐるし、この頃どこにも書いてゐないぢやないか」と言わせていた。「杏つ子」は、その「ひやり」が久しぶりに生み出した大作であった。

あれは、軽井沢高原文庫の開館が昭和六十年八月であるからその前後の頃だったと思うが、朝子氏と、編集者の女性と三人で、奥沢の方に移築していた「離れ」にタクシーで向かったことがあった。用件は、その「離れ」に乱雑に置かれていた多量な様々な書籍類の中から、犀星作品の収められている雑誌を捜し出し、それをダンボール箱に詰めて、軽井沢高原文庫に送る用意をすることであった。選び出したのは三百冊以上であったと思う。リストを作っておいた方がいいと思いますよ、などと余計なことを言った記憶がある。

その折、押し入れと床の間のある部屋のあちこちについて、朝子氏が口数少なく説明してくださった記憶があるのだが、残念ながら、書斎の犀星と奥庭を挟んで見つめ合う窓の記憶がない。現在、その「離れ」は馬込第三小学校に移築されている。

長詩「文学の門」のこと

ここに書き添えておきたいことがある。それは、昭和二十一年の二月に生活社から出された犀星の小著作集『山ざと集』に載っている、長詩「文学の門」についてである。この小著作集は31ページから成る、いかにも終戦直後であることを思わせる粗悪な紙で作られている。収録されている詩および随筆は終戦を挟んでその前後の、軽井沢での疎開生活の中に生まれた作品である。恐らくいずれもこの小著作集に初めて発表されたものであろう。

つまり、ここには、「杏つ子」における杏子が亮吉の姉に紹介されて亮吉を知った終戦前から、入隊した亮吉が「鹿児島の方の基地」で終戦を迎え、その年の九月中旬頃に軽井沢に帰る、その頃の作品が集められていると推定される。即ち、長詩「文学の門」は、亮吉が、鹿児島の基地で川端康成を知り、帰郷して再び創作を始めようとしていた頃の作品ということになろう。

終戦直後という時代、あらゆる文筆家にとってそうであったように、「書くこと」で自らを救い、「書くこと」に命を懸けてきた犀星にとっても、「書くこと」は改めて向き合う大きな課題であった。戦前において、多くの作家、詩人たちは、時局の圧力に対しての抵抗を心の内に持ちつつも、それを表現し切れず、混迷する姿を作品の上に示した。「文学の門」は、その苦悩、詰責、そして矛盾から解放された時の、「書くこと」への再考詩である。

作品は、第一聯31行、第二聯18行、第三聯27行、第四聯25行から成っていて、そこには改めて文学と自分との関係を確かめる営みが描かれている。ここに「書くこと」、そして「一生懸命」「ひやり」が、詩人によって再確認されているのである。

おおよその内容を、少々言葉を加えつつ、次に記してみる。

すべてを失ってしまった僕は、方舟（はこぶね）に乗って歌うほかに術（すべ）を知らない。そんな僕に彼だけが手を出して握れと言ってくれる。僕はその彼について行く。そして「ためらはずに再びその門を敲（たた）く」。その「ずつと奥の門の扉には」鍵などかかっていない、誰でもが入れる。「そんなところは／世界に二つとないであらう／広大さはどこの砂漠も及ばないであらう」。僕は、「書くこと」以外に術を知らない、生きることを知らない。そのような僕は、再び文学の門をくぐる。その門は、すべての人に開かれているのだ。（第一聯）

そこでは、「励むものは励んだだけが与へられ／天分が盛り上り／実力だけがものをいふ」。そして、ここには、「乞食でも／浮浪人でも／学者でも／怠けない奴なら何時でもはいれる」。勲章などは出ないが、「顔立ちは書くごとに立派になり／自分で知らないのに／人びとは自分を知るやうになる」。文学の世界とは、そういうものだ。（第二聯）

「ここではあまりに凄（すさま）じい実力が／ほんものの世界がひろがり／まづいものが蹴られ／ふり墜（おと）されて顧みられないのに驚く」。この文学の門を出て行く者、またこの門をくぐろうとする者に言う。ここは、「おもてはやさしく／はいるにたやすくても／仕事の厳しい正体には／少しのまがりも歪（ゆがみ）も見せ」ないのだ。ここで永年育て上げられた僕は「ふたたび　きみとめぐりあひ／世界の遠近（おちこち）をもの語りたいのだ」。僕は、再び文学の世界に入り、自由に物語りたいのだ。（第三

聯）

僕は、文学を選び、文学に夢中になったことをよかったと思う。文学は、時代の危機の中にも存在していた。その間も、僕は文学から離れてはいなかった。文学は、去る者を追わず、来る者を拒まない。そして、文学は、人の生涯を作る。「かれの前に／もはや　うそなぞはつけない／怠けてなぞゐられない／きのふよりも／三十年の昔よりも／もつと仕事をつづけようとするひとよ／その人はふたたび生きられるであらう／どういふ時代でも／その人に不名誉なぞは受けないであらう。」。僕は、このような覚悟を持ち、決意をする。（第四聯）

繰り返しになるが、ここには、「書くこと」によって血統の苦悩から救われ、「書くこと」に命を燃やし、家族を支えてきた犀星の、終戦直後の「書くこと」への覚悟が改めて記されている。と同時に、「書くこと」とはどういうものかが、改めて確認されている。

「書くこと」の最後の営み

「私の履歴書」（『日本経済新聞』昭和36年11月13日―同年12月7日）の「杏つ子」（昭和36年12月6日）には、再び「文学の門」を潜った犀星の、「ふたたび生きられ」た喜びが記されている。

「杏つ子」は、「戦後三度目の沈滞期がおそうた」と書き始められる。そして、何を書いても、「ひつそりと物陰にあるやうな作品の渋滞」が「晴れ間を見せずに続」き、三、四年の間に作品集の発表もなく、心を込めた書物は一冊も出していない、作家にとって一等寂しい時期であった、と書く。昭和二十八年「生涯の垣根」、翌年の「ボストンバッグ」でいささか立ち直り、随筆「女ひと」「続女ひと」で久しぶりで評判の良いものが書けたが、これも「小型の地味な書物」であった。さらに、「舌を噛み切つた女」「妙齢失はず」「三人の女」と書き、「舌を噛み切つた女」は歌舞伎座で上演され、映画化されたものだが、それらは「意気込んで書いたといふより、すべてが偶然の」作品であった。このような回顧に続いて、「杏つ子」が登場する。

　なんでも、やれるだけやらう、やれなければそれでたくさんではないか、さういふ気前の私はいままでの私自身の作品の取り纏めにかかつた時、東京新聞が作品をもとめ私は「杏つ子」を連載した。この長篇の映画化と書物の売れゆきに至つては、私の文学生涯に嘗てない迅速なものであつた。冬のことで毎夜速達便が来てそれに検印紙がつつまれ、流行る作家といふものは皆こんなふうに日常を送つてゐるものかと思はれた。愉しい忙殺を想ひやり、それが「杏つ子」一篇によつていま私を訪れてゐるのかといふ苦笑がのぼつた。（略）これが私の晩年を飾るむぎわら帽子であつたのかと、私はむぎわらのささくれを捲りながらせつせと根気よく書いていつた。書くよりほかわれわれは存在しない。

「私の履歴書」の最後は、昭和三十六年十二月七日に『日本経済新聞』に載った「憑かれたひと」である。その書き出しに「昭和三十年から三十六年初頭にかけ、私は物の怪に憑かれたやうに書いて、毎日たくさんの活字を吐き尽した」とある。「憑かれたやうに」書いた作品群が、毎日出版文化賞を受賞した「我が愛する詩人の伝記」、野間文芸賞を受賞した「かげろふの日記遺文」、「蜜のあはれ」「生きたきものを」、『昨日いらつしつてください』『遠野集』等の小説、評伝、詩集、句集であることは記すまでもない。犀星はこれらの作品を「死因といふものを微笑みのなかにそれはさうであらうといふふうに感じ」つつ、「殆んど文学生涯のしめくくり」を意識して書いたという。

「私の履歴書」は、昭和三十六年十月六日から同年十一月八日にかけての第一回の虎の門病院入院中に、「肺炎の治療をうけながら、毎日七度二三分の発熱の間に」、付添いと看護婦の協力を得て、主治医に隠れて執筆したものだという。かつて拙著『室生犀星―創作メモに見るその晩年』に、恐らく犀星は肺癌であることを知っていたであろうという推測を記した。「付添い」は万里江氏である。

このような事実を記した後に、犀星はそのような状況の中で「書き物を続け」る自分に、半ば呆れたように、「私は書くことが好きなのか」と問いかけ、自分を客観視し、哀れむ。「憑かれたやうに書」き続けてきた犀星の言葉である。

続けて、重病で入院中であるにもかかわらず「書いてみたいといふときは服薬注射よりも、もつとはつきりと病ひが後退してゐることを覚え、少しづつ元気がやつて来てゐる」という不思議を示し、病に打ち勝つ「書くこと」のすばらしさを言う。しかし、「病気といふのは手剛い、人間はこれと闘つてゐるあひだに、どういふ疲弊にも増して奪はれるものは奪はれる」、死は確実に来る。「書くこと」は病に勝てても、死には勝てない。「書くこと」は、死とともに消滅する。犀星にとって、「書くこと」は「生きること」に等しかった。

遺稿「老いたるえびのうた」は、虎の門病院に再度の入院をする六日前の昭和三十七年二月二十五日に書かれた作品である。室生朝子著『追想の犀星詩抄』によれば、婦人之友社の若い女性記者を待たせて、すでに書かれてあった十三行の詩を、不自由になった手で、かなりの時間をかけて書いた、「父の全生涯を通じ、ペンを持った全作品の最後のものである」とのこと。肺癌のすすんでいた犀星は「ペンも指から滑り、何度も握りかえさないと、指から逃げて行ってしまう」状態であって、それゆえに時間がかかったのだという。「書くこと」の最後の営みである。「書くこと」で命を救われた犀星は、「書くこと」の中に消えて行った。

私の目の前に、「老いたるえびのうた」の生原稿のコピーがある。犀星のペン字は素朴で小さい。晩年になるほど小さくなる。その小さく個性的な字体を一枡一枡に几帳面に埋めて、決して続け字を書かないのが特徴であるが、この遺稿の文字は極端に小さく字間が広い。ほとんど文字の体を成していない、消えてしまいそうな文字もある。多くの文字は枡の上方に片寄り、上に食み出している文字もある。「老いたるえびのうた」は、「書くこと」に「憑かれたひと」の、死への最後の挑戦であった。

そして、二回目の虎の門病院入院後は、「字と呼べるものは一字も遂に書けな」くなり、「わしは字も書けなくなった。文章まで病気に奪われてしまった」と言ったという。この言葉を聞いて、朝子氏は、「この言葉は父の心の底から湧いて来た哀しみと、人生の終りだ、という意味に、私の心につきささった」と書いている。犀星にとって「人生の終り」とは、「書くこと」ができなくなった、ということであった。

長詩「文学の門」は、終戦直後に、犀星が再び「書くこと」に励もうという決意を示した作品であった。しかし、犀星自身が、戦後「三度目の沈滞期」に襲われたと書いているように、沈滞期は長く続き、そこから脱出しえたと自身が確認したのは、「杏つ子」の好評によってであった。つまり、亮吉の「一生懸命」であった昭和二十年代は、犀星の「三度目の沈滞期」に重なるのである。その「杏つ子」に、犀星は、「文学の門」に入って「一生懸命」に励んだが、ついにはそこから脱落せざるをえなかった亮吉の姿、悲劇を、自分の「書くこと」への信念に基づいて、自分の「ひやり」をも重ねて書いていたのであった。

「杏つ子」で、「書くこと」、そして「小説稼業の難かしさ」は重要なテーマの一つと言えよう。

「顔」を蹴られる

赤い旗

亮吉、杏子夫婦が同居して半年近くになっていよいよ息苦しさに耐えられなくなった平四郎は、庭にも出られず、離れにいる杏子に用事があっても呼ぶこともできない。そこで、平四郎は、赤い布切れで小さい旗を作り、杏子に用事がある時に母屋の硝子戸の間にそれを挟んでちらつかせることを思いつき、実行する（第十一章「まよへる羊」の《赤い旗》）。

この伝達方法には、実話があるようだ。朝子氏が『父室生犀星』に書いている。そこには「よくよく父は旗の好きな男だと思った。『杏つ子』にも書かれてあるが、私が父の家のそばに間借りしていた時、用事があれば朝九時に赤い旗を出す、その頃、まだ家は少なかったから、離れの裏側から旗を出すと、私のいた家のすぐそばから見渡された。父の家と私のいた家は両方が高台で、真ん中はへこんだ住宅地であった」とある。

この赤い旗の話は、「赤とんぼ記」にも書かれている。「赤とんぼ記」では、知義、邦彦による

「庭破壊事件」（これについては後に詳述する）の後、阿梨子の父の家に住みにくくなった知義は外に出ることを望み、「父の家のひとつ先の岡を越した向う側」の家での間借り生活（「杏つ子」では、平四郎の家から別れ住んではいない）をすることになる。その結果、急の用事があっても「父」の方からの連絡の方法がなくなってしまった。そこで、「父」はよい方法を考え出す。次に引くのは、「父」の案出した連絡方法である。

離れ寄りの柴垣の外に、細い竹竿に赤い三角の布切れをつけて、つき出す。実験的に行ってみたら、赤い旗は茶色の柴垣の上に、チラリチラリと揺れているのが、阿梨子にははっきりと認めることが出来た。毎朝九時になったら、旗の有無を調べること、出ている時はすぐに来てほしいと、父との約束は成り立った。／いかにもそれは父らしい、父の考え出しそうな事柄であった。お互いが旗を通じて用事が足せるというのも、無邪気な又、楽しい毎日の、ひとつの仕事のようなものであった。

二つの家が丁度高台と高台の両端にあったこと、また、冬であって木々が葉を落としていたこともあって、赤い旗はよく見えたという。

そこには、次のようなことも書き加えられている。

ある朝、早く家を出た知義がすぐにかけ戻って来て、「阿梨子、赤い旗が出ているぞ、まだ時間も早いのにおかしい。すぐに行って来なさい」という。「赤とんぼ記」では、知義はこのような思いやりのある、心優しい人物としても描かれている。阿梨子は母に脳溢血の発作が起きたのかもしれないと独り決めし、急ぐ。家に着くと、父は平然としていて「今朝は旗は出していない、何を君は朝からとぼけているのかね」という。確かめてみた結果が次のように書かれている。「その犯人は、洗濯物であった。お雛様の緋毛氈で、母はいつの間にか襦袢を作って着ていた。女中さんがとり込むのを忘れ、洗濯竿の上の方で赤い襦袢は、はたはたと揺いでいた」。

　時間的にみれば、昭和二十六年秋から冬にかけてと推測されるこの《赤い旗》の小話があって後に、「赤い旗」が「杏っ子」に先のように用いられたのであるが、さらに下って、それは、『父室生犀星』に「私が文章を書きはじめた年の夏のこと」として描かれている。朝子氏が、「杏っ子」の評判がきっかけとなって文章を書き始めたのは、昭和三十三年三月、『婦人朝日』に載せた「杏っ子の独白」からであるから、

馬込の家の書斎から離れを見る犀星。昭和29年４月。（撮影・吉村正治）

その年の夏のことだと思われるが、また、それが登場する。

犀星が亡くなったのは昭和三十七年三月二十六日であった。それから三か月余りしか経っていない新盆の日の夕刻、朝子氏は六十歳くらいの見知らぬ男性の不意の訪問を受ける。朝子氏は、その男性を父犀星の遺影の祀られている一室に招じ入れ、話を聞く。男性は、犀星が一部屋を借りてそこに密かに住まわせていたという女性、宮城峯子（仮名）の父市郎であった。朝子氏は、そこで初めて峯子の存在を知り、ひどく驚くのである。

その折の、市郎の突然の訪問の主用件は、犀星の妻とみ子が生前はめていた大事な指輪を娘の峯子が犀星から貰って持っているが、犀星が亡くなった現在、その指輪をぜひ返したい、という峯子の願いを朝子氏に伝えることであった。このウラルダイヤの指輪は、犀星が昭和十二年四月から五月にかけて約二十日間、朝日新聞社の委嘱で、旧満州、朝鮮への取材旅行をした折に、娼婦である白系ロシアの碧眼（へきがん）の女性からもらったものであるが、その指輪の哀しく艶やかな歴史については、かつて拙著『室生犀星―創作メモに見るその晩年』に詳述した。

これに加えて市郎が話したのが、秘密の「赤い旗」の話である。

『父室生犀星』中の「旗」は、「毎夏軽井沢にもご一緒していました。ご別荘のすぐそばの家にいましたが……。先生は、娘と会う連絡のために、大事なご別荘の一部分まで壊されました。家を直されたことがありましたでしょう」という市郎の台詞で始まる。

この話を聞いて、朝子氏は、自分が文章を書き始めた年の夏に、別荘の道寄りの四畳半と三畳の離れが急に改築されたのを思い出す。そこは、朝子氏が軽井沢に行った時に使う部屋であったという。

犀星は、その夏、朝子氏が別荘に着くとすぐに、「君の離れは暗かったから、硝子戸をつけて明るくしておいたよ。まあここで、せいぜい原稿を書くことだね。仕事はしやすいよ。早く見て来たまえ」と言ったという。離れは明るく改築され、さらに、机の上には犀星の使う原稿用紙まで朝子氏用に置いてあったという念の入れようであった、と朝子氏は書いている。原稿を書き始めた頃である上に、軽井沢にはわずか二週間の滞在である。そのような自分に対する父の思いやりに朝子氏は心から感謝した。

ところが、朝子氏を思っての改築であったとも思われるが、主目的は、峯子を招き入れることにあったという。「先生は新しく出来た入口から、娘が遊びにうかがってよい時間に、小さい旗をお出しになるのです。その旗を合図にして娘はうかがっていました。たとえば女中さんが買物に出れば、三十分は帰って来ない時間だそうです」と、市郎は語る。

この話を聞いて、朝子氏は、初め「嫉妬の感情」を抱き、腹を立てる。しかし、やがて「憎しみの感情は端の方から崩れて」いき、父を「一人の男として」理解していなかった自分に「ひとつの小さい後悔」をする。

犀星はその生涯にも、またその文学にも秘密が多い。好んで隠し事をする。私は、その秘密を追って自己本位の解釈をいくつか試みてきたが、犀星は、何だそれは、と笑っていることだろう。あるいは、怒っておられるか。

『昨日いらつしつて下さい』（昭和34年8月、五月書房）に、初出不詳の次のような詩が収められている。

旗

あかき旗ふり
けふも人は人にあいづして
畑へだてて
言葉をつたふ。
いづくの人のすさびか
山に登り旗ふりて
人は人を呼ばんとす。

「いづくの人の」慰みごととして、詩人は「旗」でその人への思いを伝える。詩人は、その人を、切に呼んでいるのである。

「杏つ子」に戻る。

第十一章「まよへる羊」の《赤い旗》の最後には、「この三人の人間はお互に破つたり破られたりする方向が、次第に近づいてゐる予感だけは、一日づつ受けとつてゐるのである」とあり、破壊、破局への予告がなされるのである。「杏つ子」での「赤い旗」は、その予兆でもあった。

おれにたいする厭悪

《赤い旗》に続く《足》は、亮吉の杏子に対する侮蔑的な行為から始まる。それは、犬をあやしている杏子の後ろから、亮吉が杏子の頭を傘でこつんとやる真似をしたことである。平四郎は、偶然にそれを見てしまった。亮吉のその行為は、それを見ている縹緻（きりょう）のよい女中に「おれはそんなに大して杏子をだいじにしてゐる訳ではない」という気前を見せるための行為だと解釈し、いよいよ二人の離婚が迫っているように感じる。その予感に続くのが、食卓蹴飛ばし事件（これに関しては、後出の「『庭の破壊』と『ちゃぶ台返し』のこと」で詳述する）である。

ある日の夕方、杏子の学友二人（第五章「命」に登場する学友。犀星作品「蝶」にも）が平四郎宅に訪れた日のことであった。母屋の茶の間で、杏子が平四郎を交えてその友人たちと賑やかに食事を楽しんでいる時であった。杏子と亮吉が間借りをしている離れから、一ぺんにたくさんの茶碗の壊れる音がする。足で蹴飛ばした様子である。杏子があらかじめ用意しておいた夜食の膳を、亮吉がひっくりかえしたのであった。

すぐそれと察知した平四郎は、杏子に「離れに行つて見たまへ」と言う。杏子は離れに行き、女中と二人で長い時間をかけて部屋を片付ける。へべれけになった亮吉は寝所に入れられて寝込んでしまう。女客は帰る。平四郎が杏子を呼んで、どうしたのかと聞く。杏子は「例の酔ぱらつて食卓を引つくり返したんです」と答える。「足でか」と平四郎。杏子はすぐには答えない。「『足で蹴飛ばしたといふのか』／平四郎の声は畳みかけてとがつてゐた」。ここまでが《足》である。

続く《飯》の初めで、杏子は、「足」にこだわる平四郎に、「足」ではないと答える。平四郎は言う。「若（も）し足で蹴飛ばしたのなら、おれの飯を蹴飛ばしたことになる、つまり、おれのはたらいた飯を蹴飛ばすことはおれの顔と仕事を足でふみにじつたことになる。おれはまだ誰にも足で蹴られた覚えはない」。この後にも平四郎の怒りは続くが、やがて「平四郎は二人の話が柔らかくなつたので、これはいいあんばいだと思つた」とあって、「ちゃぶ台返し」の事件は、一応収まる。その後の静かな会話の中で、「酒さへ呑まなければいいんですが」と嘆く杏子に、平四郎は、ちゃぶ台返しの原因は酒のせいではない、「おれといふ人間に対する厭悪」なのだ、と言う。

この「ちゃぶ台返し」事件は、先の「赤い旗」と共に、庭の破壊、二人の破局の予兆である。この後になかなか離婚に至らない杏子、亮吉夫婦と対照的に、さっぱりと百日で別れてしまう平之介、りさ子の離婚を描いて第十一章「まよへる羊」は終わり、作品は、いよいよ、破壊、破局を描く最終章「唾」に移る。

「ちゃぶ台返し」といえば、懐かしい思い出がある。

平成六年七月十日、午後三時ごろから夜にかけて、朝子氏と二人で伊藤なみさんの住む千葉県内のご自宅を、犀星に関するお話をお聞きするために訪れたことがあった。ご自宅の窓からは、千葉大学の校舎がすぐ目の前に見えていた。なみさんは、昭和四、五年から同九年まで、つまり犀星の大森谷中時代から馬込時代にかけて、途中中断もあったが、住み込みの女中さんとして室生家で過ごした方である。その折のインタビュー（平成31年3月26日発行の『魚眠洞通信』に掲載）の中から引いてみる。

朝子　（犀星は）すごい気が短くて怖かったでしょ。

なみ　朝なんか寝坊しちゃうと体震えちゃう。予定通りの仕事ができないから、ご機嫌が悪い。几帳面だった。言われたことをきちんと、起きてらしたときにできないと、ご機嫌が悪い。朝早いのよね。こっちもそれまでに起きていないと……。

朝子　おなみちゃんのころは、お膳ひっくり返したのなんか、なかったでしょ。

なみ　一回ある。（犀星は）小豆ごはんが好きだったけど、奥さんは嫌いだった。毎月お誕生日の1日と15日には必ず小豆ごはんを炊いたけど、奥さんは自分が嫌いだから忘れることもあった。小豆ごはんは、犬も食べないんですよ。

朝子　お母様が小豆ごはんが嫌いだって知らなかった。五目飯は大好き。でも五目飯はお父様が大嫌い。

なみ　（谷中にいたころ、）それ（小豆ごはんを忘れたこと）が原因で、晩ご飯の時、たーっと（お膳を）ひっくり返して、きゅーって羽織の紐をとって、外へ出て行ったことがある。その時、奥さんは子供たちには寝なさいと言って、私は一人で起きて待っているからと言って、起きて待っていた。夜、犀星が帰って来たとき、私が出ていったら、にこーっと笑ってらした。

朝子　（好きといっても）ほんのちょこっとしか食べないのよね。小豆ごはんは、（覚えているところでは）15日はなく、1日だけだった。戦争になってから1日だけになったのかしら。

その日は特に暑かった。おいしいビールをかなりいただき、その上、お土産にくさやをたくさんいただいた。そのお土産を網棚に置いて、ついうとうとし、終点で降りて改札口に向かう途中で、気がついた。網棚に置き忘れたのだ。急いで戻ってみたが、網棚には何もなく、届けられてもいなかった。十分に匂っていたので、くさやと分かっていて、おそらく酒客が持ち去ったのだろう。その日のことは、くさやのかおりと共に、懐かしい思い出である。また、朝子氏がお元気なころ、数年、犀星の誕生日の八月一日の昼に、朝子氏を囲んで「お赤飯を食べる会」を行っていた。もろもろの場面が目に浮かぶ。

事件の前触れ

亮吉の詩

「庭破壊事件」の前触れは二つある。その一つが、平四郎が亮吉の創った詩を佐藤春夫に頼んで『三田文学』に載せてもらうことであり、他の一つが、亮吉が書きためていた原稿を往来の溝際で燃やしてしまう出来事である。これによって、作者は亮吉の創作への別れを予言し、「庭の破壊」を準備しているのである。(が、後に触れるが、これらの事も、犀星日記、「赤とんぼ記」と見比べてみるとかなりの相違が見られ、そこには、「道義的な復讐」への道筋を整えようとする作者の意図がくみ取られるのである。)

まず、前者について。

最終章「唾」の《荒縄》は、次のように書き出される。

亮吉は或る日、ひと綴りの原稿を書き上げた。そして杏子に、これを平四郎君に見せろ、多分、平四郎はこれには相当の敬意を持つて見るであらう、と、亮吉は机の上から、四、五枚の原稿を杏子の膝の上に投げた。平身低頭してみると、それは詩といふものであつた。

そこで、杏子は離れから母屋にいる平四郎のところに行って、読んでほしいと頼む。そして、もし見込みのある作品であったら何処かで印刷だけでもしてみたいと言う。すると、亮吉の小説を読むことを以前には拒否していた、「書くこと」に関しては親も子もないと宣言していたはずの平四郎は、これが最後の務めだと思ったのであろう、それを承諾する。そして、杏子を「もはや娘としてではなく、市井の女としての彼女を見」、「そこに思慮分別を超越した人間としての、一個の物質に見入」る。「荒縄」でぐるぐる巻きにされた女性の、追い詰められた宿命的な姿をそこに見ているのだ。

亮吉の詩を預かった平四郎は、「この男は娘のむこ殿でござるが、君の加勢をたのみたい」と、佐藤春夫に手紙を書く。それによって、詩は『三田文学』に掲載される。その詩は、結婚後の「四年間に印刷になつた原稿はこれがはじめて」の、亮吉の作品であった。作中で、「佐藤春夫」「三田文学」は実際の名称が用いられていて、掲載も事実である。

最終章「唾」の初めにおかれた節題は《バカ親父(おやじ)》である。その《バカ親父》は、「何処(どこ)に行くかわからないが、亮吉は毎日、交通費と昼飯の金を持つて出掛けた。それも、台所から都合をしてゐるらしい、夕方に戻ると離れで食事を摂(と)り、例のウイスキーの角瓶にはその時刻には、よい色の酒が買ひこまれ、一文取らずの旦那(だんな)さんが召し上つてゐられた」と書き始められ、相変わらずの離れでの娘夫婦の生活が示される。亮吉は執念く原稿を書き、杏子は我慢強くその夫に仕えている。

作者は、その侮蔑的な節題《バカ親父》において、平四郎を「バカ親父」、杏子を「バカ娘」「バカ女」と表現する。その後には、《バカにひげが生えてゐる》という節題名が与えられていて、そこには、杏子の亮吉に向かって言う「あなたのバカにはひげが生えてゐる」という台詞がある。最終章「唾」は、このように戯文調の、かなり自虐的な表現で始めなければならなかった。食卓引っくり返し事件にも耐えた平四郎である。ここには、そう表現することによってのみ可能な、娘のために己の信条を曲げざるを得ない平四郎の苦しい心の内、行為が描かれている。

ところで、初めに記した亮吉の詩に関する話は、実際には、昭和二十七年五月二十九日の犀星日記に「青木の詩を佐藤

馬込の庭。正面が離れ、右に垣根を背に二体の俑人。昭和29年4月。（撮影・吉村正治）

春夫にいらいして『三田文学』にのせること」とあることから、庭破壊事件（昭和二十六年九月初旬か）の後、朝子夫妻が、「父の家のひとつ先の岡を越した向う側、すぐ近く」の家で間借り生活をしていた時（昭和二十六年十月二十四日から同二十七年七月までの約九か月）の事実を材料にしたものだということが分かる。つまり、実際は庭破壊事件の前ではない。その事件の約半年後のことである。したがって、実際には、庭破壊事件の前触れには成りえない。これを前触れに用いたのである。なお、「赤とんぼ記」には、『三田文学』への青木作品の掲載という事実は描かれていない。

犀星が、青木の詩を佐藤春夫に頼んで『三田文学』に載せてもらう、その前後の、犀星と和夫、朝子夫妻との関係を見てみよう。そこには、「杏つ子」との隔たりの大きさが見えるはずである。

二人が間借り生活を始める前のことだが、「赤とんぼ記」には、庭破壊直後の知義のうろたえ、憔悴した様子が描かれ、破壊箇所を見つけるごとに呼び付けられ、縮み上がる阿梨子の様子が描かれる。呼び付けられるのは、知義のいない時であり、「父」は、知義には何も言わない。知義、阿梨子夫婦に自力で引っ越すことは出来ない。「父の処に来る古道具屋」の紹介でようやく引っ越すことができた。「赤とんぼ記」に描かれたこれが、事実であったのであろう。

かまぼこ型の間借り部屋での二人の生活は、「赤とんぼ記」ではどのように描いているか。まず、知義の相変わらずの執筆生活、出版社への持ち込み原稿の不採用、そして、ついには知義の執筆放棄にいたる経緯が描かれる。そこで、知義は知人から持ち込まれた写真の仕事を弟の知二と始める準備に入ることになる。ところが、知義が「泥酔の果」起こした「阿梨子が気絶しそうなほど、無防備な、馬鹿げた恐ろしい事件」の結果、知義が「大金を紛失」してしまう。作者、朝子氏は、この「大金を無くし、写真の世界にもどるひとつのきっかけが失われたこと」が、離婚の「とおい原因」であったと書いている。

この頃の犀星日記を見ると、犀星と、和夫、朝子夫妻との関係が様々に推測される。ここに、その幾つか、庭破壊事件直後、つまり、一時同居していた二人がその事件後離れに居づらくなり、外に出て間借り生活をしていた頃からの、それを引いてみる。

昭和26年10月18日　一万円を朝子の引越し料に与ふ。
同年同月24日　朝子夫妻引越し、五千円渡す、引越料也。
同年11月3日　歌舞伎座に行く、（略）夕方、迎へに朝子夫妻来たり、中華第一楼で夕食、一杯のビールの味は旨かつた。
同年11月10日　岩波の志賀直吉来訪、文庫本の校正持参。青木和夫に校正依頼、（略）
同年同月13日　当分朝子が来て食物だけつくつてくれることになつた。
同年12月30日　和夫と朝子を連れ、山王市場に行き、少しばかりの買ひ物をととのへた。
昭和27年1月2日　朝子の家をはじめて見た。小ぢんまりと瓦斯もあり、一軒屋の感じがあつて、まとまつてゐた。入口の石段もよろしい。
同年4月5日　朝子から一万円借銭の申込あり、承諾したが収入がないので、毎度のことであり困つたものである。貸してもだめ故やることにした。
同年5月9日　朝子夫妻と大森まで珈琲のみに行く、（略）
同年同月29日　青木の詩を佐藤春夫にいらいして「三田文学」にのせること。

同年6月20日　浅草美人座に和夫と至る。
同年同月28日　和夫夫妻と大森に出て茶を喫む。

そして、毎年のこと、軽井沢に行く犀星を「同年7月1日　和夫と朝子送つて来る」ということになるのだが、ここには、庭破壊事件があって後の、犀星と朝子夫妻とのほどよい関係が見えてくるように思われる。青木和夫に、犀星は文庫本の校正を依頼したり、二人で、浅草美人座にストリップを見に行ったりもしている。

もっとも、二人のストリップ見物は初めてではない。昭和二十五年六月九日の日記に「明日は和夫とセントラルに行く予定」とあり、翌十日には「和夫が来たので新宿のセントラルに出掛けた」とあって、娘婿との、少なくとも表面は、良好な関係を思わせる。この十日の「新宿セントラル」行の折のことについては、新潮社版『室生犀星全集』に5ページにわたっての小篇ともいえそうな感想文を記している。また、庭破壊事件後に別れ住んだ朝子夫妻の住まいを見に行ったり、金銭の援助をしたりもしている。実際には、そんな中で、『三田文学』への詩掲載依頼があったのである。

「赤とんぼ記」に記された内容からは、『三田文学』への青木和夫の詩の掲載という事実は想像できない。一方、犀星日記には、その事実が記されている。実際には、朝子氏のかかわりのないところで、つまり、犀星と和夫二人だけの関係で、それが行われたことだったのかもしれない。

さて、「杏つ子」にもどる。

復習になるが、相変わらず「一生懸命」である夫を批判し愛想を尽かしながらも別れられず、貞節ぶりを示している「バカ娘」の杏子。それを知りながらも、意見がましいことも言わず、救いの手を差し延べない「バカ親父」の平四郎。その杏子が平四郎のところに亭主の書いた詩を持ってきて雑誌への掲載を依頼する。平四郎は、娘の杏子を「思慮分別を超越した人間としての、一個の物質」として見入る。荒縄でぐるぐる巻にされて、おっぽり出された「女」の姿である。ついに、「バカ親父」は、「バカ娘」の願いを聞くことになった。

一方、詩が掲載された雑誌を見た「旦那さん」は、「相当の物をかけばだね、掲載せざるをえないものだよ」と機嫌よく威張り散らす。あげくの果て、自分たちが生活できないのは、平四郎のような拙い作家たちが原稿料をもって行ってしまうからだ、とまで言う。この暴言に我慢できない杏子は言う。「わたくしはあなたに引き摺られてゐる点ではバカだが、その外の意味ではあなた程のバカではない、あなたのバカにはひげが生えてゐる、……」。最後に、杏子は「飛びかかつたら声を出すわよ、バカのひげちゃん、……」と、捨てぜりふを吐いて、母屋に行ってしまう。ついに「一生懸命」が高じて、「バカのひげちゃん」になってしまったのである。悲劇の前触れをここに見ることができる。

参考までに記す。昭和二十七年八月号の『三田文学』に載った、青木和夫の詩「都バスの中で」は次のようなものであった。

これはあなたの意志からなのか。
それとも全く偶然なのか。
それにしてもあなたは

あんまりあなたをみせびらかしすぎる。
埃と汗のこもつたこの箱のなかに
涼やかな浴衣の模様に
腰の緋いろをほのかに透かせて
臆面もなくぼくの鼻先で
なんと妖しい肉の動揺だらう。
気だるい白ちやけた都会の疲労に
つけ入り
ふいにぼくを戸惑はすあなたの魂胆が分らない。
あなたの素足の鮮かさは
小川に戯れる幼児の郷愁ではないか。
あなたはぼくばかりに　なぜさうみせびらかすのだ。
あなたが美しくなければ
まだしもぼくは救はれやう。
これはもう偶然とは思へない。
ぼくはあなたに席を譲らないのは
そんな理由からだ。

これは、《荒縄》の中で、「元来、亮吉はもとは詩を書いてゐたので、相当の技法はこころえてゐた」、「その原稿は書きなれた詩の勢ひに達者さがあつたが、最前線の詩ではない、併し危気がないので何処かにたのんで見ようと言つた」と書かれている作品である。終戦後間もなくの頃を、そして文学青年の作といった懐かしさを感じさせる作品である。おそらく、活字になっている青木和夫の作品は、この詩一篇であろう。「一生懸命」を貫き通したが、それが報われることなく姿を消さざるをえなかった男の、それである。

平四郎の、己の信条を曲げての、詩の掲載依頼という行為の中には、隠された「やさしさ」が認められる。自分と同じ文学の道を志し、ついに一作も活字にならず、娘ともやがて別れるであろう男に対する、一種の「やさしさ」を。読者である私も、活字になったこの一作品のあったことを、感傷的に喜ぶのである。

原稿を燃やす

この詩の原稿依頼の話に続く出来事として、《夜中の焚火(たきび)》が描かれる。これが前触れの、その二、ということである。亮吉が杏子を連れて、夜中、書きためた原稿を燃やす、というそれである。その書き出しを次に引く。

夜も十時に回つた時分、焼酎(しょうちゅう)をあふつた亮吉は、書きためた原稿をトランクや本箱からつかみ出すと、それを畳の上に投げ出した。

「どうなさいます?」

杏子は何時もより、もつと暴力をふるふ亮吉の眼を見入つた。

「原稿を燃してしまふんだ。」

「こんな夜中にですか。」

「この家の前で燃せば平四郎に何も遠慮はないぢやないか、往来で燃すんだ。」

亮吉は一抱への原稿を持つと、さすがに、靴音をしのばせて表に出て行つた。残りの原稿をかかへて杏子もあとに蹤いた。母屋の電燈はついてゐない、平四郎はもう寝入つてゐるらしい。

この《夜中の焚火》も、「赤とんぼ記」によれば、庭破壊事件の前の出来事ではなく、その後のことである。庭破壊事件のあった日の真夜中、一時半を過ぎていた頃の出来事であった。つまり、実際には、昭和二十六年九月ごろのそれということになる。

夜中に、それまで書きためた原稿を、夫が燃やす、それを妻も手伝う、巡査にそれが注意される、という大まかな内容は「赤とんぼ記」「杏つ子」ともに同じであるが、前者では、それは深夜の一時半を過ぎたころ、すべての原稿用紙を燃やし切った、一方、後者では夜十一時近いころ、原稿用紙が全部は燃やし切れてはいない、という違いがある。「赤とんぼ記」での記す内容が事実だったのであろう。「杏つ子」では燃やし切れていない、つまり燻る執念を残すことで、前触れとしたのであろう。

「赤とんぼ記」では、「灰の山は、こんもりと白かった。すっかり冷めたくなる迄、二人は唯立ち止っていた」、「毎日大量にお酒を飲んでいる人が、三日間もアルコール分を切らすと、灰汁が抜けたようなすっきりとした顔艶になる。そんな灰汁を落とした、さっぱりとした顔を知義はしていた。／その夜は明け方迄、知義は阿梨子を抱いて離さなかった」とあって、作中における、悲劇の一つの山場となっている。一方、「杏つ子」ではこの出来事が描かれて後、平四郎は軽井沢に行く。その留守の間に起きた事件が、庭の破壊なのである。つまり、亮吉の最後の反抗である庭破壊の前触れとしての出来事として、それは描かれているのである。

《夜中の焚火》には、「警官は去り靴音は消えた。／二人は黙つて後始末をした。亮吉は碌に原稿も燃せもしないと、腹立たしげに言ひ、残りの原稿を抱へて庭にはいると、平四郎の書斎に電灯がついたが、すぐにまた消えた」とあり、《夜中の焚火》の最後は、「悪いゆめはまた杏子を沈みきらせた」と、事件の予感を示して終わっている。この夜中の焚き火の情報は、当然朝子氏から得たものであろう。これを犀星は「前触れ」として象徴的に描いたものと思われる。

悲劇の前触れの二つは、一方で、「バカ親父」が「バカ娘」の立場を慮って、「バカ婿」の詩の雑誌掲載を手伝ったことであり、他方は、焼酎をあおった「バカ婿」が、自身の書きためた原稿を燃やすということであった。ここには、亮吉そのものであるともいえる「原稿」が対照的に描かれている。つまり、詩の唯一の雑誌掲載と、書きためた原稿の消滅という「一生懸命」の終焉である。

あわれがある

余談として追記しておきたい。先に「赤とんぼ記」における悲劇の一つの山場として引いた文章の中に「その夜は明け方迄、知義は阿梨子を抱いて離さなかった」という一文がある。同作品の中で、男女の肉体関係がやや具体的に表現されているのは、この一文だけである。それだけに、この一文が、最も生き生きした二人の姿を感じさせる。

「赤とんぼ記」は朝子氏の第一作品であり、父犀星の存命中に発表されたものである。

犀星没後の『報知新聞』（昭和37年11月28日）に「〝杏っ子〟の感情—『晩年の父犀星』室生朝子著」という見出しの記事がある。その中に朝子氏の談話が載っている。その一部にこうある。

「自分のことは、結婚から離婚までを小説『赤とんぼ記』に書きましたが、父に対する気はずかしさがあって、どうしてもセックスが書けなかった。いまは、その気がねがなくなりました。（略）これで肉親のことはみんな書いたのでこれから、ほんとうの作家に成長したい（略）」。しかし、そうはならなかった。その後、「杏っ子の告白」「万希子」などの小説を書くが、それは実践されず、朝子氏は父犀星を、そして犀星文学を語り、犀星作品の初出誌の調査を行い、随筆を書くという執筆生活に入っていった。

そのような朝子氏と対照的な執筆活動をしたのは、萩原葉子氏であった。二人はほぼ同時代に結婚し、離婚し、その経験を素材として小説を書いた。朝子氏は、昭和二十三年十一月一日に結婚し、同二十九年十二月六日に離婚している。葉子氏は、同十九年十一月三日に結婚し、同二十九年八月六日に離婚が成立している。そして、朝子氏は「赤とんぼ記」を書き、これを講談社から出す。葉子氏は「閉ざされた庭」を書き、昭和五十九年二月、新潮社から出版している。前者は第一作の小説であり、後者はすでに「蕁麻(いらくさ)の家」で女流文学賞を受賞して後の作品である。

『閉ざされた庭』が出版されてすぐ後の頃だったと記憶しているが、朝子氏と私と、もう一人、朝子氏と親しい人、Tさんとで雑談していた。その時、その人が、前後の脈略なく、突然「朝子さんはセックスを書くことができないから小説家になれないんだよ」、と言った。その頃、先記したように、朝子氏はすでに他の道に進んでいた。犀星没後も、犀星は朝子氏の胸の内で生き続けていた。「お父様」「犀星」などと言う時は、そこに犀星が立っているようであった。

萩原朔美著『死んだら何を書いてもいいわ―母・萩原葉子との百八十六日』（平成20年10月、新潮社）に「それにしても母親の離婚した男に対する造形はひどい。完膚なきまでに叩く。いくら『突き離す』といっても、ここまで書いていいのかしら、という感じである。嫩という名前の主人公が語る小説「閉ざされた庭」に出てくる夫は、短気で暴力を振るう、まるで人間味のない男である」とある。

また、同氏の著書『砂場の街のガリバー』（平成7年10月、フレーベル館）には、このような箇所がある。「『この人、葉子さんの小説が出ている雑誌を買って来て読んでいた時があった』／と義母が話してくれた。父もその時一緒に居て、義母の話を聞いていた。／『そしたら急に怒ってその本を破り捨てたの』／と言う。自分のことが悪く書かれているのに腹を立てたのだ。この時も、そばで聞きながら全く口を開かなかった。そういった自分の姿を僕に知られたくなかったのか、弁解するのもいやだったのか、今考えると、この時の無口になった姿が一体なんだったのか知りたくなる」。

これは、葉子と離婚し、別れ住んでいた父に会うことができた著者が、父とその妻（義母）との三人で歓談している時の話である。何で怒ったのか、それは不明であるが、私は、作中に描かれた、夫の性器に対する、妻の最も侮蔑的、屈辱的な表現の場面を思い浮かべる。

一方、「閉ざされた庭」に比べると、「赤とんぼ記」は書き慣れた作家のものとは全く異なり、初々しさの感じられる情緒的な作品である。夫に関して言えば、あわれがある。妻の父である高名な作家に対するコンプレックスをもちつつ、結婚当初から売れない原稿を書き続け、抵抗、反抗の度合いが頂点に達したところで、作家に成れないまま、離婚に至る。そのあわれという点に関しては、当事者の書いた「赤とんぼ記」の方が、「杏つ子」より、より響くものを漂わせている。「道義的な復讐」の対象でないのだから、当然ではある。

事件の引き金

平四郎はもう寝たのかね

「杏つ子」第十二章「唾」の《書留郵便》から、「庭の破壊」の準備は始まる。《書留郵便》は次のように書き出される。

夏が来ると平四郎は軽井沢の家に行つて留守だつたから、亮吉は酒にしたしむ機会が多くなり、平之介も離れに行つて、母親にかくれて酒を呑んでゐた。りさ子と別れてから、やけ酒も手伝つた平之介は、別れ話をまとめてりさ子の贔屓(ひいき)をしてゐる平四郎に、顔を反(そむ)けてゐたのだ。

「庭の破壊」は、平四郎が軽井沢に行っている留守の間の事件であった。書くことに自信を失った亮吉のやけ酒はひどくなる一方である。離婚し、父親を敬遠している平之介もやけ酒を呑む

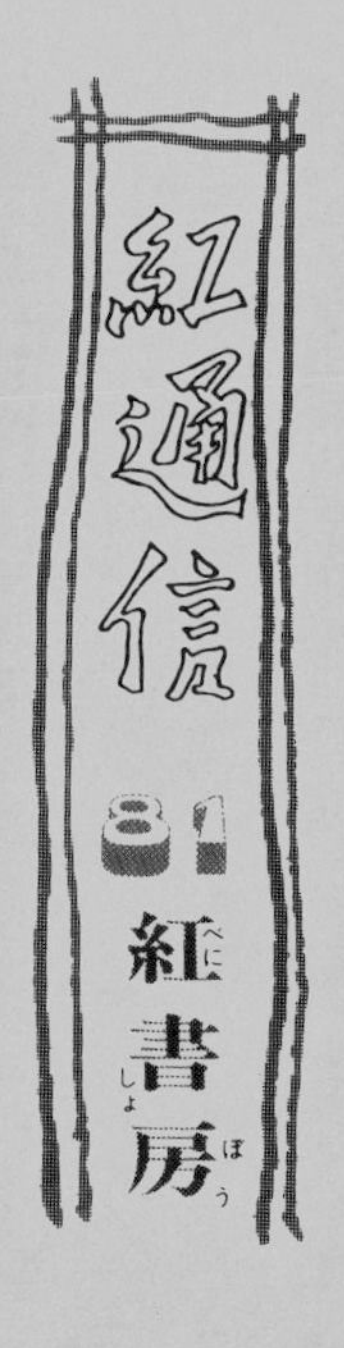

寺山修司と競馬

藤原龍一郎

二〇二二年の凱旋門賞は、十月二日にフランス、パリのロンシャン競馬場で実施され、イギリスの牝馬アルピニスタが勝利の栄冠を勝ち得た。レース直前から降り出した激しい雨をものともせず、果敢に逃げた日本馬タイトルホルダーを直線半ばでかわして、先頭にたつと、力強くゴールに飛び込んだ。アルピニスタ、不屈の牝馬らしい良い名前である。

レースをテレビで見ていて、もし、寺山修司が生きていたら、この凱旋門賞をテーマにして、どんなに胸躍るエッセイを書いてくれるだろうかと妄想した。

劇作家、劇団主宰者として知られる寺山だが『馬敗れて草原あり』（新書館刊）を初めとして、多くの競馬に関する著作がある。

寺山が愛した馬としてすぐ連想するのが、ミオソチスとボージェストの二頭の牝馬。前者は勿忘草、後者は忘れ形見の意味であり、やはり詩人らしく、馬名の響きと意味に強く魅かれているのだろう。ちなみにミオソチスは一九六三年のオールカマーを勝ち、ボージェストは一九七三年のダービーをタケホープ、ハイセイコーとともに走って、しんがり負けを喫している。

寺山自身も一度馬を持ったことがある。船橋競馬所属のユリシーズである。これもいかにも寺山好みの馬名といえる。

馬名は言霊を宿している。競馬新聞に並んだ馬名を読み、寺山修司の想像力を思えば、週末の競馬も文学的な快楽となる。

（歌人・日本歌人クラブ会長）

じぶ

室生朝子（『鯛の鯛』より）

加賀料理のじぶは正式にはじぶ煮というらしいが、家では昔からじぶといっていた。

鴨の肉、すだれ麩、芹、生椎茸、百合根などを、さっぱりしたおだしに砂糖、酒、味醂、醤油で少しこい目に味をつける。鴨の肉にはメリケン粉をつけておく。最初に鴨をいれてからそのほかの具をいれて、少し煮る。やがてメリケン粉がとけてとろりとした少しのとろ味がつく。

正式のじぶ椀は汁椀よりあさく平たい大ぶり椀を使う。形よく盛りつけておつゆを三分の一ほど張る。赤いよい塗りのお椀の蓋をとると、色どりよい具は豪華であるし、百万石の御馳走という感が深い。じぶは昔、狩に出た武士が農家に立ち寄って、とりたての野菜類を煮たことがはじまりである。ある一説は煮るときのジブジブという音からとったとも伝えられている。いずれにしても美味なる羹である。鴨に限らずつぐみも使ったそうだが、今は禁鳥になっている。だが、冬になると近江の市場では、姿のままのつぐみを売っている店もある。

母の姉なる人が小まめな人で、季節の金沢の珍しいものをよく送ってくれた。ほとんど真四角な包みで、木綿の風呂敷につつまれてマッチ箱ほどの大きさにびっしりとして紐でくくった荷物が台所に届く。これにはつぐみが檜葉の葉にくるまれて、頭と尻尾を交互にして十羽はいっている。私達は金沢からの叔母の荷物を見ると、中に何がはいっているかわかるのであった。蟹はあら竹で編んだ半月形の籠、荒巻の木箱にはなまの鱈の雄・雌二本が、頭と尻尾のところにぎっしりと雪がつめこまれてくるのである。

つぐみが着くと台所口の井戸端のそばに、バケツに水をはって私は母と一緒に、つぐみの毛をむしる。

むしった毛をすぐに、バケツの水に浮かす。下手に毛をむしると風に吹かれて庭中に散る。犀星はつぐみは好きなのだが、むしった毛の処理に神経をつかっていたから、母も私とひとひらでもとばぬように、バケツの水に浮ししていった。

母はまる裸になったつぐみを、上手にさばいていく。一羽のつぐみでは肉はほんの少々しかとれない。その肉はじぶにしたり、バター焼きにする。頭は捨てるが骨は出刃包丁で根気よくとんとんと叩いて、丸いお団子にして甘辛く煮る、つくねである。女学生であった私は、つぐみがそれほど美味しかったという記憶はない。

母はじぶを作るとき、東京では鴨は手にはいらない、代用としてトリのささみを使い、すだれ麩の代りに焼き豆腐を用いていた。母の作ったじぶは、甘からず辛からず実にあたたかみのある味であった。芹もその頃はなかったから、母はほうれん草を使っていた。

昭和十三年、私が女学校三年の秋、母が脳溢血で倒れて以来、私はお手伝いさんと一緒に台所にはいらざるを得なくなった。看病疲れのため、頬の肉がおちた犀星に、私はじぶを作った。だが、どうしても母の味を思い出しても、その味にならない。私は小皿におつゆをいれて犀星に塩梅を見てもらった。犀星は、

「全体に味をこく、砂糖とお醤油を少しずつ足してみなさい」

といった。

私はいわれた通りにしてみた。不思議なことに、ほとんど母の味にちかいじぶが出来上った。やはりふるさとの味に対する犀星の味覚は、たしかなものであった。

・星野晃一著「『杏っ子』ものがたり　犀星とその娘・朝子」刊行に合わせ、室生朝子著『鯛の鯛』（平成九年・小社刊）より、室生家の家庭料理の一端が伺えるよき一篇をご紹介いたします。

発売中　表示の本体価格に税が加算されます。

戦前の文士と戦後の文士　大久保房男
四六判　上製・函入　二四〇頁　本体二三〇〇円

文士と編集者　大久保房男
四六判　上製・函入　三五二頁　本体二五〇〇円

終戦後文壇見聞記　大久保房男
再版　四六判　上製・函入　二九二頁　本体二五〇〇円

文藝編集者はかく考える　大久保房男
第四版　四六判　上製・函入　三七二頁　本体二五〇〇円

書下ろし長篇小説・藝術選奨文部大臣新人賞受賞
海のまつりごと　大久保房男
再版　四六判　上製・函入　三六〇頁　本体二七一八円

ささやかな証言—忘れえぬ作家たち　徳島　高義
四六判　上製カバー装　二八八頁　本体二五〇〇円

古典いろは随想　尾崎左永子
再版　四六判　上製カバー装　二六四頁　本体二三〇〇円

梁塵秘抄漂游　尾崎左永子
三刷　四六判　上製カバー装　二〇八頁　本体二三三三円

源氏物語随想—歌ごころ千年の旅　尾崎左永子
四六判　上製カバー装　二八〇頁　本体二三〇〇円

啄木の函館—実に美しき海区なり　竹原　三哉
四六判　上製カバー装　二九六頁　本体一九〇五円

友 臼井吉見と古田晁と　柏原　成光
四六判　上製カバー装　二四八頁　本体二〇〇〇円

随筆集　**鯛の鯛**　室生　朝子
四六判変型　上製カバー装　二八八頁　本体一九〇五円

犀星　句中游泳　星野　晃一
四六判　上製カバー装　三四四頁　本体二三〇〇円

室生犀星句集　星野晃一編
文・川上弘美、四六判変型上製　二四〇頁　本体一八〇〇円

俳句の明日へⅡ
——芭蕉・蕪村・子規をつなぐ　矢島　渚男
再版　四六判　上製カバー装　三〇八頁　本体二四〇〇円

俳句の明日へⅢ—古典と現代のあいだ—　矢島　渚男
四六判　上製カバー装　三一二頁　本体二四〇〇円

身辺の記／身辺の記Ⅱ　矢島　渚男
「梟」主宰　四六判変　上製カバー装　本体各二〇〇〇円

風雲月露—俳句の基本を大切に　柏原　眠雨
四六判　上製カバー装　三九二頁　本体二五〇〇円

公害裁判　イタイイタイ病訴訟を回想して　島林　樹
再版　A五判　上製カバー装　七二八頁　本体二八五八円

裁判を闘って　弁護士を志す若き友へ　島林　樹
四刷　A五判　上製カバー装　三三六頁　本体一八〇〇円

想い出すままに
与謝野鉄幹・晶子研究にかけた人生
逸見　久美
四六判　上製カバー装　三三六頁　本体二三〇〇円

私の万華鏡—文人たちとの一期一会　井村　君江
四六判　上製カバー装　二八六頁　本体二五〇〇円

新刊・近刊

「杏つ子」ものがたり
犀星とその娘・朝子　星野　晃一
四六判上製カバー装　三五二頁　本体三〇〇〇円

虚子点描　矢島　渚男
四六判上製カバー装　二五六頁　本体二二〇〇円

泉鏡花俳句集　秋山稔　編
初句集。五四四句収載。鑑賞・高橋順子　解説・秋山稔
四六判変型　上製本　二四〇頁　本体一八〇〇円

沙羅の咲く庭　飯塚　大幸
四六判変型並製カバー装　二四〇頁　本体一五〇〇円

歌集　遊　小田　洋子
跋・奈賀美和子　上製カバー装　一五〇頁　本体二一〇〇円

〈炎環叢書〉

13 **もっと俳句が好きになる**
俳句ちょっといい話　谷村　鯛夢
四六判　並製　二三二頁　本体一五〇〇円

14 **詩のアディスィ**　島　青櫻
四六判　並製　全三巻一体セット　本体五四〇〇円

●和歌秀詠アンソロジー・二冊同時発刊

恋うた　百歌繚乱　松本　章男
四六判　上製カバー装　三五四頁　本体二三〇〇円

心うた　百歌清韻　松本　章男
四六判　上製カバー装　三六〇頁　本体二三〇〇円

紅通信第八十一号　発行日／2022年10月29日　発行人／菊池洋子
発行所／紅(べに)書房　〒170−0013 東京都豊島区東池袋5−52−4−303
振替／00120−3−35985　電話／03−3983−3848　FAX／03−3983−5004
https://beni-shobo.com　info@beni-shobo.com

紅書房出版目録

●二〇二三年十月二十八日

紅書房
〒一七〇-〇〇一三
東京都豊島区東池袋五-五二-四-三〇三
TEL　〇三(三九八三)三八四八
FAX　〇三(三九八三)五〇〇四
https://beni-shobo.com　info@beni-shobo.com

新刊・近刊案内

「杏つ子」ものがたり
犀星とその娘・朝子
星野晃一

室生犀星が愛娘・朝子をモデルに描いた長編小説『杏つ子』はベストセラーに。犀星研究に生涯をかけて打ち込む著者の渾身の作。『杏つ子』のさまざまな秘密が明らかに。

四六判上製カバー装　三五二頁　三〇〇〇円　978-4-89381-357-2

虚子点描
矢島渚男

近代俳句界の巨人、高浜虚子(一八七四－一九五九年)。その起伏にとんだ生涯と数々の名句を、時代の流れの中に鑑賞し、吟味し、考察する斬新な虚子像。虚子句三〇六句に触れる。

四六判上製カバー装　二五六頁　二二〇〇円　978-4-89381-349-7

泉鏡花俳句集
秋山稔　編

美と幻想の作家鏡花の初句集。尾崎紅葉入門の半年後より没する昭和十四年までの五四四句収載。鑑賞文・高橋順子(詩人)　解説・秋山稔(金沢学院大学学長・泉鏡花記念館館長)

四六判変型上製本　二四〇頁　一八〇〇円　978-4-89381-337-4

沙羅の咲く庭　こころの妙薬
飯塚大幸

出雲の一畑薬師管長が説く、人生を健やかに生きる秘訣。

四六判カバー装　二四〇頁　一五〇〇円　978-4-89381-341-1

紅書房の歳時記

吟行歳時記
上村占魚編

改訂第五版　装釘＝中川一政　ポケットサイズ
上製・函入　六〇八頁　三三九八円　978-4-89381-032-8

祭り俳句歳時記〈新編・月別〉
山田春生編

日本全国の祭・神事・郷土芸能一二三三項目。
新書判大　三六〇頁　一八〇〇円　978-4-89381-266-7

きたごち俳句歳時記
柏原眠雨編

掲載季語二四八八項目を網羅。解説詳細。例句も豊富。
新書判　六〇〇頁　三五〇〇円　978-4-89381-297-1

俳句帖
題字＝中川一政

日本の伝統色五色による高級布製表紙。ポケットサイズ　五冊一組　三〇〇〇円
季寄抄入り　紅書房版

歌集　じんべゑざめの歌
松本章男

古都の四季に生きて90余年。折ふしに詠う人の世のあわれ。名随筆家の秘蔵の歌三九八首を収めた初歌集。

四六判上製カバー装　一八六頁　二〇〇〇円　978-4-89381-350-3

歌集　遊
小田洋子

奈良に生い立ち、三輪山信仰篤き著者の第一歌集。
さくら花散りくる石に座りいるわれを遊ばすひとひらひとひら

跋・奈賀美和子　四六判上製カバー装　一五〇頁　二二〇〇円　978-4-89381-358-9

大久保房男の本

戦前の文士と戦後の文士

「純文学の鬼」といわれた元編集長が語る戦後文壇史。

四六判 上製・函入 二四〇頁 二三〇〇円 978-4-89381-273-5

文士と編集者

文士との火花を散らすような交流を綴る。

四六判 上製・函入 三五二頁 二五〇〇円 978-4-89381-239-1

終戦後文壇見聞記

終戦後の十数年間に著者が自ら見、聞いた文壇や文士たちの真実。

再版 四六判 上製・函入 二九二頁 二五〇〇円 978-4-89381-214-8

文士とは

金も名誉も命さえもかえりみず、野垂れ死に覚悟で文学に励む文士たちのすさまじい姿を、文士的編集者が語る好著。

二刷 四六判 上製・函入 二二四頁 二三〇〇円 978-4-89381-131-8

理想の文壇を

文学の衰退は文壇の俗化にあるとする名編集長が語る、具体的で興味深い文壇批判。

二刷 四六判 上製・函入 三〇〇頁 二四二七円 978-4-89381-069-4

文藝編集者はかく考える

ホンモノだけを追求した名編集長が綴る文章と文士と文壇。

改訂四版 四六判 上製・函入 三七二頁 二五〇〇円 978-4-89381-007-6

海のまつりごと

名編集長が海に生きる人々の社会の中に原日本人の姿を追求した書下ろし小説。藝術選奨文部大臣新人賞受賞作〈平成三年度〉

再版 四六判 上製・函入 三六〇頁 二七一八円 978-4-89381-058-8

尾崎左永子の本

源氏物語随想—歌ごころ千年の旅

五十四帖各帖ごとの筋と読みどころ及び文中和歌の鑑賞を添え、この一冊で源氏物語が丸ごとわかる本。

装画・齋藤カオル 四六判 上製カバー装 二八二頁 二三〇〇円 978-4-89381-2780

古典いろは随想

知ればとってもトクな古典文学ものしり帖。

再版 四六判 上製カバー装 二六四頁 二三〇〇円 978-4-89381-224-7

梁塵秘抄漂游

王朝末期の華麗と無常。平安人の純な喜怒哀楽の姿が歌謡を通して生き生きと綴られる。

三刷 四六判 上製カバー装 二八〇頁 二三三三円 978-4-89381-075-5

歌集 彩紅帖

歌集『さるびあ街』に続く第二歌集

A五判変型 上製・函入 二五二四円 978-4-89381-046-5

梶井重雄の本

万葉の華

A五判 上製カバー装 二六四頁 二八五八円 978-4-89381-237-7

歌集 天耳(てんに)

第六歌集 A五判 上製カバー装 二〇〇頁 二三八一円 978-4-89381-222-3

返照

A五判 上製カバー装 一九二頁 二八五八円 978-4-89381-228-5

複眼の世界——読書と読書会

A五判 上製カバー装 二五六頁 二八五八円 978-4-89381-247-6

歌集 光冠の彩(いろ)

百歳記念 第七歌集 A五判 上製カバー装 一九六頁 二八五八円 978-4-89381-274-2

●品切の本

万葉植物抄

上村占魚の本

句集 自問

第十句集 四六判 上製・函入 二八〇頁 三三九八円 978-4-89381-029-8

句集 放眼

第十一句集 四六判 上製・函入 二六四頁 三三九八円 978-4-89381-078-6

句集 玄妙

遺句集 第十二句集 四六判 上製・函入 二一六頁 二九一二円 978-4-89381-100-4

評論随想集 占魚の世界

四六判 上製カバー装 三〇四頁 二八五八円 978-4-89381-235-3

瓢簞から駒 上村占魚随筆集

四六判変型 上製カバー装 一六八頁 二三八一円 978-4-89381-260-5

●品切の本

高野素十俳句私解

鑑賞 徹底寫生 創意工夫

遊びをせんとや

占魚季語逍遥

ようになっている。破壊の準備がこのように設定される。そして、破壊のきっかけを作ったのが、風のごとく現れた官猛雄であった（第十二章「唾」の《風のごとき男》）。官は、若い頃から平四郎家に親しく出入りしていた詩人であり元共産党員で、六年間ほど服役していたという経歴をもつ男である。

杏子の計らいによって、亮吉と官は酒を呑み合う機会をもつようになるが、亮吉は、最初に目を合わせた時から官を好いていない。したがって、「酒の上の反発作用」が際立つようになる。

二人が杏子を前にして焼酎を呑んでいる時であった（第十二章「唾」の《脱皮の六年間》）。詩作についての問答があって、二人は黙り込み、ただ焼酎を呑む。そして、互いに警戒し合い、目の合うのを避けている時であった。

亮吉はほかのことを、この場合に無関係のことを杏子にたづねた。

「平四郎はもう寝たのかね。」

官の眼が、光つた。

「君、いま平四郎といつたな。」

「うん、言つた。」

「君は平四郎さんを呼び棄てにする、がらかね。」

「あの人はおれの先生ではない。」

「そんな事を聞いてゐるんぢやないんだ、君が平四郎さんの飯を食ひながら呼び棄てにしてゐる生意気をおれが注意してゐるんだ。」

杏子は唾をそっと呑みこんだ。
亮吉は口を捩ぢられた気がした。

平四郎は軽井沢にいるのに、母屋にいるかのように言う。常に圧迫を感じている亮吉の、酔って「孤」の世界に入っている故の錯覚である。

映画「杏っ子」の一場面。酔って「平四郎はもう寝たのかね」と言う、亮吉に扮する木村功を睨んで、「君、いま平四郎といったな」と怒りを抑えて言う、官に扮した加東大介の声と顔を思い起こす。亮吉の「平四郎」と呼び捨てにした呼び名が、その身分不相応な尊大な表現であるそれが、「庭破壊事件」の引き金となったのである。

この後、二人の言い合いは激しさを増す。亮吉は官に「小僧」と言われて怒るが、官の貫禄に立ち向かえない。その上、「女房の里にころがり込んで一人前の顔をしようとする、そんな通用しない一人前を先づ叩き壊して見たくなる」とまで言われる。

さらに、「庭を掃く」(後で取り上げる重要なテーマである)ことに関しての口論があって、官は、平四郎の妻りえ子の居る母屋に引き上げる。杏子は、平四郎そのものでもある「庭」に出て箒を手に持つ。亮吉一人が、離れに取り残される。ここまでが、《風のごとき男》につづく《脱皮の六年間》《箒》(すべて最終章である第十二章「唾」の節題)のあらましであり、ここに「庭」という破壊の場が設定され、破壊の用意がなされたということになる。

僕は平四郎輩の物は食いたくない

「庭の破壊」に入る前に、しばらく亮吉の平四郎に対する呼び名にこだわることにする。そこには、亮吉の微妙な心理、その変化が宿っているからである。

結婚後二年経っての頃、「本当の仕事」をすると言って小説の原稿を書き出し、それを出版社に持ち込むがいずれも没になる上に、いつも会話の中に「平四郎」という名が、しかも「さん」付けで出てくる不愉快さに、亮吉は耐えられない。さらに、酒癖も手伝って精神がいよいよ荒廃しだした頃のことである。

馬込の実家を訪れた杏子は、久しぶりに平四郎に甘えて、果物、乾物、菓子などを買ってもらい、大きな荷物を持って愉快な気分で家に帰る。その先に、第九章「男」の《足》がある。その冒頭を引く。

> 「何度言つても同じことだ、僕は平四郎輩の物は食ひたくない。」
> 「平四郎輩、……」
> 杏子はその輩といふことばを、確かりと心の中でおさへた。
> 「僕はあの男の詩は認めるが、小説は読むこともご免蒙りたいのだ、僕の書くものはあんな腰の折れた小説ではない。」
> 「それから、もつと仰有い。」
> 「もつと言ふならあの男の小説のいのちもちぢまつてゐるし、この頃どこにも書いてゐないぢやないか。」

「あの男、……」

「あの男はあの男で沢山だ、こんな物を貰つて来やがつておれの顔が丸潰れになるんだ、こんな物をぶら下げて来やがつて。」

亮吉の右足ががくつと上がると、上半身に急激な波が打つて、一挙に包の買物が蹴飛ばされた。


これも、映画「杏っ子」での、苦悩し破滅寸前の男を演ずる木村功の演技と、夫の我が儘と苛立ちに苦しみながらもけなげに尽くす、香川京子のそれの場面が思い出される。

この《足》に続く《とどめ》の題意は、「平四郎輩」「あの男」と父親を侮蔑した亮吉と言い争う杏子が、「漆山亮吉のね、小説といふものが印刷になつた時、この家を出て行つてあげるわよ」と言う、亮吉に対する「とどめ」の台詞にある。侮辱された「亮吉は突然飛びかかると、自分より少し背丈の高い杏子の頭を、かんと引つぱたいた」。ついに亮吉は暴力を振るう。これをきっかけとして、杏子は亮吉を「一疋の男」として見るようになる。つまり、杏子の「心の破壊」のきっかけが、「平四郎輩」「あの男」という蔑称だった。先記したように、「平四郎輩」「あの男」と口汚く言っていた時期よりさらに心身ともに疲弊し、理性を失った亮吉の言う「平四郎」が「庭破壊事件」のきっかけであったように。亮吉は「平四郎輩」で杏子の心を破壊し、「平四郎」で「庭の破壊」の種を蒔いたのである。

なお、先にも記したが、亮吉の台詞にある平四郎の小説、創作活動への侮蔑的な表現が、犀星が昭和二十年代の自身の姿をやや自虐的に表したものであることは言うまでもない。

「平四郎さん」から「おやぢ」へ

「名前をつけておありですか。」／「平四郎とつけてございます。」／「平四郎ちゃんか。わたしゃお武家様だからもつと立派なお名前かと思つた。」。青井のおかつとお春のこのような会話から、「平四郎」という呼称が動き出す。この「平四郎」を、亮吉、それに作中人物たちはどのように呼んでいたか、そこには亮吉のどのような思いが読み取れるか。先に示した二つの場面における二つの呼び名、つまり、亮吉の「平四郎輩」（第九章「男」の《足》）と口汚く口走ったそれと、理性を失った亮吉の「平四郎」（第十二章「唾」の《脱皮の六年間》）と呼び捨てにしたそれが、「杏つ子」において、際立つ変化を呼び起こしていたのだが、そこを頂点とした前後の呼び名を見つめてみたい。終戦後、杏子と亮吉の関係が生じる頃からのそれを見ることにする。なお、その呼び名のすべてではなく、変化を見せる幾つかを取り上げる。また、杏子の言う「平四郎さん」は省く。

まず、「平四郎輩」までの平四郎に対する呼び名のいくつかを拾い上げてみる。なお、呼び名の部分には傍点を打ち、見やすくした。

1　「僕はけふか、明日かに平四郎さんにお会ひしに行く用事があるんです。」（亮吉から杏子へ）——第八章「苦い蜜」の《清い人》より

2　「僕はいつも杏子さんの背後に、平四郎さんを感じてゐたものですから、控へなくてもいい事も控へてしまふといふ風でしたよ、（略）」（亮吉から平四郎へ）——第八章「苦い蜜」の

《したしさ》より

3　「平四郎さんには永くお目にかかりませんが、どうぞ宜しく。」（雑誌社の主幹から杏子へ。亮吉同席）—第九章「男」の《かなしい階段》より

4　「お父さんの平四郎さんはお書きになると早い方ですね、それでゐて細かいと来てゐるから人間わざぢやない。」（講文社の水谷記者から杏子へ。亮吉同席）—第九章「男」の《一枚の風呂敷》より

5　「平四郎さんは寝ていらしつても起き上ると、怖い方ですよ、あんな怖い方はない。」（略）「何時もお宅でも平四郎さんとお呼びになつてゐるんですか。」「ええ、みんな平四郎さんといつてゐるんです。」「ほう、そいつあ面白いな。」（作品社の八木原編集長と杏子の会話。亮吉同席）—第九章「男」の《毛のぬけた熊》より

1と2は、結婚前の会話。そこでの「平四郎さん」は通常の敬意、親愛の気持ちを表している。3、4、5の「平四郎さん」には、出版社の人の作家に対する敬意が含まれているが、それを聞く亮吉の心は穏やかではない。3は、杏子を連れて、表紙の写真を持って雑誌社に行った亮吉が、それが採用されない時に聞く「平四郎さん」である。4と5は、自作の小説を持ち込んで、それが没になるかどうかという不安の中で聞いている「平四郎さん」である。常日頃、高名な作家であり義父でもある平四郎に対して、亮吉は、到底太刀打ちできないとは思いつつも強烈な対抗心を持っている。そのような場面を作者は「平四郎さん」という呼称で作り上げている。作者は、その上、みんなが親しんで「平四郎さん」と呼んでいるという会話まで加えて、亮吉の心を

さらに痛め付けている。そこには、亮吉の疎外感も描かれている。

このようにして、「平四郎輩」への準備がなされる。この後で、先に「僕は平四郎輩の物は食ひたくない」で記したように、亮吉は「平四郎輩」と言って杏子の心を破壊するのである。

次に、「平四郎はもう寝たのかね」の「平四郎」までの呼称を見つめることにする。

6 「平四郎輩」「あの男」―第九章「男」の《足》での呼称―の箇所とする（157頁参照）。

7 「あんな人の小説なんか誰もいまは、読者はないんだ。それより君は何故かつとして此処を飛び出さないんだ。」（亮吉から杏子へ）―第九章「男」の《足》より

8 「平四郎の娘にそれが判らないことがあるもんか。」（亮吉から杏子へ）―第十章「無為」の《急所》より

9 「平四郎の話ならご免蒙りたいね、おれは平四郎の理解者なんだ、ふん、一杯呑んでから、お話とやらを聞かうよ。」（亮吉から杏子へ）―第十章「無為」の《夫といふ名の人間》より

10 「君の親父を見ろ、あれがお上品な小説といへるか、泥靴はいて馳けずり回つてゐる小説のどこに品があるんだ、しまひに、あんな奴は文学の往還でのたれ死にをして了ふだらう。」（亮吉から杏子へ）―第十章「無為」の《往還》より

11 「君の傲慢（ごうまん）も、むだ費（つか）ひも、利いたふうな屁理屈も、うしろに君の親父を何時も感じてゐるから、ぬけぬけと物が言へるのだ、君自身はいつも空つぽなんだ、止せ、親父がちよつとくらゐ有名であるといふことを身に着けるのは止せ、親父の仕事がその娘に何の関係があるんだ。」（亮吉から杏子へ）―第十章「無為」の《威をかりる》より

12　「君のその食つてかかる調子には、うしろにたすけを信じてゐるからさういへるんだ、君は親父のぬけ殻を背負つて歩いてゐるんだ、君は親父のせゐで生きてゐるんだ。」（亮吉から杏子へ）―同前

13　「同居は彼を却つて苦しめはしなかつたか。」／平四郎はぼんやりその事に思ひついた。／「見たところ凡くら爺さんの何処が一たい、えらいといふのだ。」／亮吉のこの必然な観念は、一緒に住んでみると、全くのぼんくら爺さんの正体であつた。（亮吉の心中）―第十一章「まよへる羊」の《生き身》より

14　「書けますかね。」／「僕は遅いはうなものですから却々捗取らないんです。」／「遅い人はいいものが書けさうだね。巧い作家はみな遅いらしいな。」／「あなたは早いはうですね。あつといふ間に書いておしまひになる、……」（平四郎と亮吉の会話）―第十一章「まよへる羊」の《同じ家に》より

15　亮吉は或る日、ひと綴りの原稿を書き上げた。そして杏子に、これを平四郎君に見せろ、多分、平四郎はこれには相当の敬意を持つて見るであらう、と、亮吉は机の上から、四、五枚の原稿を杏子の膝の上に投げた。（亮吉から杏子へ）―第十二章「唾」の《荒縄》より

16　「そんなものは出るものか、原稿料といふものは、君の親父が他人の分まで掻つさらつて行くやうなものなんだよ、平四郎のやうな男がゐるから、回らなければならない分の原稿料まで持つて行くんだ。」（亮吉から杏子へ）―第十二章「唾」の《バカにひげが生えてゐる》より

17　「平四郎は起きてゐたやうぢやないか。」「すぐ電灯が消えたから気がつかなかつたらしい

わ。」（亮吉から杏子へ）—第十二章「唾」の《夜中の焚火》より

「平四郎輩」と呼び捨てた後一変した亮吉は、平四郎に対して「あんな人」さらに「あんな奴」と見下した表現をし、「平四郎」と呼び捨て、「君の親父」とぞんざいな語を繰り返し、対抗意識をあらわにする。

13からは、馬込の平四郎家の離れに住んだ後のことである。離れから、自分と同じように書いている平四郎の姿が見える。そんな平四郎は亮吉にとって「凡くら爺さん」でなければならない。書いている間は同等であるという思いの反映である。したがって、かつては、1・2で「平四郎さん」と敬意を表していた亮吉は、14では「あなた」と対等意識をあらわにしている。

15の「平四郎君」「平四郎」には、気弱な揶揄、自尊心が、16の「君の親父」「平四郎」には、虚勢、徹底的な対抗意識を見ることができる。16の亮吉に対して杏子が激しく反抗したことに関しては、前に記してある。17では、すでに杏子の反抗はない。

そして、18は「庭破壊事件」の引き金となった「平四郎はもう寝たのかね」という亮吉の独り言が飛び出すのである（155頁参照）。

19 「ふん、平四郎程度なら、何でも書けるがね、おれはさうかんたんに行かないよ。」（亮吉から杏子へ）—第十二章「唾」の《石》より

20 「君は平四郎が大事か、おれが大事か、はつきり言へ。」（亮吉から杏子へ）—第十二章「唾」の《殺気》より

21　亮吉は怒鳴つた。／「これは平四郎を懲戒するために白日の下に見せたいんだ、三十年の作庭も一瞬のうちに叩き壊せる、……」（亮吉の叫び）―第十二章「唾」の《暗の中》より
22　「何、平四郎が明後日帰京するのか。」／亮吉は泥の手をぶらりと下げ、これも、失敗つたことをしたと口走つた。（亮吉から平之介へ）―第十二章「唾」の《九重の塔》より
23　「おやぢの処にゐると小遣銭に不自由しなくていいだらうな、だから、おれの方はお見限りだ。」（亮吉から杏子へ）―第十二章「唾」の《あばよ》より

19から22までは、庭の破壊前後に、これが何の抵抗もなく用いられるようになってしまった「平四郎」という呼び名。

23の「おやぢ」は、ついに別居して後の離婚直前、新橋で偶然出会った時の会話に出てくる語。杏子と亮吉が最後に顔を合わせた時の、亮吉が最後の金の無心を口にした時の台詞である。ひらがな表記の「おやぢ」からは、いかにも張りのない弱々しい亮吉の声が聞こえてくるやうだ。

因に、「赤とんぼ記」では、知義が阿梨子の父をどのように呼んでいたか、まず、それを拾い上げてみよう。ページの記録は、昭和三十七年一月、講談社から出版された『赤とんぼ記』によるものである。

1　「阿梨子さんは、この男を好きになったのですか。何度会われましたか。父上はどんな御意見でしたか。僕はこの男を知っています。小学生の時の同級生でした。」（30頁）
2　「僕は、この成り行きを黙って見てはいられません。まして、僕の知っている人の処に、

阿梨子さんが嫁くのなら、僕は友人として僕の立場で、一度父上におめにかかりたい。これから伺ってもよいでしょうか。」（30頁）

3　「僕はいかなることがあっても、あなたの父君の名前と力を借りて、文壇に出るつもりはない。（略）決してあなたがあの父君の娘であるから、結婚しようと考えたのではない。又父君の仕事は、仕事として尊敬もし立派だとは思うが、父君は唯あなたの父君としてだけ考えている。」（180頁）

4　「今現在、お母様が僕によくしておいてくれないと、困るぞ。お父様が先にいなくなった時は、僕が全部世話をしなくてはならないのだから。その方がよいのだ。」（51ページ）

5　「阿梨子の親父がなんだ。小説がなんだ。おれは負けはしないぞう。」／と、阿梨子の父の名を呼び、回らぬ舌でありとあらゆる言葉をつくして、父を罵倒し始め、抵抗の意味を含めて、叫び続けた。（110から111頁）

6　「ひとつの生活方法として、別居こそしてはいるが、おれ達はまだ夫婦だぞ。我々が好きな時に、何処で会って何をしようと、君の親父には何の関係もない。又それを止めるだけの権利というものも、親父には無い筈だ。君は親父の方がおれより、大切なのか。」（186頁）

父上、父君、お父様、そして親父。これが、おそらく実際の姿だったのであろう。こう並べてみると、知義のこころの変化がよく分かるが、「赤とんぼ記」においては、この呼称を特に心理表現上の重用語として用いたとは思えない。「赤とんぼ記」の呼び名を見て、「杏つ子」のそれの重みがさらに増してくるように思われる。

「道義的な復讐」と呼び名

「杏つ子」での亮吉と杏子のそれぞれに向かって言う呼び名を見ると、そこにも微妙な感情世界が見えてくる。結婚前には亮吉は杏子に対して「あなた」と言っていたが、結婚後、基本的に、平時は亮吉は杏子に対して「君」であり、杏子は亮吉に対しては「あなた」である。新婚旅行で一夜を過ごした後に亮吉は杏子を「君」と呼ぶのだが、その変化の訳を「距たり（へだ）が取れた」からだと言う。

二人の生活が始まり、やがて、二人の間に激しい対立感情が生じると呼び名に変化が見られる。亮吉は「バカ女め」と罵声を浴びせ（第九章「男」の《とどめ》）、さらに対立が進み杏子に遣り込められそうになった亮吉は、「お前」（初夜を過ごした明くる日の、杏子の自問自答の中ですでに亮吉の言う「お前」が使われていて、それが予告になっているようだ）と高圧的に虚勢を張る（第十章「無為」の《お前といふ言葉》）。ここは作者が呼び名に拘っている箇所なので、次に引いてみる。経済的に逼迫している亮吉、杏子夫婦のために、平四郎の若き日の夢を宿しているピアノが、ついに売られてしまう。これが話題となっている。

「それはピアノでも一ケ月くらゐ食へたかも知れない、ピアノはお前が勝手に売つたのぢやないか。」
「お前とはなんです、お前などと立派につかへるあなたが、何処（どこ）にゐるんです。お前とはなんだ、お前とは？　お前などといふ前に、わたくしはその言葉の対手にどういふ言葉をつかつたらいいかご存じですか。」

　こいつ、何時もとはちがふ、こいつの頭に入れかはつたものがあると、亮吉は柔順といふものにいまさら騙されたことに気づいた。それならそれでおれは騙されないぞと、危ない落度をごま化したかつた。

「お前といふ呼名のほかにどういふ言葉があるんだ。」

「せめて君とかあなたとか仰有い、こんな美しい言葉もおわすれになつていらつしやるの。」

　杏子はうまく言へた頰をゆるませた。


　これ以後、二人は対等の位置に立つ。いや、立ち位置逆転の兆しが見えたと言ってもよい。第十章「無為」の終わり近くの《威をかりる》《お一人で》には、「あにいもうと」の兄妹の喧嘩の場面を思わせる啖呵の切り合いが描かれる。その中で、杏子は亮吉を「おつちよこちよい」と言って軽蔑する。

　やがて、二人は平四郎の家の離れを借りて生活することになり、ちゃぶ台返し事件が起こる。そして、最終章「唾」の《バカにひげが生えてゐる》で、最後の激しい喧嘩が描かれる。そこには、亮吉の「すべため、何をいふんだ」に応じた杏子の「飛びかかつたら声を出すわよ、バカのひげちゃん」という言い合いが記されている。その後、平四郎に喧嘩は「勝つたか負けたか」と聞かれて、杏子は「勿論勝つたけれど、それがどこまで勝つてゐるか判らないわ」《もつれ》と言っている。
その後に、作品最後の山場となる、亮吉の酒乱狂気の世界、「庭の破壊」が描かれるが、杏子は至って冷静である。そして、二年という長い別居生活の後、惨めな亮吉と明るさを取り返した杏子との対照的な姿を示すことによって「道義的な復讐」を完成させ、作品は終わる。つまり、「杏つ子」におけるテーマの一つといえる、「杏三つある絵」(『スタイル』昭和33年4月)で草山草平の語る「道義的な復讐」と「呼び名」は不可分の関係にあった、ということである。
昭和三十三年九月、雑誌『みどり』に、朝子氏は「『杏っ子』と私」という随想を載せている。その書き出しは、「道義的な復讐」を見つめる上でたいへん興味深い。その書き出しを次に引く。

「杏っ子」は私であって私ではない。私自身を「杏っ子」と全く同じ女である様に、人に思われている。私であるというのに違いはないが、それはあくまで父の好みの型の女で、そしてほんとの私というものとは全く異った女である。まことの私というものは「杏っ子」の如く強くもなく、しっかりとした女ではない。意気地なしの淋みしがりやで、ひとことで言ってしまえば、どこまでも女、唯女過ぎる女であるのだ。父の筆にあえば、私などはどんなにでも料理される筈(はず)であるが、これは私の欠点やみにくい事柄ばかりを、とり集めた女にも型作られるということだが、父は私の何かから私という型を元にして、ほとんど完璧に近い父の想いの中の永遠の女の像を作り上げてしまった。

さらに、「自分の力の及ぶ限りを出し尽くして」離婚に至った自分の過去を、不幸とは思っていない、「尊い経験」であった、だから、「かえってさっぱりした明るさの如きなにかを」持つことができた、それは自分が賢いからではなく、自分としては「女の道を、何年か歩いて、そして力つき心身共につかれ切ってしまった。唯こんなことに過ぎない」のだと記している。そして「私達が教育を受けた時はすべての事柄にひかえめに、そして年上の者には絶対服従、こんな教えをそしていわゆるお行儀を両親からうけて来た」、現在のように「新しい時代となってても女はいかにしても男より弱く、男に頼りよりかからなくては生きられない。あらゆる点で男の方が女より勝れている。こんな考えが大正生れの女の心の中である」とも記している。

ここからは「道義的な復讐」とは無縁な、優しく従順な古風で献身的な女の声が聞こえてくる。「杏つ子」の杏子も、「平四郎の

犀星家。光る広庭、左、離れ、右、母屋。昭和29年4月。（撮影・吉村正治）

小説はみとめないが、詩はみとめてやると何時もの訓示をあたへ」る亮吉の前で、「三尺くらゐ退がつて、はいはいといつて畏ま」っている女（最終章「唖」の《バカ親父》）、そして、なかなか離婚に踏み切れない女としても描かれている。このような女性を救おうとして、作者は、第十章「無為」の《お前といふ言葉》以後に激しい「呼び名」を叫ぶ女を創り上げ、「道義的な復讐」を試みたのであった。したがって、犀星は「朝子であって朝子ではない」杏子を創り上げた、ということになる。

因に、「赤とんぼ記」での阿梨子はどのように描かれているかといえば、阿梨子は「長い一緒の生活で、一度も知義に刃向ったことのない」（197頁）、と記されている。作品の終わり近く、いよいよ離婚が成立するという段階に至っても、阿梨子にはまだ心残りがある。「或いは知義の最後的な、いやがらせにも等しい離婚反対が、言われるかとも阿梨子は思った。別れる決心はしていたものの、そこには、女の夫に対するぎりぎりの歪んでしまっている愛みたいなものの、期待が微かに残っていた。とは思うものの、現実に反対されたら、阿梨子は戸惑ってしまうだろうが、決心には変りはなかった」（217頁）と、知義への未練、心の迷いが描かれている。

「赤とんぼ記」は、自分の心、その推移を見つめて「一度は書かなければならぬ事柄」を書いて「心の中を奇麗に空っぽにしたい」という思いで創り上げられた作品である。であるから、そこに「道義的な復讐」を求めるのは筋違いである。

おれは作家である

さて、「引き金」と「呼び名」の関係に多くのページを費やしてしまったが、ここで「事件の引き金」に戻る。

「赤とんぼ記」で、「事件の引き金」はどのように描かれているか。「杏つ子」でのそれに相当する箇所を見てみよう。

「杏つ子」と同じく、阿梨子の父が軽井沢の家に行っていて留守の時であった。たまたま知義のところに写真の複写の仕事が入る。知義は阿梨子の母から材料費をもらって、阿梨子の弟邦彦と材料を買いに行くが、その金のすべてを使って酒を飲み、ウイスキーの瓶を抱え酔っ払って帰ってくる。阿梨子の家には「杏つ子」の官猛雄にあたる宮坂という男が、四、五日前から泊まっている。

もっと飲む、という二人に、母は「離れに行って飲みなさい」と冷淡に言う。阿梨子は二人を離れに連れて行き、二人の訳の分からない話を聞いているところへ、宮坂が帰ってくる。

知義と宮坂の気まずい関係は、「杏つ子」の亮吉と官とのそれと同じである。知義が宮坂を嫌っているのを知らず、邦彦が母屋にいる宮坂を強引に離れに呼び入れ、三人でウイスキーを飲むことになる。年齢も知義より十歳も上であり、素面(しらふ)であった宮坂は、その場を無難に収めようとしているが、酔った邦彦が隣の間に行って横になり、二人きりになって、文学の話に入るに従って、その場が剣呑(けんのん)になっていく。そこで、「庭の破壊」の引き金となる、知義の言葉が飛び出す。

知義は、ポツンと前後の関係なく、ひと言いった。

「おれは作家である。」

その時は、宮坂が返事をしないで、とりあってくれなければいいと、阿梨子は彼の顔をみたが、もう遅かった。今までの数多くの無礼にも近い知義の言訳を、我慢してはいたものの、さすがのおとなしい宮坂も昂然（こうぜん）と向っていい放った。

「おれだって昔からの詩人だ。一作の発表もせず活字にもならぬ君が、一人前の作家面をするのは止めた方がいいよ。第一みっともない。」

「おれは作家である」とは、いかにも悲しい。前後の関係なく「ポツンと」言ったのであるから、知義は酔って全く「孤」の世界に入っているのだ。「一生懸命」が報われない現実を遮断して、積年の願望を、独り言のように口にしたのだ。しかし、現実を無視した尊大傲慢な知義の言葉を、宮坂は許さない。この後、「杏つ子」と同様、知義と邦彦と二人での「庭の破壊」が始まるのだが、その内容はかなり異なる。これについては、後に記すことになる。

ここで確認したかったのは、引き金となった言葉の違いである。実際は、おそらく、「おれは作家である」だったのであろう。そこには、平四郎への対抗意識は、直接には介在していない。それに対し、「杏つ子」ではこれを「平四郎」という呼び名にし、亮吉の平四郎へのそれを鮮明にした、ということである。

古いスクラップを見ていたら、松村達雄の「『杏っ子』余聞」という掲載誌紙、日付不詳のそれがあった。その随想の最後に次のように記されてあった。

杏っ子は亮吉とのみじめな結婚生活に破れて確かに悲劇の主人公ではあったが、その背後に平四郎という見事な父親がいることでとにもかくにも救われているのである。私はむしろ売れない原稿を書き続け、妻の父親、高名な文学者平四郎へのコンプレックスなどがからんで、やけ酒の中で破滅しそうな亮吉があわれでならない。

昭和三十七年九月三日から十二月七日まで、日本テレビで70回（1回が20分）にわたって「杏っ子」が放送された。「『杏っ子』余聞」の書き出しに「室生犀星さんの『杏っ子』をテレビでやることになった時、私も東京新聞に連載されていたころ、愛読した記憶がはっきりあって」とあるので、テレビ放送中かその前後の頃の文章であろう。感情を抑えたようなしゃがれ声で、それを表情で表しつつ台詞を言う、あの個性的な演技が思い出される。松村達雄は、「赤とんぼ記」を読んでいただろうか。

宮木喜久雄の詩

風のごとく現れた男、官猛雄のモデルは、『驢馬』の同人であった宮木喜久雄である。その人物を、朝子氏は「赤とんぼ記」に次のように紹介している。この内容は著者の朝子氏だけが知り得ていることであり、「杏つ子」の背景としても興味深いものなので、ここに引いてみる。

その四五日前から、父の古いお弟子さんで若い頃詩を書いていた、宮坂という男が、長野県の飯田から仕事の用事で上京していた。青春時代を長い間牢獄で過ごした、其頃の共産党の幹部であった宮坂は、長期間の獄生活の間に、強度のねばり強さと、大多数の書物の文字から得た知識を一杯に身につけていた。阿梨子の生まれたてのころは抱いて遊んでくれたほど、獄屋の期間を除いては、古いつきあいであった。終戦後は暫くの間飯田に引っこんでいて、彼は蜂を飼っていた。蜂について北海道に行ったり、九州に下ったり、思わぬ儲けがあったり、大損をしたりという状態で、阿梨子の家に来た夏頃は、少しばかり不遇であった。

知義が「おれは作家である」と、ポツンと前後の関係なく一言言った場面の直前、知義と宮坂の間に剣呑な空気が流れ始めた場面に、「知義と宮坂の話は、極度に文学的内容にまで進んでいった。宮坂は、ある一篇の詩を『新日本文学』に久しぶりで、発表したばかりであった」とあるが、その詩は、昭和二十六年三月号の『新日本文学』に載った二篇の詩「海　他一篇」を指していると思われる。宮木が、犀星が軽井沢に行っていて留守中に馬込の家に風のごとく現れたのは、おそらく昭和二十六年の九月であり、その詩は、約半年前に発表されたものと推測される。それをここにそのまま記す。

海

はるかに海をおもう――
一人の人間もいない深夜の浜辺にくずれる白浪
いちめんにくだけちる月光
飛沫をあげ、巌をかみ
無限の重量でうねり返る波がしら。

——行商の帰り
疲れて夏草の崖に休む一時(ひととき)
ふとはるかに海をおもう
半生を思いかえすかの如く思い浮ぶこの一瞬の景色
いつかもこのような思いが湧いたことがある。

わたしは疲れているか
否々与えられた仕事を為し遂げるだけの気力はある
青春の日もさうであつたが
熱情にみちた無邪気さは
妻子の傍らにあつても消えてはいない
静かな山国の人々の烈しい暮らしにまじつてわたしは今
水脈(すいみゃく)をさぐるように仕事を準備する。

汗をふきながら夜の坂道で
はるかに海をおもう
わき立つ靄の中で打ちかえし浜辺にくづれる白浪
茫漠と心に広がる海。

悲哀

——薄闇の中で撲る、蹴る
罵言と悲痛なうめきが闇にみちている
刑を待つ囚人のように抵抗力を失つた人間が次から次えと徹底的に撲られていく
撲られた人間は伸びたまゝ横たわつている
暴行は薄闇の中でしづかに行われている
何故人々が無抵抗に撲られているのか誰にも分からない。

——わたしも撲られる順番を待つていた
逃げようと思いながら、身体も心もしびれたように動かない、まるで丸太のようである
恐怖と無力に絶望して
ひたすら撲られても仕方がないと観念すると怖れは次第に深い悲しみに変つていつた。

「人間は嘘をつく奴だから
徹底的に撲られるのだ」
「人間は多かれ少かれ誠実に欠けているから徹底的に撲られるのだ」
——精根をつくした焦慮と涙の中から、ついに理解が生れてきた

わたしは全身を投げ出して諦めてしまつた
わずかに諦念は怖れを払うことができたが
生涯を通じた悔恨はあらたに全身をひたしてきた。
これらすべてのことが
夢の境界と知つてはいたが
わたしの悲しみは深く痛かつた。

自分の成すべき「仕事」への思いを力強い「海」に重ねて表した作品「海」も、今に消えることのない獄生活の悲惨さとそこで負った悔恨への思いを記した作品「悲哀」も、先に記した朝子氏の「赤とんぼ記」の文章が参考になる詩である。この二作品と、前記の主情に徹したロマンチックな詩「都バスの中で」を見比べてみると、二人の詩人としての資質の違いがわかる。

青木和夫の「都バスの中で」が『三田文学』に載ったのは昭和二十七年八月号であり、宮坂、知義二人の論争中には知義つまり、青木和夫の作品はどの雑誌にも掲載されていなかった。「赤とんぼ記」では、知義の言った「おれは作家である」の後に、宮坂の「おれだって昔からの詩人だ。一作の発表もせず活字にもならぬ君が、一人前の作家面をするのは止めた方がいいよ。第一みっともない」という台詞があった。

「杏つ子」では、亮吉の言った「平四郎はもう寝たのかね」の前に、次のような問答がある。

「君はどこの雑誌に書いてゐる。」

これは亮吉にとつて手痛い質問だつた。

「いづれそのうちに書くよ。」

「そのうちに詩はさかなみたいに、裏がへしになつてくたばつて了ふさ。」

「では君はどこに書いてゐるんだ。」

「おれか、おれは原稿なんて間だるつこい。」


亮吉の心中は乱れに乱れていたことであろう。

庭の破壊

唾を吐く

最終章「唾」の《つば》は、官猛雄が母屋に去った後、外から帰ってきた平之介を相手に、離れで亮吉が酒を呑み続けるところから始まる。「酒乱の烈しい気はひ」を示しはじめ、「庭を見入り、何度も舌打をし、うるささうに植込みの枝と葉の茂りをながめ」ていた亮吉が、ついに「この庭を叩き壊せると面白いがなあ、思ふさま暴れ回つて叩きこはすと痛快だが」と言う。そして、「生きた人間を対手にするやうに庭を見入」る。つまり、「庭」は、創作において抵抗しえない「平四郎」、そしてその文学であったことが、ここで読者にはっきりと知らされる。さらに、その憎しみの言葉は、亮吉の、自身の無力さを自身に欺こうとするものでもあった。

また、《つば》には、杏子と亮吉との、庭破壊寸前での、次のような遣り取りが描かれている。

「庭といふが、碌な庭ではない。」

「お庭のことはいはないで頂戴、もう三十年も作つていらつしやるんだから、いい悪いはいはないで頂きたいわ。」

「これで三十年も作庭を凝らしてゐるのか、しかも、これだけしか作れないのか、ばかばかしい時間潰しぢやないか。」

「やめて頂戴つたら、やめて。」

杏子の眼は怒り出した。それと同時に、平之介は亮吉をしだいに睨むやうになり、酒をがつがつ呑んだ。

ついに、亮吉は庭に唾を吐く。そして、これに続いて、亮吉と杏子との次のような口争いが描かれる。

「おれは唾より外に対手にくれてやるものがないんだ、こんな威圧の虚勢を振り回した庭の何処が好いといふのだ。人間が出来上つてゐたら、もつと人を寄せつけない庭が作れるんだ、人間も出来てゐないくせに作庭なんて呆れらあ。」

「さう仰有るだけは褒めてあげるわ、併しあなたがこの庭に石一つ据ゑられる自信がおありになる？　八方にある石の配置の中でどこに据ゑたらいいかといふことが、お判りになるか知ら、ばかもいい加減に仰有るがいいわ、原稿紙に字をうめることもまだお手の内でないあなたが、百貫もある石が小指一本で指図お出来になると、お思ひになれる、……」

また、《暗の中》には、亮吉の「これは平四郎を懲戒するために白日の下に見せたいんだ、三十年の作庭も一瞬のうちに叩き壊せる、……」という、作庭年数を殊更示した台詞もある。これらの表現には、犀星の庭、作庭に関する、大切なそして複雑な思いが読み取れるように思われる。亮吉は言う。平四郎の庭は、「碌な庭ではない」「威圧の虚勢を振り回した庭」である、「人間が出来上つてゐたら、もつと人を寄せつけない庭が作れるんだ」と。かつて、犀星は自伝小説『泥雀の歌』（昭和17年5月、実業之日本社）の「弐拾壱　家を建てること」で、「最後の庭を作つて見よう」「庭だけはいいものを作らう、誰でもいい、庭の中にはいつて来た人があつたらその人の身を引き緊めるやうな庭をつくつてやらう」と記していた。そのように意気込んで、約二十年（昭和七年に作り始め、破壊されたのが同二十六年であるから）をかけて作り続けてきた庭が、そのように描かれているのである。

ここに記された亮吉の雑言は、犀星自身の亮吉に代わっての厳しい自己批判（自己否定ではない）であることは、《自嘲》《他人の怒り》の中に示されている、破壊された庭を見ての、平四郎の心の動きによって知ることができる。

しかし、犀星は自己批判をしているだけではない。当然、強固な自負がある。「さう仰有るだけは褒めてあげるわ」と、犀星に代わって杏子が言う。原稿も満足に書けないあんたが、百貫もある石を小指一本で指図できるかと。杏子は、「人物ができてゐなければ庭の中にはひつてゆけない、すくなくとも庭を手玉にとり、掌中に円めてみるやうな余裕が生じるまでは、人間として学ぶべきもののすべてを学んだ後でなければならぬやうな気がする。鉄のやうな精神的な健康もいるし、一茎の花にも心惹かれる柔かい詩人のたゆたひが要り、十人で引く石も指一本で動かす最後の仕上げにも、徹底的な勝利をも目ざしてその仕事につかねばならぬ」(「日本の庭」〈『週刊朝日』昭和17年11月〉)と書く犀星の思いを代弁しているようだ。

さらに、複雑な思いがある。亮吉の「唾を吐く」という卑劣な行為を厳しく咎めながらも、それが、「唾より外に対手にくれてやるものがないんだ」と、亮吉にとっての唯一の悲しい抵抗手段であることを記している。

ここに示した一連の表現の中には、平四郎の、最愛の娘杏子への思い、その夫である亮吉への杏子を介してのそれ、そして、平四郎の文学者としてのそれ、それらが絡み合って、複雑に動いている。自伝的作品であるが故に、それがそのまま、作者犀星の思いに重なるのである。

「唾を吐く」という行為についての怒りを犀星は日記に書いている。

> 昭和24年4月4日　女中が庭に唾を吐いたところに、偶然に出会した。庭は僕の顔のやうなものだから唾は絶対に止めて貰ひたいと、激怒を抑へながら冷たく言ひ糺(ただ)した。毎日庭を大切にしてゐる男を見てゐながら、それに気のつかないのも、人の性質の灰汁(あく)がさうさせるのである。

この事実が強く心に残っていて、亮吉の行為にそれを用いたのであろうか。

「赤とんぼ記」では知義は唾を吐いていない。「唾を吐く」に代わって、次のような場面が出てくる。


暫らくの間、知義の沈黙の時間があった。

思いついたように目の角度を変えた知義は、宮坂が居ないのに気が付いた。隣の部屋では邦彦が蚊帳の中で、すでに眠っていた。

「宮坂は何処へいった？　出て来い。」

と、大声を出しながら、庭の飛石に向ってコップを、矢にわに投げつけた。静かな夕暮の空気の中に、金属的に近い甲高い音をたてて、ガラスは砕け飛んだ。


事実はこちらだったのであろう。ここには、「庭」と「唾」が持つ象徴的な意味はない。

さらに指摘すべきことは、庭を破壊する寸前の亮吉と知義との台詞、行動の違いである。「杏つ子」では、先に記したように、亮吉が「庭といふが、碌な庭ではない」と平四郎そのものでもある庭を蔑視し、それに続いて庭に唾を吐き、破壊行動に入るのだが、「赤とんぼ記」では、庭の飛び石に向かってコップを投げ付けた後に、「阿梨子の親父がなんだ。小説がなんだ。おれは負けはしないぞう」という、「庭」とは無関係な直截的な台詞があって後に、庭の破壊に入る。

つまり、前者では亮吉にとっては平四郎そのものでもある「庭」に唾を吐くという、象徴的、重層的な表現がなされているのに対して、後者では、まず庭の飛び石にコップを投げ付けたという単純な行為を示し、直接「父親」「小説」を憎しみの対象として明示し表現しているのである。

そこには、「庭」は存在していても、その影は薄い。「赤とんぼ記」にも、「父の庭に対する愛着というものは、三十年以上も延々として続き、父の言葉としては、父としての最後の最高なる庭に、なるばかりであった」とあるが、そこには、「杏つ子」におけるような含みはない。

なお、「杏つ子」における「庭」の意味の重さについては、この後にも重ねて触れていくことになる。

破壊の対象と場

「唾を吐く」といういわば「庭の破壊」前夜の象徴的な行為に続いて、次の《殺気》に始まり《石は叫ばない》までに、いよいよ「庭の破壊」が描かれることになる。

《殺気》は、杏子と亮吉の口論から始まるが、それを黙って聞いていた平之介が、ねじれた声で言う。「先刻、君は庭に唾を吐いたね」。「いまだつて唾くらゐは吐くよ」と亮吉。「おれの親父の顔に唾を吐いた奴は、ただでは置けない、……」「では、どうすると言ふんだ」。

亮吉は庭（この「庭」は、離れの前の「奥庭」である）に跳り出る。そして、「こんな庭なぞ、こはして了へ」と言って、二十貫もある四方仏を石の台座から動かし、横倒しにしてしまう。これを初めとして石燈籠を、あせびの木をと、亮吉は破壊に荒れ狂う。「その時、先刻から殺気を押し耐へた平之介は、ふしぎな普段の平之介らしくない声で何やらいふと、これも庭に跳り出」る。

《殺気》につづく、次の《反逆の仮象》は、「平之介の最初にいつた言葉は、杏子には意外な驚きをあたへた。／『おれも手伝ふか。』」と書き出される。さらに、平之介は怒りながら叫ぶ。

「おれは貴様に加勢してゐるのではないぞ、おれは一生に一度おやぢに反逆するために、こいつを引つくり返すんだ、こんな反逆がなかつたら、君と泥まみれになつて格闘してゐるところなんだ、おれは君の味方ではないぞ。おれは君を叩きのめすために、敢てそれを避けるために、こいつを倒壊してやるんだ」と複雑な心を表現する。そして、二人は破壊を共同する。杏子は物を言わず、二人の狂態をただ茫然と見入っているだけであった。

亮吉の「庭の破壊」という行為は、平四郎に対する「莫迦莫迦(ばか)しい復讐」であり、また、さらに杏子への暴力の代わりとしてのそれでもある。一方、平之介のそれは、父親の代替としての「庭」という「反逆の仮りの対手」に対する行為であった。この平之介の奇妙な行為の必然性は、すでに第十一章「まよへる羊」の後半部に描かれていた、平之介とりさ子の離婚という小事件という伏線によって理解できるのである。

平之介とりさ子の離婚は、第十一章の「まよへる羊」の後半、《わかれ》《百日の結婚》《ゆくへ知らずも》に記されているのだが、平之介は離婚によって心を痛めているだけではない。父の平四郎は、息子の平之介より、離婚に関しては平之介を捨ててゆく「りさ子を見る贔屓(ひいき)の眼」をもっているのであるから、平之介の平四郎に対する思いは穏やかではない。心底には反抗とまではいかないが、反感が眠っている。やがてそれが、「庭の破壊」における突然の共同として作品に描かれることになるのだが、「庭の破壊」の前に挿入された、二人が共闘にいたるこの部分は、作者によって周到に用意されたものなのであった。

また、ここに描かれているのは、平四郎の共感する、離婚の際に示したりさ子の明快性であって、それが、なかなか離婚に踏み切れない杏子との対照をも示している。そして、そこには平四郎の父親としての複雑な思いに加えて、「時代の相違」（青野季吉の短評「リアリズムに新鮮味」中の言葉）をも読み取ることができるのである。

亮吉と平之介二人の、心意を異にした気違いじみた行為に戻る。それは《反逆の仮象》《暗の中》《九重の塔》に書き続けられる。

まず、「杏つ子」における「破壊の対象」を中心に見つめてみたい。二人の破壊行為の犠牲になったもの、つまり「破壊の対象」となったものは、先にもその一部に触れているが、「凡て石と名づけられるものは、倒壊の限りをつくされて了つてゐた」とあるように、屋敷神、石燈籠、茶燈籠、宝篋印塔等々であり、さらに「あせびの株を、一株ものこさずに引き抜」き、「低い植木を叩き」壊し、「松の小枝をへし折」るなど、「離れの前

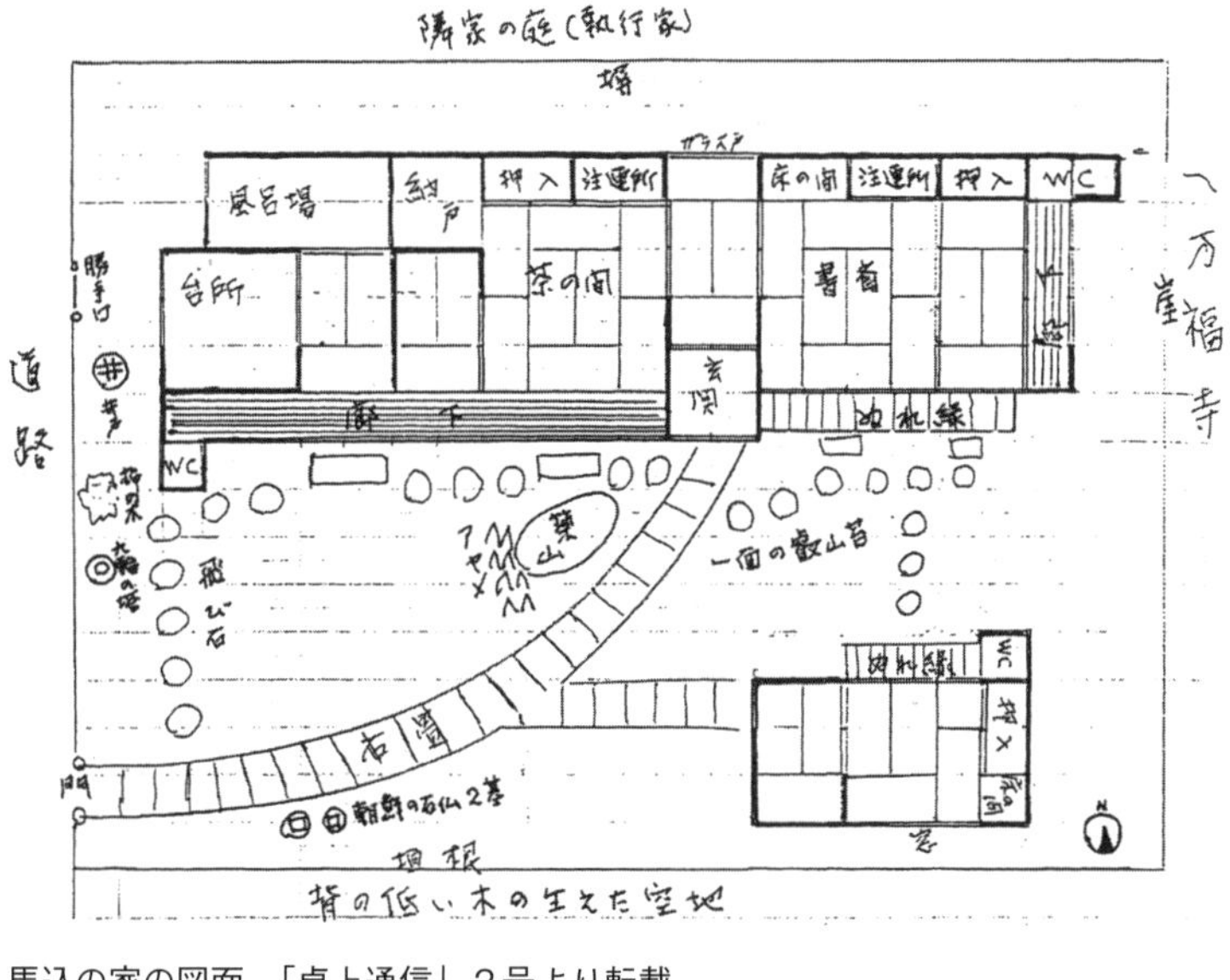

馬込の家の図面　「卓上通信」２号より転載

庭」（つまり、「奥庭」）を壊し荒らし回る。荒らし回る中で、亮吉は「これは平四郎を懲戒するために白日の下に見せたいんだ、三十年の作庭も一瞬のうちに叩き壊せる」と怒鳴る。杏子はその行為を「莫迦莫迦しい復讐」と冷たく言い放つ。

ここで、庭破壊の姿を、「赤とんぼ記」と対照させて見つめ直し、「杏つ子」での庭破壊の意味を考えてみたい。

まず、「赤とんぼ記」における「破壊の対象」である。知義は「離れの入口の馬酔木の下草を、ぬきだ」す。屋敷神の祠（ほこら）に手をかけ「七貫目近い重さの石を二尺もの高さから、地面におろ」そうとする。その時、隣の間に寝ていた邦彦が、知義の怒声と阿梨子のヒステリックな声で目を覚まし、酔いの残る頭のまま、庭に下りてくる。その邦彦に知義が庭の破壊に誘うと、邦彦は単純に「うん、おもしろそうだ。手伝おう」と言って共同する。邦彦には、「杏つ子」の《反逆の仮象》に描かれた平之介の複雑な心はない。二人で重い祠の屋根を引き下ろすと、それが土の中に突き刺さった。

「離れの前庭」を破壊した二人は、さらに、「広庭」（母屋の前の庭）に進んで、丈五寸程の五百本近くもある岡あやめを、丹念に一本一本、一株一株、泥まみれになって抜いてしまう。三十分程の間に、「広庭」は、宝篋印塔の宝珠も台石もあちこちに散らばり、「傷だらけのあやめの残骸」で一杯になっている。

宮坂は、阿梨子の母を思い、母屋の雨戸を締め切ってしまう。知義は「宮坂は何処だ」と言いながら、泥だらけの手で、雨戸を強く叩きつける。「大きい男の手の型がはっきりと、雨戸に三つついてしまった」。

次に、破壊の「場」の確認をしたい。

「杏つ子」ではどうか。「離れの前庭」を荒らし回った後の亮吉、平之介の二人を描く《九重の塔》の書き出しには「泥だらけになつた亮吉と平之介は、期せずして広庭の方に、眼をはしらせた。庭は座敷の正面に、苔の平地を見せる位置になり、二基の石燈籠と、九重の塔が椿の木にかこまれて黒々と見えてゐた」とあり、それ以後に破壊行為は描かれていない。ということは、二人のそれは「離れの前庭」に限られていた、ということであろう。

一方、「赤とんぼ記」ではどうかというと、知義と邦彦は「母屋近く、さらに門の傍迄も荒しながら、進んで行」き、「母の顔を出している正面」、つまり「広庭」に「すくすくと葉幅広く群がっている」岡あやめを破壊する。そして、「正面の広場は折れたり、傷だらけのあやめの残骸で一杯になった」とあって、「離れの前庭」だけでなく、「広庭」までも二人で破壊したことは明らかであり、これが事実であったのであろう。そして、この相違にこそ意味があるのだ、と思う。「赤とんぼ記」での破壊が、「離れの前庭」だけでなく、「広庭」にまで及んでいるのに対して、「杏つ子」で破壊されているのは「離れの前庭」だけであって、「広庭」は汚されていない。なぜか。それは、「広庭」は聖域であり、冒し難い存在である「九重の塔」(「赤とんぼ記」には「九重の塔」は描かれていない)のそびえ立つ、侵し難い領域だからである。それらは、ともに平四郎であり、平四郎の文学でもあるからである。そこは、亮吉の抵抗し得ない領域なのである。

もう一つは、雨戸につけられた「手の跡」について。「赤とんぼ記」での三つの手の跡は、おそらく事実としての知義のつけた三つのそれ、阿梨子の心を深く傷つけたそれを記したものであろう。「杏つ子」では、《手の跡》という節題を設けて、その最後を「平四郎は女中を呼んで洗ひ落すやうに言ひつけたが、べに殻塗りの上の泥あとは、どんなに洗つても落ちなかつた。都合、四つの手形の泥あとが気味わるく、のこつた」と結んである。この意味についての私見は、後で記す。

九重の塔 1

「離れの前庭」、つまり「奥庭」で暴れ狂った亮吉、平之介の二人は、やがて母屋の前の「広庭」に目を向ける。その先には、総重量百二、三十貫、高さ四メートルほどもある九重の塔が、どっしりと構えている。この後の平之介と亮吉の言動は極めて象徴的である。

平之介のわかい悪い誘ひの眼が、冷笑を走らせて、九重の塔にそそがれた。高さは四メートルに及ぶものであつた。

「どうだ、あの九重の塔は？」

「あれは？」

亮吉の酔眼にも、この塔を倒壊することは、返り血をあびるやうな、俄然（がぜん）、頭の上に崩れる危険が感じられた。

「あれは手に負へまい。」

「何、ひとひねりだ、」

「真中を押せば頭の上に崩れ落ちて、下敷になる、……」

「止める気か。」

「塔の下敷になりや笑ひものだ。」

二人は広庭にのそのそ歩いて行つた。

かれらは四メートルもある塔の相輪を見上げた。

その時分からかれらの酔は次第にさめかけ、ひどい疲労がからだの節々に、急激な腕力の消耗を告げた。もう、なにもする気がなくなつてゐた。


母屋の前の広庭の向うに屹立する、動かしがたい九重の塔は、亮吉にとっても平之介にとっても、抵抗しがたい存在、平之介にとっては父親、亮吉にとっては作家、詩人の平四郎である。力失せた二人に、杏子が、明後日、平四郎が軽井沢から帰るということを告げる。平之介は、慄然として「失敗つた。明後日おやぢが戻つて来る。」と言う。亮吉も泥の手をぶらりと下げ、失敗ったことをしたと口走る。二人とも、平四郎に勝てないことを改めて知る。

《石は叫ばない》は、「破壊」のまとめである。官に叱責されて何も言えない二人。破壊の後始末に関する杏子の冷静な計画を、亮吉は石のように硬い頭で聞く。

「杏つ子」で庭の破壊行為をやめさせたのは、「九重の塔」の存在であったが、「赤とんぼ記」では何がそうさせたのか。

広庭まで荒らしまわり、雨戸に手型をつけ、左にくるりと向いた知義の目に入ったのは、松の木の上に支えられた、阿梨子の父の大切にしている「直径二尺に近い、白い支那の水鉢」であった。他のものは直せるとしても、これが壊されたら修復不可能であると思った阿梨子は、知義には聞こえないように小声で、酔いも冷めかかっている邦彦に「邦彦！　いい加減にして止めなさ

馬込の家の離れ（右）と奥庭。昭和29年４月。（撮影・吉村正治）

い」と言う。阿梨子の尋常ではない声を耳にした邦彦の顔面に恐ろしさに近い驚愕が走り過ぎる。邦彦が「知義さん、くたびれたからもう家に上ろう」と言い、水鉢の縁にまで手を触れている知義に、咄嗟（とっさ）の機転を利かして「まず、それで手を洗おう」と言うと、知義は素直に「うん、やめだ」と応じた。

その後の二人は、赤子のように阿梨子の言う通りになる。その先に、「おれは、大変なにかをしてしまったらしい」という知義の台詞があり、「飲むのではない。酒など見るのも嫌だ。出掛けるのだ」と言って、駒込の母の所に行くらしく門から出て行く知義が描かれる。その後ろ姿を見て、阿梨子は、怒りではなく、「淋しさと哀れさがあふれ、むしろ惨め」さを感じる。その後に、先記したように、知義の「今日限り原稿を書くのは止める」という宣言があり、路上で原稿を燃やすという場面が描かれるのだが、ここで注目したいのは、何が、知義の庭破壊行為を止めさせたか、ということである。それは阿梨子のとっさの判断と、邦彦の機転であった。つまり、「赤とんぼ記」では、「九重の塔」は役割をもっていない。これが恐らく事実であり、そこにあるのは、三人三様の心理と事実の示す緊迫感とである。

九重の塔 2

先に「母屋の前の広庭の向うに屹立する、動かしがたい九重の塔は、亮吉にとっても平之介にとっても、抵抗しがたい存在、平之介にとっては父親、亮吉にとっては作家、詩人の平四郎である」という私見を記したが、そこには、一つの重なる思いがあった。それは、朝子氏の父への思いである。

朝子氏は、犀星没後、室生家の庭のような墓所を金沢市近郊の野田山に造る。その折のことを、『杏の木』（昭和41年11月、三月書房）に次のように書いている。

私は軽井沢の家の庭の中から浅間山の熔岩で作った九重の塔を選び、庭に父自身の手で選び作った母のお墓の小ぶりな五重の塔を併せ送り、花を生けるための苔むした六角の石の手洗鉢をそえ、あとの空間は山椿と白玉椿を何本か植えることにした。（略）水鉢の前面にはあやめが植えられ、葉は少々くたびれたようには見えたが、わずかな私の思いつきのあやめの群れは九重の塔とよく調和し、そこに自然にあった松も加え、小さな庭のような感じに出来上がった。

ここに、知義によって破壊された「あやめ」が復活し、抵抗できなかった「九重の塔」が据えられ、馬込の庭が墓所として生き返ったのである。墓碑となった九重の塔は、馬込の庭のそれとは違い別のものではあるが、ここでも九重の塔は、やはり犀星であった。

なお、金沢市にある室生犀星記念館の正面奥の庭でも、九重の塔が静かに威光を放っている。

破壊の後

「激しい自嘲」そして「孤の怒り」

《自嘲》は、軽井沢から帰った平四郎が庭を一巡するところから始まる。翌朝、平四郎は庭の破壊に気づく。最初に発した言葉は怒りではない。「これは面白い、偉い奴が出て来て、ここらを掻き回したらしい」とあって、「平四郎の顔色には、自嘲のいろが掻きのぼつた」と続く。さらに「平四郎の自嘲はいよいよふかく、それが怒りに変り自嘲に移り、また憤りをあらはしては、絶えず変化して」いくが、最後には「激しい自嘲が全面をつんざいてゐた」と記される。もちろん「怒り」「憤り」がないわけではない。しかし、それよりも、庭の破壊という無謀な行為を可能にさせてしまった自分への嘲りの方が強かった、ということであろう。

この「激しい自嘲」の中身は何か。それは先の《石》の中にある亮吉の「こんな威圧の虚勢を振り回した庭の何処が好いといふのだ。人間が出来上つてゐたら、もつと人を寄せつけない庭が作れるんだ、人間も出来てゐないくせに作庭なんて呆れらあ」という台詞にみることができる。つまり、これは犀星自身が自分へ投げ付けた自嘲の言葉なのである。その意味で不完全な「庭」、それは平四郎そのものであり、平四郎の文学であるという自覚でもあった。

かつて「庭と仏教」（『都新聞』昭和9年1月10日）で、庭にあるべき「襟を正さしむる厳格さ」「庭の威厳」を説き、そこに入ると人は「人間くさい汚れものなぞを捨てることのできない、徳を要求する気持が庭」にはあると書き、そのような庭を自身の庭にも求めてきた犀星であった。晩年の随筆「わが庭の記」（昭和33年2月、清和書院刊『刈藻』収録、初出未詳）で犀星は、庭を作ってきて「そこにあるものはいつも未完成でしり切れトンボのやうなものだ。（略）私の生涯は負けてばかりゐたやうなものだが、庭には小酷（こっぴど）く負けた

書斎から庭を見る犀星。昭和29年4月。（撮影・吉村正治）

ことになつた」と書いているが、その反語的嘆声と「激しい自嘲」とは無関係ではない。

《他人の怒り》は、平四郎が、「凶暴の限り」をつくされた「庭」の棄石の上に吐かれた「唾」を見つけるところから始まる。それは、「よほど気をつけて見ないと、乾いてわからないものであつた」と表現されていて、その「唾」に対する平四郎の怒りは記されていない。が、これは、先に《殺気》の中で取り上げた、「おれの親父の顔に唾を吐いた奴は、ただでは置けない」と言った平之介の言葉に呼応したものであることは当然である。

棄石の上の「唾」を見つけて以後も、平四郎は様々な醜行の跡を目にする。そして、あおざめた杏子の顔色を見ながら、杏子が共犯でないことは分かっているから気をつかうな、と言い、次のような表現をする。「僕の精神状態を叩き壊すためには、先づ庭を叩き壊すといふことは僕の急所にいささか触れたともいへるね。これより外に僕を遣つ付ける方法はない」と。「庭」は、平四郎自身であり、平四郎の文学でもある。であるから、杏子は、そこに「父親であるといふ感覚が全然失してゐるきびしさ、釈明も謝罪もなしがたい他人の間のきびしさ」「他人同士の対決感」を感じ取ったのである。肉親関係を超えたところにある「孤」の世界、文学者としての厳しいそれがそこにはある。

「庭の破壊」は、次の《手の跡》で結ばれる。亮吉、平之介二人の酒乱による愚行のすべてを確認した平四郎は、杏子に「これを機会に君達夫婦はこの家を退去して貰ひたい、僕のいふことはこれだけしかない、それも相当に早い期間に出て行つてほしいんだ」と最終通告をする。「自嘲」に増して湧出する、「孤」の「憤り」である。

その日の夕方、平四郎は、雨戸の地震戸のまわりに、二人が「跡をつけた泥の手と指の形」を見つける。女中に洗い落とすように言い付けたが、落ちない。「手の跡」は「都合、四つの手形の泥あとが気味わるく、のこつた」と結ばれる。平四郎の心に消えない、見苦しい、卑怯な、許し難い挑戦の跡であるその「四つの手形」は、亮吉と平之介のそれということであろうが、それはまた、杏子、平之介の二つの不幸な結婚の印なのか。

「赤とんぼ記」での「破壊の後」はどのように描かれているか。

九月末近く（庭破壊事件後、「杏つ子」では「明後日」であったが、「赤とんぼ記」では約半月経って）、父が軽井沢から帰って来る。阿梨子夫妻は上野駅に出迎える。知義が父に謝ったのは、その折、国電の中での一回きりである。

家に帰った明くる日から、庭の破壊箇所を見つける度に、大きな声で「阿梨子!!」と呼び付ける父の声が続く。それは知義の留守の時に限り、父の知義に対するお咎めはない。先に「事件の前触れ」にも記したように、現実には犀星は娘婿青木に随分気を使っていたようである。

父の目ですべての破壊箇所が発見されてしまった秋の深まった頃、父が初めて「偉いことをやったものだ、だが、一体これはなんのためだ」と阿梨子に言う。その後に、次のように記されている。

面と向ってこのように聞かれれば、阿梨子は一部始終を話さなくてはならない。宮坂のことからあらゆるあの夜の出来事を全部、話してしまった。阿梨子は、目に見えない不安のようなものからようやく解放されたのであった。

「杏つ子」の舞台裏である。

父が、雨戸につけた知義の「両の手の型」（前には「三つ」とあったが）を見つけたのは、半年ほど経った冬になってからであった。これを最後に「阿梨子!!」という声は聞かれなくなったという。

その後、知義の阿梨子の父に対する反抗は、徐々に知義を卑屈にしていく。知義は別居を望むが自分では何もできず、二人は父の所に来る古道具屋の紹介で「父の家のひとつ先の岡を越した向う側、すぐ近く」に部屋を借りてすむことになる。

「杏つ子」と「赤とんぼ記」では「庭破壊事件」の重みが全く異なる。「杏つ子」では、「庭破壊事件」は杏子、亮吉の離婚に至る大事件であり、平四郎、平四郎の文学にとっても重大な事件であった。舞台裏を見ることによって、「杏つ子」の世界、平四郎の「激しい憤り」そして「孤の怒り」の深みを更に深く味わえるように思われる。

「生涯の垣根」

「孤」の世界が発する厳しさ、それは犀星が自己の文学に新生面を切り開く覚悟を示すものでもあった。犀星の文学は、常に庭を破壊することによって新生面を開いてきた。田端の庭、天徳院の庭の破壊がそうであったように（具体的には「四『三十年』と、その前と後」で記す）、馬込の庭の破壊（これは自らの意志によるものではなかったが、それは契機となった）は、昭和三十年代の見事な復活を予告するものであった。

ところで、先にもその一部を引いたが、随想「わが庭の記」は、犀星の「庭」に関する表現として、極めて異質である。それは、「三十年も庭をいじつて見てゐるが、庭はせせつこましく、樹木はやせ石は生気を失つて古いろう屋のやうに憂うつである。孤独の友達であつたはずの庭は終年物語をすることなく、朝夕それを掃くことも物憂しとなすに至つた」と書き出されている。さらに、「飛石を打ち石を据ゑるといふことにも、がらが必要であつた。がらのない財力のない人間が庭にくびを突つ込むといふことは、ここまで来て初めてシミジミバカだと思ふ」とまで書く。そして、「私は土づくりのへいを周囲にめぐらし、一木一草もない平地面を見るだけのものを作らうかとある年には考へてゐたが、もう体力も忍耐も私にはほろびてゐた。／私の生涯は負けてばかりゐたやうなものだが、庭には小酷く負けたことになつた」と敗北を認め、「全くがらにないことはしたくないものである」と結んでいる。

「これで三十年も作庭を凝らしてゐるのか、しかも、これだけしか作れないのか、ばかばかしい時間潰しぢやないか」という亮吉の悪口を肯定するかのような表現である。はたして、いつ、何が、犀星にこのような感慨を齎せたのであろうか。推測されるのは、昭和二十六年九月の、青木和夫と室生朝巳による庭破壊事件である。そして、「わが庭の記」は初出未詳の随想だが、これが書かれたのは、その内容、激した文調から推して、事件後の昭和二十六年かその翌年当たりではなかろうか、と推測される。

加えて、引用文中に「私は土づくりのへいを周囲にめぐらし、一木一草もない平地面を見るだけのものを作らうかとある年は考へてゐたが、もう体力も忍耐も私にはほろびてゐた」とある、それが気になる。昭和二十八年八月『新潮』に載った小説「生涯の垣根」の書き出しに「庭といふものも、行きつくところに行きつけば、見たいものは整へられた土と垣根だけであつた。こんな見方がここ十年ばかり彼の頭を領してゐた」とあり、ここには犀星日記に照らして事実に近いものが記されていることがわかる。ここに、「生涯の垣根」の背景としての犀星日記から、四箇所を抜き書きしておく。

昭和28年4月9日　植木屋来る、垣根をゴマ穂でやりなほすのに、一万五千円出してやらう、それなら税金の方もいくらかどうにかなるといふので、仕事を出すことにした。以前つかつたことのある民春といふ男もつかつてやれといふことで、承知したのである。民春も困つてゐるとのことで、その方へもたすけ手を回したのである。
同年同月24日　庭はちよつと見ちがへるやうになる、垣根きはには馬酔木(あせび)二本を植ゑて、やめた。垣根と土を見るためである。
同年6月22日　仕事五枚、「生涯の垣根」とした。
同年同月24日　「新潮」の原稿をおくる。

つまり、「体力も忍耐も私にはほろびてゐた」と書いていた犀星は、昭和二十八年、六十歳を過ぎて、馬込の庭に手を入れ、「土と垣根」を中心としたそれを作り上げたのである。おそらく、青木和夫の別居（昭和二十八年一月）が、この積年の思いの実行を可能にしたのであろう。
因に、「わが庭の記」に「ある年には考へてゐた」とあり、「生涯の垣根」に「ここ十年ばかり」とあるが、それは、昭和十七年十一月『週刊朝日』に載った、「日本の庭」にある「私は最近庭には木も石もいらないやうな気がしだした。垣根だけあればいい、垣根だけを見て、あとは土、あるひは飛石を見るか、苔を見るやうにして木といふものはできるだけすくなくまた石もできるだけ少くしたいと考へるやうになつた」とかかわりのある時代を言っているのであろうか。

先に「垣根」と「土」にこだわる「生涯の垣根」の書き出しを引いたが、それに続いて「よく人間の手と足によつて固められ、すこしの窪みのない、何物もまじらない青みのある土だけが、自然の胸のやうにのびのびと横はつてゐる、それが見たいのだ」「土のうへには何も見えない、彼は土を平手でたたいて見て、ぺたぺたした親しい肉体的な音のするのを愛した」「土はたたかれ握り返され、あたたかに取り交ぜられて三十年も、彼の手をくぐりぬけて齢を取つてゐた」という「土」への思いを記した表現が続く。その後に、注目すべき「土」への思いが記される。その二か所を引く。

　つまり彼に最後にのこつたものはやはり庭だけなのだ、終日掃きながら掃いたあとのうつくしさが見たいばかりに、そのうつくしさに何かを、恐らく一生涯の落ちつく先をちらとでも見たいのだ、ばかばかしい話だが、そんなふうに言ふより外はない。

　さまざまなものに熱中して見たが、行きついて見るとつまり庭だけが眼に見えてゐた、朝起きてから夕方まで眼の行くところは庭よりほかはない。或る意味でそれは庭であるよりも、一つの空漠たる世界が作り上げられてゐて、それが彼を呼びつづけてゐるのだとでも、ふざけて言つたら言へるのだらう。

「土に還る」という言葉が思い起こされる。「彼」に最後に残ったものが、「土」の「庭」だという。そこは「彼」の「一生涯の落ちつく先」であって、そこは「庭であるよりも、一つの空漠たる世界」であって、それが「彼を呼びつづけてゐる」という。「庭」は、「彼」が死後に住む世界だという。この表現の背景には、自身の健康問題に加えて、昭和二十八年五月八日の堀辰雄の死という悲しみもあった。それに、庭の破壊という事件も当然かかわっているであろう。

「庭」と「死」とのかかわりは、初めてのことではない。いや、むしろ犀星の庭作りはそこから始まったとも言えるのである。つまり、幼少時の、雨宝院の庭での庭作りがそうであった。このことに関しては、後に「四　『三十年』と、その前と後」の中の「庭を逍遥する」で触れることになる。

『此君』（昭和15年9月、人文書院）に収められている「庭」（初出未詳）で、庭が「病んだ人の命をなぐさめる」という「美しい役目」をもっているという、新しい発見をした犀星は、続けて「ここまで行くと庭をつくるのは遊びではなく、自分の死を庭の中に刻一刻と見くらべながらも、愛しいつくしむものらしかつた。すくなくとも自分の死の時も考へて庭はつくるべきものではなからうか、そこまで行けば庭をつくることも徒事でないことが分らう」と記している。この思いを決定的にした、その契機が、庭破壊事件であった。そして、その事件の衝撃を受けて創作されたのが「生涯の垣根」であった。

ここで、おおかたの批判を覚悟の上で記せば、「杏つ子」の「平山平四郎」、「杏三つある絵」の「草山草平」の人物名と、「一木一草もない平地面」の庭を求めた犀星の思いとは、無関係ではないのではなかろうか。

因に、「杏つ子」における主人公「杏子」の名前であるが、これは、犀星が杏を好んでいたから、ということではないらしい。朝子氏が昭和三十七年六月『新潮』に載せた「詩人の娘」に、次のようにある。


「君を杏子という名前にした。そして可わいがり名を、杏つ子としよう。」

「なぜ杏という字を、使われるの、お庭の杏の花が今咲いているから。」

「いや、小堀杏奴さんの一字を貰うことにした。杏奴さんには、ことわりの葉書を出しておこう。」

杏つ子、語路はとてもよい、けど杏つ子という感じは、ころころとした無邪気な感じのよい、可愛い女の子の名前のように思われた。この時の私は、「杏つ子」という字と、発音の感じから、大分とおくにいるように、思った。

バカバカしき保護者

「杏つ子」最終章「唖」の《亭主といふ「兵営」に住む女の兵隊》は、「亮吉夫妻が本郷の方に越してから、杏子はしばらく顔を見せなかつた」と始まるが、「赤とんぼ記」では、「ちゃぶ台返し事件」後、知義だけが阿梨子の父の家を離れて「駒込のおふくろ」のところに帰り、阿梨子は父の家に残ることになっている。つまり、二人はすでに別居状態に入っているということであった。犀星日記の昭和二十八年一月二十二日には、「和夫、曙町の親元に引越す。夫婦で滞在徒食してゐたが、もう行つてもよい頃と思ふ。相当永い間のがまんだつた。朝子は当分預かることになる」とあり、これが事実であったのであろう。

「杏つ子」では、「庭の破壊事件」直後に、なぜ別居させなかったのか。それは、杏子を、やがて自身の意志で別居を決意し、そして生きる道を新たに選ぶ女として描くためである。そしてまた、その娘の心の変化を見守る平四郎の保護者としての姿を描くためでもあった。それはまた、「道義的な復讐」を果たした親娘が迎える、悲しい勝利の表現世界を描くためでもあった。

その世界がどのように描かれているか。平四郎、杏子親子がどのように行動し、どのように思考していたかを、節題を単位として具体的にとらえてみよう。

まず、《亭主といふ「兵営」に住む女の兵隊》と次の《一生の休暇》とにおいて。ここには、亭主という将軍、亮吉に縛り付けられて兵営に住む女の兵隊、杏子が、一生の休暇、つまり離婚にいたる前の、別居を選び取ろうとするところまでが描かれる。

庭の破壊事件後、本郷の方で亮吉と暮らしていた杏子が、ある日、馬込の家にやってきて、亮吉と別居したいと、平四郎に告げる。それを聞いた平四郎は「別居はいいね、別居にかぎるな、別居したまへ」と意気込んで諸手を挙げて賛同し、「休暇を取れ、それが一生の休暇だつて構はない」と、杏子にとっては意外な喜びを表現する。そこで、杏子は初めて父の心意を知る。さらに、「人間を廃めたい気になるわ」と言う杏子に、平四郎は言う。「人間を廃業する奴はバカだ、絶望感があるほど逞しい奴はない、一生の休暇をやつと君はつかまへたのだから、そこでお化粧の仕直しをやるのさ」と「保護者」の姿を示す。

続く《本物》と《巌石》では、すでに杏子は別居して大森の平四郎の家に帰っていて、そこから本郷の亮吉の元に通っている。その通う日の間隔が、週に二度、十日に一度というように次第に広がってくる。さらに、出掛ける時にたいして愉快そうにしていなかったり、出掛けるのを渋ったりするようになる。平四郎は「そろそろお出でなすつた。こんどは本物が近づいてゐる」と思う。そして、ついに月に一度も行かなくなったのを見て、平四郎は「これは面白くなつて来た」と、杏子の様子にいよいよ注意をし出す。

ついに杏子は決心したようだ。亮吉のことはもう「噛んで吐いてしまつた」と言う杏子に向かって、平四郎は「実はね、おれも君がそこまで遣つて来るのを態あ見ろといふ気で見てゐたんだ、本人が吐かないかぎりおれが吐く訳にゆかないさ。併しずゐぶん手間がかかつた。それほど念入りにぐづついた女なんてまだ見たことがないんだ、だから、片がついたら、君は絶対に逆戻りはしないだらう」と言う。杏子は身ぶるひをして「もうとても厭」と応じる。

しかし、「君はもういちどくらゐ出掛けることがあるかも知れないと思ふがね」と言う平四郎に対して杏子は、自分にとって亮吉はすでに「人間であるよりも、もつと憂鬱な物質」、「巌石のやうな物」なので、もう心を動かすことはないと答える。平四郎は更に言う。「さうだ、人間も究極では全く巌石や石塊に見えてくることがあるね、こちらの感情がうごいてゐない場合がそれだ、憎悪する気はあるか」と。相手が巌石なので「ちつとも憎む気はない」と言う杏子に対して、平四郎は「自分で育てた者が女になり切つてゐることを、いまさら、いたはりになつて感じ」るのであった。

《盛装》と《あばよ》では、杏子の離婚決意のきっかけとなった出来事を描く。それは、杏子が友人と夕食をとるために新橋へ行った時のことであった。杏子が、向こうから歩いてくる亮吉と偶然出会う。二か月振りである。亮吉は、盛装している杏子に金の無心をする。これが、杏子の離婚決意のきっかけとなった。《あばよ》は次のように結ばれる。「かれらは川べりを左右に別れた。／杏子は頭がすつとして来て、いま向うむきに歩いてゐる男が、嘗て肉体を分けあつた男であるとは思へなかつた。さう思ふには、亮吉に対するものの大部分、いや、おそらくみんなが失くなつてゐた。その顔も、胸も、その大部分の肉体には、少しも杏子の眼にとまるものはなかつた。／『あばよ。』／だと、うまく亮吉は言つたものだつた」。

この場面は、犀星が朝子氏から聞いた話を基にして書かれたもののようである。以下、「赤とんぼ記」による。

昭和二十八年の夏、知義と別居中の阿梨子は、一夏を軽井沢の山荘で過ごす父に頼まれたことがあって、雑誌記者の三芳という青年と新橋で会う。用件が済んで、お礼の夕食をとるために阿梨子と三芳が横断歩道を渡ろうとしていると、昼に会ったばかりの知義が、一群れの人達の先頭に立って向こうから歩いてくる。阿梨子は知義に押されるようにして、逆に歩き戻ってしまう。すると、知義が金を貸してくれと言う。軽井沢に行く前に阿梨子が父から小遣いをもらっているのを、知義は知っているのだ。「ゆすりにも似た行為」を受けた阿梨子は「叩きつけたいほどの怒り」を感じ、知義を「救いがたい男」だと断じる。そして、翌日軽井沢に行った阿梨子は、母の勧めもあって、昨日の一件のすべてを父に話してしまう。その折の父の様子が次のように描かれている。

町の真ん中の道路上の出来事を、父は何とも言えないもの悲しい顔つきで、黙ってひと言も口を挟まず、阿梨子一人に喋らせ、静かに聞いていてくれた。

「まるでそれは、脅迫みたいなものだね。」

と、唯ひとことぽつんと言った。

《手紙》は、離婚を決意した杏子が、「新橋でお会ひしたのを最後にきまりをつけたい」という主旨の亮吉宛の手紙を書き、それを平四郎に見せるところから始まるが、二人の会話はやがて男と女の問題として発展する。

「女は損ね。」／「それはどちらも損なんだ、だが、女は生涯の損をしなければならないのに、男は一時の損をするといふことの違ひの大きさがある。併しそれも何百万人の女の苦しんだみちで、どうにもなるものではない、厭なことだが、こいつが一等苦しみなんだ。こいつがあるので芸術とか学問とか映画とかいふものが作り出されるのさ。まあ、くさくさするな。」／「くさくさどころかさつぱりしてゐるわ。」／「その意気で居れ、後はおれが引き受ける。不幸なんてものはお天気次第でどうにでもなるよ。人間は一生不幸であつてたまるものか。」

ここに犀星文学の一つの原点が示される。一時の損をする「男」に対して、「女」は生涯の損をするという、その「何百万人の女の苦しんだみち」を描き、犀星は「女」を救う。「杏つ子」の一つの主題である「道義的な復讐」も、「こいつ」によって、生み出されたのであった。

ここで思い起こすのは、早々に、自らの意志で平之介との離婚を決めたりさ子の、平四郎に宛てて出された手紙と、それを受け取った平四郎の感慨と行動である。
その手紙について記された部分を、長くなるが、杏子、亮吉夫妻の場合と比較する上で大切な内容と思われるので、次に書き抜いてみる。

小説家平山平四郎たる者の息子平之介は、一人の処女の貞操をもてあそんで、それにただの包み金で事を落着させるとは何事だ、いまは法律的に慰謝料といふものが制定されてゐる。平四郎たるものはその名誉にかけても、わたくしの不幸と悲しみに対しては充分にこれを慰めるべきである、と言つてわたくしは法外なことは言ひたくない、ただの数万円をこんどのお勤めの見付かるまでのつなぎに、早速にお送りいただきたい、これは誰からも唆(そその)かされた仕儀ではなく、多くのわかい女がそのよめ入り先から帰つたときに、漠然と思ふのはお金のことで、お金といふものは人間の悲しみに必要であることを思ひ至つたからである。幼少の折から可愛がつていただいて、このやうな手紙を書くのは本意ではないが、だからと言つて何処にも縋(すが)りやうのないわたくしが、このやうな手紙をかくこともお許し下さるものと思はれますと、長々と認めてあつた。

（第十一章「まよへる羊」の《百日の結婚》より）

これを読んだ平四郎は、怒るどころか、「よくこの手紙をりさ子が書いたものだと、むしろ快よい苦笑を頰にうかべ」る。そして、りさ子の要求どおりに送金する。ここには、「生涯の損」を負った女性への、「道義的な復讐」に相当する、せめてもの「救い」が描かれていた。

ここで思い起こしたいのは、青野季吉の短評「リアリズムに新鮮味」に記されていた「嫁と息子、その相手の若い男と女の生態も巧妙に浮彫されていて、おのずから平四郎のあり方と対照され、時代の相違もはっきりしている」という一文である。

「杏つ子」最終章「唾」の末尾となる《では、さういふことに》は、「杏子はこれらの事態を自分から切り出さずに、ぢつと時期を待ちつづけてゐた父親を、そこに見た。じれつたいのを我慢をし、しびれを切らしてはゐるものの、女の底抜けのだらしのないまでの本物が、しだいに厭気にかはるのを平四郎は待つてゐたのだ」と書き始められる。娘杏子が離婚という結論、それは悲しい勝利であり、また嬉しい敗北なのだが、それを自身がつかみ取るまでじっと待っていた平四郎の心意を示すところから始まるということである。

この平四郎の心意は、犀星の「杏つ子」に描きたかった、娘への親の愛情に関する重要な主張の一つである。

昭和三十三年四月『女性新聞』に載せた犀星の談話「娘の立場に立って」から、二か所を、次に引く。

父親に限らず、親は子供の全面的な保護者だと思うのです。一生の保護者であり得ると私は思います。保護者という意味は、娘の背景として大きく保護するということで、娘の結婚とか、思想の自由などに関渉するということではありません。娘は大きくなって、適当な相手を見つけて結婚します。父親は調査したり、助言したりはしますが、気のすすまないものを強いるようなことはしませんし、反対して、やめさせることもしません。その結果が失敗して、娘が戻ってきたとしたら、その時は無条件で迎えます。それは着物から装身具まで含めた、娘らしい生活の全てを与えるということです。その折でも帰ってきた理由を追求するわけでもないし、今後の方向を指示することもしません。

結婚や恋愛は好き嫌いの問題ですからはたからとやかくいって何とかなるものではありませんから、思う通りにやらせて、その代り失敗したら何時でも両手をひろげて迎えてやる。まあ完全なバカバカしき保護者とでもいうようなものでしょうな。

補足、一つ。「杏つ子」の亮吉は、ひたすら「道義的な復讐」の対象となる人物として、主に平四郎の目から描かれており、離婚に際しても自分の方からは別れ話を持ちかけず、杏子が出て行くのを見送るという「酷たらしい勝利」を勝ち取ろうとする人物として描かれているのだが、「赤とんぼ記」での知義は、阿梨子にとっては夫であり、当然、酒に溺れ、阿梨子の父を嫉妬し憎むだけの、憎しみの対象としてだけの存在ではない。亮吉とは異なる知義の魅力を「赤とんぼ記」は記している。「三 『小説稼業の難かしさ』と『道義的な復讐』」の「宿命的なあわれ」の中に引用した長文、知義の魅力の記されているそれを、ここで振り返っていただきたい（95～96頁参照）。それは、「杏つ子」における人物造形の意図を知る上で大切な部分であると思う。

さらにもう一つ。先に「三 『小説稼業の難かしさ』と『道義的な復讐』」の「事件の引き金」の中に、昭和三十三年九月『みどり』に載った朝子氏の「『杏っ子』と私」の一部を引いたが、朝子氏はそこで、自分を「まことの私というものは『杏っ子』の如く強くもなく、しっかりとした女ではない。意気地なしの淋みしがりやで、ひとことで言ってしまえば、どこまでも女、唯女過ぎる女であるのだ」と書いていた（168頁参照）。

「赤とんぼ記」には、「長い一緒の生活で、一度も知義に刃向ったことのない阿梨子」とある。作品の終わり、離婚の手続きを進めている段階においても、阿梨子には揺れる心が残っている。そこには「或いは知義の最後的な、いやがらせにも等しい離婚反対が、言われるかとも阿梨子は思った。別れる決心はしていたものの、そこには、女の夫に対するぎりぎりの歪んでしまっている愛みたいなものの、期待が微かに残っていた。とは思うものの、現実に反対されたら、阿梨子は戸惑ってしまうだろうが、決心には変りはなかった」と記されている。朝子氏は「どこまでも女、唯女過ぎる女」であった、のではないか。ここに、「杏つ子」創造の背景を知ることができるようだ。

「……」

第十二章「唾」の《亭主といふ「兵営」に住む女の兵隊》から《では、さういふことに》まで、つまり「杏つ子」の最終部で、作者は平四郎、杏子親子の喜ぶべき敗北、悲しむべき勝利を描いている。そして、その敗北と勝利を勝ち取った親子の現在と未来を作品の終わりに描くのだが、《では、さういふことに》は、その敗北と勝利を勝ち取った喜びの歌、会話体で記された平四郎の奏でる詩の世界である。「　」を外し、（　）を加え、行間を設けるなどし、詩の体裁を作って、その部分を次に記してみる。

ずつとこれからたべさせていただくのよ。

着るものも手ぎはよく作れといふのであらう。着のみ着のままだからね。

何もないわ、きれいに。

下着ははいてゐるか。

はいて居ります。

そこでだ、けふから君はおれの相棒だ、先づスーツを一着作れ。

はい、作ります。

それから靴、レインコート、

四年間にみんなぼろぼろになりました。

おれは稼ぐ、君は身の回りの物を作れ。

はい。

映画、演劇、お茶、何でもござれ、四年間の分をみんな遊べ、おれと出掛けろ。

お伴をいたします。

出来るだけ綺麗になれ、構ふものか、ぺたぺた塗れ。

ふふ、……

たとへばだ、おれがよその女と口をきいても妬くな。

妬くものですか。

途中で誰かに会つたら、おれをそつち退けにして誰かに従いてゆくことはなからうな。

さういふことは致しません。そんな誰かなんかゐやしません。

（平四郎は機嫌よく、女中を呼ぶと、にやにやして言つた。）

けふから杏子を奥さんなぞと、呼ばないでください。

は、

（女中はふしぎさうな顔付で、更めて問ねた。）

あの、どうお呼びしたら、ようございませうかしら。

さうね、半分お嬢で、半分は、……

（平四郎は笑ひ出して了つた。）

これを読んで思い起こす詩があるはずだ。『愛の詩集』所収の「女人に対する言葉」（『文章世界』大正6年4月）への連想から、この「平四郎の奏でる詩」が生まれたのである。

「女人に対する言葉」は、「愛してやれ／接吻をしてやれ／できるだけ大切にしてやれ／掃除を好きになれ」と始まり、「おお　読め／そして味へ／これはやがて人類の言葉だ／この言葉をいま君らに交す」と終わる、まだ独身であった詩人が、やがて結婚し、母親になる女人に向かって女人のあるべき姿を、熱く命令調に歌った詩であった。

一方、「平四郎の奏でる詩」はどうか。その第二聯で、平四郎は離婚してわが家に戻ってきた娘、杏子に向かって、優しく力強く命令調に話しかけている。その語り口や男性として、また父親としての心情にもやや共通するものがあり、つい連想して、「平四郎の奏でる詩」を模造してしまったのである。

その模造作品「平四郎の奏でる詩」は、序破急のような構成に組み替えられるようだ。

序、五行には、離婚し、着のみ着のままで里に帰ってきた杏子の姿が描かれる。破には、娘、杏子を救う平四郎の喜びの言葉が命令調で記されている。その、前六行では身の回りの「物」を作れと言い、後の八行では、杏子の行動、行為に関して命令を発している。急の七行では、女中相手に、平四郎が機嫌よく会話している。「半分は、」の後の「……」には何が入るのであろう。破の一行目に「けふから君はおれの相棒だ」とある。単に娘という枠を超えて、もっと深い内的関係を持ち合う二人、恋人にも近い存在、人生の相棒といったところか。この詩は、理想の女に育て上げようとした娘、杏子を再び身元に奪い返し、その再出発を祝う悲しい歓喜の歌といえよう。

「……」の内容を知る手がかりとなるであろう朝子氏の言葉をいくつか引いてみよう。


たったひとときでよいから、父の顔がみたくなって来る。八月の半ばには父の許(もと)に行く約束があるのに、それまで気持を持ちこたえていることが出来ずに、母の許しを得、ひとばん泊りで、三時間の汽車にゆられて飛んで行く。別に、話とか、相談ごとがこれといってあるというのではないが、顔を見てなにかひとことはなしかけてほしい、たったそれだけで、私の妙にねじけている精神状態はやわらかくほぐれてくれる。

「恋人に会う様な気持で来ました。」

という私に父は、

「わしみたいなものに会ったってどうにもならないだろうし。」と、言われるが、そのどうにもならないものが、私には非常な魅力であり、そしてまた必要なのである。

「『杏っ子』と私」（『みどり』昭和33年9月）より

私はたまらなくお父様が好きだ、もし恋人であつたなら、抱いてもみくちやにしたいほどの、素晴しい言葉や動作、（略）

この小説が新聞に連載になつた時、私と父の関係は、私の全く知らない間に、普通の親子以上の、肉親の愛の範囲からはみ出しているように、人々に思われるようになつた。私は単純に、杏つ子の中にある父親の愛情を、一人の男性の愛情と置き替えて、いつか考えるようになつていた。

私が父の傍に帰つて来てから、父は、私は絶対に精神的に父のほかには、はみ出さない、逃げていく娘ではないと、必ず思つていたのであろう。それがある形によつて、私の秘密の生活が、父の耳に聞えて以来、父の頭の中にあつた、娘の朝子、一人の女、ある時は恋人、又ある一日の時間は女房、あらゆる形の私が、おそらくほとんど形を成さないように、砕け落ちてしまつたのであろう。

「詩人の娘」（『新潮』昭和37年6月）より

朝子氏の文章からではあるが、朝子氏から犀星への思いに加えて、犀星の朝子氏への思いも知ることができるようである。まさに「……」の具体的な内容である。

「杏つ子」の最後の数行を引く。

わかい兵隊は唐時代の官女のやうに、頭のてつぺんに髪を結ひ上げて、平四郎のあとに今日も明日もついて歩いた。

「男なんかゐないと、さばさばするわ、生れ変つたみたいね。」

この憐(あわ)れな親子はくるまに乗り、くるまを降りて、街に出て街に入り、半分微笑(わら)ひかけてまた笑はず、紅塵(こうじん)の中に大手を振つて歩いてゐた。

過去の姿とは異なり、杏子は、美しく髪を結い上げて平四郎の後について行く。二人の行動は、昨日も今日もではなく、「明日」も、と未来もであることを予告している。果たして、予言どおり、朝子氏は、昭和三十三年三月『婦人朝日』に発表した「〝杏っ子〟の独白」を皮切りに、「杏つ子」によって目覚ましい再活躍を示した犀星と共に執筆生活に入って行く。

離婚して戻ってきた娘と、その娘を迎える私生子という出自のその父親は、確かに共に不幸を背負った「憐れな親子」である。平四郎に不幸を背負わせたのは不明の父という「男」であり、杏子を不幸にしたのは夫という「男」であった。その不幸を克服した父親は、哀れな娘を精一杯救おうとする。

悲しい勝利を得た二人は、その喜びを示しつつ、未来に向かって真剣に、土埃の立つ街の中へ、つまり煩わしい俗世間の中へ、他人の目など気にせず、自信をもって堂々と歩いていく。これは、昭和三十二年、「杏つ子」執筆時の犀星の感慨でもあろう。

朝子氏の活字になった最初の作品、「パパは一人の男性である」という副題のある「〝杏っ子〟の独白」の書き出しは、先に引用した「平四郎の奏でる詩」の世界と、ここに引いた「杏つ子」の最後の数行とに重なっているようである。そこに、犀星と朝子氏との不思議な繋がりのようなものがあるように感じる。

その書き出しは「〝出掛けるぞ、早く用意をしたまえ〟」である。朝子氏は「大いそぎで洋服を着替え、化粧をなおし、コートをはおって」父の後を追う。このような二人での外出時の描写から書き始められるのだが、そんなある日、父は「用意の出来上った私の姿をながめ、今日の髪の形は似合わない、眉のひき方が長すぎる、などと細かい注意を」する。そこで、娘は父の言う通りに直してみると、「私らしいかんじが多分に出て来る場合が多い」。その他、洋服生地の選択にしても同様である。「結局私はいつもお父様のセンスで自分のものをこしらえて型作っているような結果になってしまっている」。先にも記したように、この「〝杏っ子〟の独白―パパは一人の男性である」が、朝子氏の執筆生活の最初であり、朝子氏は作品「杏つ子」から、犀星の後を追って世に出たのであった。

ここに「赤とんぼ記」の最後の部分を引き、先に引いた「杏つ子」のそれと読み比べてみたい。

女にとって大切であるべき人生の夫を、失ったという感情が、急速に実感として伝わって来た。しかし別れ住んで二年という月日が、その時の阿梨子を幾分救ってくれていた。

それと同時に、再び完全な父の娘に戻れた、これこそ阿梨子が今迄に想像すらしなかった、大きい驚きであった。

次の朝、からりと晴れた五月晴、空は広く蒼かった。

果てしなく続く空のように、思いもかけない、再び生きる人生というものを、頭の芯に強く感じた。

それが何であるかは解らなかったが、形の全く不明瞭な希望に向って、再び父の娘としての新らしい生活に、歩き出したのであった。


共に向日性の結末であるが、「赤とんぼ記」の方がより明るい。ここには、「杏つ子」にあった「憐れな親子」「半分微笑ひかけてまた笑は」ないという、明るさの底に消えない暗さ、深刻な表情はない。朝子、和夫の協議離婚届出は、昭和二十九年十二月六日であった。あえて、「次の朝、からりと晴れた五月晴」としたのであろう。

過日、室生犀星記念館学芸員の嶋田亜砂子氏からいただいた『研究紀要』19号（令和4年3月、公益財団法人金沢文化振興財団）に、同氏の「資料紹介　室生とみ子日記（一）　昭和二十九年」が収載されている。そこには、朝子、和夫夫妻の離婚に至る経過、今まで知ることのできなかった事実が記録されている。その一々を記すことは避けるが、昭和二十九年八月十三日の「とみ子日記」には注目してみたい。その箇所を次に引く。

かずをのりゑん状を出すことおもおもし。和夫しんみりと調印しお父さんに十月にあやまるといってゐた。せきもすぐあげるといった。朝子にみれんがあるといふのも馬鹿こくでないと朝巳がしかりつけた。お父さんの言ふとほりになったと朝子大いばり。

青木和夫氏は、犀星が軽井沢に行っていて留守中の馬込の家を、その日、訪れたのであろうか。ここには、和夫氏、とみ子夫人、朝巳氏、朝子氏、それぞれの人の心中、表情までが思い描かれる。そして、何より、「お父さんの言ふとほりになったと朝子大いばり」という一文に、先に引いた「赤とんぼ記」の最後の数行が重なるのである。

振り返って

室生朝子著『父室生犀星』に、犀星の言として「わしの最後の自叙伝のようなものになるのだから、君の結婚生活も当然書かねばなるまい」と記されているように、「杏つ子」は、朝子氏の結婚生活「も」書き込まれた、犀星の「最後の自叙伝のような」作品なのであって、実質的には「平四郎」という名の作品なのである。

「杏つ子」の第一章「血統」は、「小説家の平山平四郎は、自分の血統については、くはしい事は何一つ知つてゐない」と始まり、その段落の後、一段落置いて、つまり第三段落の箇所にまた「小説家平山平四郎といふ人間の素性も、その血統にいたつては、一生つながれてゐる犬にくらべて、犬の方がよほど正しいと見た方がよい」と、「血統」の不明が繰り返し記されていた。そして、その二つの段落の間に、次のような一段が挟み込まれている。その一段は、平四郎の言葉として語られた、犀星のそれである。

> 人間は或る地位に達すると、たとへば家庭の父親であつても、大臣とか高官とか、えらい音楽家になつても、時々、彼自身の地位とか名誉とか信頼とかを、或る日には美事に叩き潰して出直す必要がある、得体のわからない仲間のなかに、自分を見さだめることで、さらに人間といふものを建て直して見たいのである。

つまり、「杏つ子」は、父親となり、小説家となった平四郎が、自分の「地位」「名誉」「信頼」などという、後年に纏うに至った衣装を脱ぎ捨てて、裸の人間として、一般の「得体のわからない」人間という「仲間」の中に自分を投げ込んで、そこで自分という人間を建て直して見たい、そう思った平四郎が、それを実践した記録が「杏つ子」という作品である、ということになる。

その第一歩として、引用箇所に示された宣言を挟んだ二か所で、「血統」の問題が記されていたのであった。平山平四郎は、自分を「建て直す」ためには、まず自分の「血統」「素性」をしっかりと見つめなければならないという覚悟を、冒頭に示したのである。これまで、わが作品の中に碑文として刻み込んできた「血統」「素性」に、改めて正面から向き合う、ここから始めなければならないという覚悟を、作品の初めに示し、実行したのである。

また、「〝大事に蔵っておいた材料〟 ─ 『杏っ子』で文学賞を受けた室生犀星氏」（『東京新聞』昭和33年2月3日）には、「あの作品は、自分で人間をつくり上げたようなものを書こうとした」とあった。「自分で人間をつくり上げた」とは、他人の力によってではなく、さまざまな経験によって自分で「人間」を作り上げた、という意味であろうか。そこには、まず結婚から離婚へという過程の中で自立心に目覚め、成長して行った杏子の姿が思い浮かぶ。杏子は、夫への怒りを通して、「人間といふものを建て直し」ていった。平四郎は我慢強く、杏子の自立して行く姿を見つめていた。

しかし、それだけではない。先の引用文にあった「得体のわからない仲間のなかに、自分を見さだめることで、さらに人間といふものを建て直して見たい」という一文に再度目を注ぎたい。そこには平四郎の思いを借りて、犀星の「杏つ子」に込めた思いが記されていた。つまり、繰り返しになるが、犀星は、「杏つ子」において、平四郎が平四郎自身の思考と行動、経験によって「人間」をつくり上げた物語を書こうとした、ということではなかろうか。「自分をあばくことで他をもほじくり返し、その生涯のあひだ、わき見もしないで自分をしらべ、もつとも手近な一人の人間を見つづけて来た」（「杏つ子」の「あとがき」）、そのようにして自分という「人間」を作り上げた、それが最後の自叙伝「杏つ子」の世界であった。それ故、そのようにして作り上げた「僕」という「人間」、「これが認められないとすると僕がからになつて了ふ」（福永武彦宛、室生犀星書簡）のである。

私生児として生まれ育った平四郎が、その宿命を背負いつつ、夫、親として、また作家として様々な経験をし、試練と向き合う。特に、愛娘の離婚にいたる過程と、娘婿と息子による「庭」の破壊という事件によって、平四郎は改めて自分を省みる機会を与えられたのであった。

「庭」は、人間平四郎、文学者平四郎を象徴する存在であった。その庭が破壊された。その「庭」の破壊時（実際には、「生涯の垣根」に見るように、「庭」はその意味を変えて生き続けるのであるが、「杏つ子」では、「破壊」の後に作庭はなく、「破壊」そのものに意味を置いている）に見せた平四郎の激しい「自嘲」は、「人間といふものを建て直す」上での悲痛な叫びを伴った、冷静な自己認識であった。平四郎は自己への怒りによって「人間といふものを」建て直したのであった。

「杏つ子」は、第一章「血統」における平四郎の誕生、第二章「誕生」における杏子のそれに始まり、作品の最後に、いわば、平四郎と杏子、その二人の新たな誕生を描いているのである。夫を「巌石」にしてしまい、自立した杏子、そして、「庭」という過去の自分、自分の文学を破壊し、また「血統」という枷（かせ）を取り外して、新しい自分を築こうとする平四郎、その二人はそれぞれの覚悟をもって「半分微笑ひかけてまた笑はず、紅塵の中に大手を振つて歩いて」いく。「杏つ子」は、肉体の誕生から精神の誕生へという、二人の新たな誕生を描いていたのである。それが、「人間といふものを建て直した」物語の結末であった。

平四郎の決心は報われ、「杏つ子」は、過去を振り切ったところに誕生した、犀星最晩年の活躍の第一歩を示す作品となり、以後、犀星は世に注目される、個性的な作品の数々を「憑かれたやうに」書き続けたのであった。そして、朝子氏も、「杏つ子」が発表されて以後、執筆の生活に入っていったのであった。

それにしても、「人間といふものを建て直して見たい」というあからさまな表現に驚く。「杏つ子」作成時、犀星はすでに七十歳に近い晩年であり、小説集、詩集、随筆集、評論集、童話集、俳句集等を合わせて百四十ほどの著書をもっており、世に認められている詩人、作家であった。人生、文学に対する飽くなき挑戦、そこに犀星、犀星文学の真の姿が見えてくるように思われる。

「われはうたへども　やぶれかぶれ」「老いたるえびのうた」を思い起こしつつ、そう思う。

「庭の破壊」と「ちゃぶ台返し」のこと

時間と事実の確認

「杏つ子」に描かれた「ちゃぶ台返し」と「庭の破壊」という二つの事件が、実際に起こった事実を材料として描かれているのは確かである。しかし、作品に描かれた事件と、実際に起こったそれとでは、時間が異なる。順序は逆である。また、二つの事件それぞれに対する、「杏つ子」に描かれた「平四郎」の反応と、「赤とんぼ記」に描かれた「父」のそれとは異なる。そこにはかなりの相違がある。その違いを確認しておきたい。その上で改めて「杏つ子」を読み返すことによって、作者の内面に近づき、作品をより深く読むことができるように思われるからである。

まず、二つの事件が、青木和夫、朝子夫妻の結婚から別居までの間の、いつ起こった事件であるかを、端的に示しておきたい。次に示す略記は、犀星日記、「赤とんぼ記」および朝子氏の随筆等を参考にして作成したものである。

青木和夫、朝子夫妻の、馬込の犀星の家での、離れを借りての二回の同居と、そこでの二つの事件昭和23年11月1日、結婚。三日後から、「東京駒込での丸いかまぼこ型の家」（「赤とんぼ記」）で、約二年半、生活する。

・同居一回目　昭和26年5月20日から同年10月23日までの約五か月。

この間に、青木和夫、室生朝巳による「庭の破壊事件」—昭和26年9月初旬か。

昭和26年10月24日、「父の家のひとつ先の岡を越した向う側、すぐ近く」（「赤とんぼ記」）の家で、夫婦二人での間借り生活を始める。約九か月。

・同居二回目　昭和27年7月から昭和28年1月22日までの約六か月。

この間に、青木和夫による「ちゃぶ台返し事件」—昭和28年1月11日。

昭和28年1月23日から、同29年12月6日に協議離婚するまで、夫婦は別居。約二年間。朝子は馬込の家、和夫は駒込の実家へ。

「杏つ子」では二つの事件が一回の同居中（「杏つ子」では、同居は二回に分かれていない）に起こったことになっているが、実際には、二回のそれぞれの同居中の事件であり、しかも二つの事件の間には約一年半の隔たりがある（「杏つ子」では、明示されてはいないが、それほどの時間の隔たりはないと読み取れる)。さらに、「杏つ子」では、「ちゃぶ台返し事件」「庭の破壊事件」の順であるが、事実はその逆で、「庭の破壊事件」が一回目の同居中、「ちゃぶ台返し事件」は二回目の同居中の事件である。

「杏つ子」では、「ちゃぶ台返し事件」があって後も、杏子、亮吉夫妻は経済的に平四郎に頼り切って平四郎家の離れで生活している。夫婦関係は最悪の状態である。そのような状況の中で、平四郎が亮吉の詩を『三田文学』に紹介する(すでに「事件の前触れ」に記しているように、犀星日記の昭和27年5月29日に「青木の詩を佐藤春夫にいらいして『三田文学』にのせること」とあり、実際には二回の同居の間の時期ということになる)、亮吉が自身の書き溜めた原稿を夜中に往来で燃やす(これも先に記してあるように、「赤とんぼ記」では「庭の破壊事件」後、意気消沈した知義が「おれは今日限り原稿を書くのは止める」と言って燃やすことになっている)、などの小話(これらの小話も、時間的に、実際とは異なる)が描かれ、その後に、平四郎の軽井沢行の時が来て、その留守中に「庭の破壊事件」が起こることになっていた。

次に、事実と創作の間の相違に関する考察は後回しにして、事実の確認を進めよう。

まず、「庭の破壊事件」にかかわる犀星日記中の記述、および「ちゃぶ台返し事件」にかかわるそれを引く。

「庭の破壊事件」にかかわる犀星日記中の記述

昭和24年4月4日　女中が庭に唾を吐いたところに、偶然に出会した。庭は僕の顔のやうなものだから唾は絶対に止めて貰ひたいと、激怒を抑へながら冷たく言ひ糺(ただ)した。毎日庭を大切にしてゐる男を見てゐながら、それに気のつかないのも、人の性質の灰汁（あく）がさうさせるのである。

昭和25年4月9日　朝子来る。佐世子、朝巳と結婚の予定、母方の承諾があつた。佐世子はかれの幼な友達である。

同年5月10日　朝巳結婚式、軽井沢に立たせる。

同年8月29日　佐世子から来信、朝巳と別れたいといつて来た。〔十五字削〕左の返事を認めた。これは当然別れなければならない人達であらう。

昭和26年4月28日　朝子夫妻は来月五日頃に一先づ離れに来て、夏は留守をしてくれ、秋までに家を見付けて越す予定、

同年5月20日　朝子夫妻、けふから滞在、九月終りまで。

同年6月8日　軽井沢着、ブリキ屋、八百屋、経師屋など来る。（犀星、軽井沢へ——星野、注）

同年9月28日　帰京、（略）大宮で朝子夫妻の迎へに会ふ。（犀星、帰京——星野、注）

同年同月29日　庭と書斎の片付、庭は一ケ月かかるべし。植木屋は一日からはひる予定。

（翌月17日に、「庭手入れ終る」、とある）

同年10月18日　一万円を朝子の引越し料に与ふ。

同年同月24日　朝子夫妻引越し、五千円渡す、引越料也。

昭和27年1月2日　朝子の家をはじめて見た。小ぢんまりと瓦斯（ガス）もあり、一軒家の感じがあつて、まとまつてゐた。入口の石段もよろしい。

昭和二十四年四月四日の日記にある「女中が庭に唾を吐いた」は、「庭の破壊事件」に直接かかわるものではないが、それは「庭」と「唾」にかかわる出来事であり、そこに見られる犀星の怒りは事件に遠くかかわるものであるとして、再度ここに記した。

なお、「庭の破壊事件」は事実ではない、というのが通説のようである。しかし、それは誤りである。その根拠の一つとして、まず室生朝子著『杏の木』（昭和41年11月、三月書房）に収められている「大森馬込」中の文章に注目したい。それは次のようなものである。

「杏つ子」に亮吉が庭を破壊するところがあるが、そのころにはまだ椿はそれほど多くはなかった。金沢から運んだ四方仏の水鉢を倒し、毎年岡あやめの葉元から最初の蕾を見つけた者に褒美としてチョコレートを出し、それほど愛し大切にしていた岡あやめを全部ひっこぬいてしまったそれらのことを、父は毎日庭に出る度にひとつずつ発見して、私を呼びつけた。あの時ほど無口な父を見たことはなかったし、表面に現わさぬ努力のためよけいの不愉快さが、ますます私をちぢこませた。自分の重大な過失のように、私は終日父に対して謝罪していた。

「赤とんぼ記」中の記述を思い出させるようなこの文章を根拠として、先に挙げた犀星日記を見ると、納得できる部分が見えてくるようである。

先に挙げた昭和26年9月29日の日記文「庭と書斎の片付、庭は一ケ月かかるべし。植木屋は一日からはひる予定」は、軽井沢から帰ってすぐの表現としては異質である。特に、「片付」「一ケ月」のような表現は特別である。その前年、あるいは後年の日記文を見ると、前年は「昭和25年10月2日　庭の手入れ」とあるのみ。続けて庭の手入れを行ってはいるが、「植木屋来る」のような単純な表現のみ。後年は「昭和27年10月3日　植木や」とあるのみ。この年も半月ほど日を置きつつ庭の手入れを行っているが、特に目立つ表現はない。

これに対して昭和26年は、9月29日の日記文に続いて、10月2日、3日には「植木や一人、庭さうぢ」とあり、続いて、4日、5日、7日、8日、9日、10日、11日、12日、13日、15日の日記文に植木屋関係の記述があり、13日には「けふで植木の手入れが終つた」とあり、17日の「庭手入れ終る」と続くのである。そして、四日後の21日の日記には「朝子夫妻二三日中に引越すよ定」とある。このような日記文の裏側にも「庭の破壊」の事実を見ることができるように思われる。

「ちゃぶ台返し事件」にかかわる、犀星日記中の記述

昭和27年7月1日　　和大と朝子送つて来る。（犀星、軽井沢へ―星野、注）

同年11月25日　　朝子夫婦が七月から同居してゐるので経費に趁（お）はれて吻（ほっ）とする間がないのだ、もう彼らは五ケ月も滞在してゐるが収入は殆どない、僕の収入は食ふのにたちまち呑まれてしまひ、その上にかれらの借債まで見なければならないとしたら、老作家先生の収入ではまかなひきれないのである。原稿料といふものの清潔な収入をかれらは思ひやつたことがあるだらうか。

同年12月30日　朝子と和夫は明日から食事など別にさせることにした。夫婦で半年も食客をされてはたまつたものではない。離れだけ貸すことにした、さむ空に出て行けといふ訳に行かない。

昭和28年1月11日　栗山くりことこちゃん来る。夕食。

同年同月21日　夜、朝巳と和夫、酔つて放歌数刻、がまんして寝る。

同年同月22日　和夫、曙町の親元に引越す。去年七月から半年、夫婦で滞在徒食してゐたが、もう行つてもよい頃と思ふ。相当永い間のがまんだつた。朝子は当分預かることになる。〔三十二字削〕

この二つの犀星日記中の記述の事実は、「杏つ子」においてどのように用いられているか。その実際を後で確認し、作品を見つめる上での考察の参考にしたい。

「ちゃぶ台返し事件」のあらまし

さて、次に二つの事件にかかわる課題に進むのだが、「庭の破壊事件」に関してはすでにかなりの程度に触れているが、「ちゃぶ台返し事件」に関しての記述は不足していると思われるので、まず「ちゃぶ台返し事件」のあらましの確認から始めたい。おそらく事実に近い内容が示されていると思われる「赤とんぼ記」に尋ねてみよう。

「年は改ったものの、父に区切られた日はだんだんに近づくし、新年らしい楽しい気分になれる日とては、余りなかった」という頃、つまり、昭和二十八年の正月のことである。また、「父に区切られた日」とは、同年二月十一日のことだが、これに関しては後述する。阿梨子は借金のことで世話になった女学校時代の二人の友人（「杏つ子」の第五章「命」に、また犀星の短篇小説「蝶」に登場する学友）を夕食に呼び、お礼の気持ちを込めて手料理を用意し、正月らしい一日（犀星日記の昭和28年1月11日に「栗山くりこにとこちゃん来る。夕食。」とある、その時のこと）を過ごす。

知義は、その日の朝は阿梨子の思いを理解して、阿梨子が母屋で「父」も交えて友人たちと食事をすることをすすめてくれる。そこで、用事があって出掛けるという知義のために、阿梨子は知義の好きな酒をいつも以上に用意し、夕飯のお膳をこしらえておく。

ところが、夜になると、酔って人が違ったようにガラリと変わる知義は、「父」に対する嫌がらせのように、八分遅れて（「父」は三百六十五日、正六時に夕食を始める人であった）六時八分に帰ってくる。それ故、阿梨子は、母屋での夕食の場を中座せざるをえなくなる。

離れに行くと、すでに知義は相当に酔っている。夕暮れが近づくと生じる劣等感と反抗心によって酒に溺れる知義であった。

阿梨子が再び母屋に戻り、話が一入（ひとしお）進んでいる時であった。

と、庭の一隅の離れの方から、瀬戸物がふれ合い割れる音と、一緒に何かが倒れる途方もない大きいにぶい物音がした。阿梨子がはっとする間もなく、／「阿梨子!!」／という父の声が、二度阿梨子を驚かした。二人の友達は何事が起きたのかと、お箸を止めたまま、不思議な顔をして阿梨子の方を見た。阿梨子は一寸失礼といい台所に行き、そこにあるだけの雑巾をかかえこんで、離れに走って行った。

阿梨子が急いで離れに行くと、「ちゃぶ台返し」で部屋中が汚れに汚れている。途方にくれて立っている阿梨子に言った知義の言葉は、「もう客は帰ったのか、早いね」であった。

黙ったまま片付け始めた時、「阿梨子、どうしたのかね」という「父」の声が、離れの近くから聞こえる。阿梨子が「はい、何でもありません。すぐに参ります」と答える。その「父」と阿梨子との問答が酔っている知義の頭の中に吸い込まれたのか、「おれが、これをしたのか、一体どうしたのだろうか？」と言う。その全く無責任な言葉が阿梨子をますます呆れさせる。


いくら、優しい直接的に知義に叱言（こごと）を言わない父も、この夜の事件では、極度に感情をこわし憤慨した。あれほど父の大切にしている庭を壊した時も、一言の文句も知義には投げず、沈黙の中に許された形になっていたのだが、父の怒りは大きいものであった。

「何の理由があって、わしの食事を蹴っ飛ばしたのだ。わしの食卓を足げに出来るものは、この家の中では、このわし以外にはない。」

阿梨子の一番恐れていた、

「明日から、二人ともこの家から出て行ってもらおう。」

とは、さすがに父は言いはしなかったが、最大なる皮肉の含まれた、阿梨子にとっては形容に難いほどのおそろしい言葉であった。

「『明日から、二人ともこの家から出て行ってもらおう。』とは、さすがに父は言いはしなかったが」には注釈が必要である。確かにその時は「出て行ってもらおう」とは言われなかったのだが、阿梨子は、それ以前にすでに宣告を受けているのである。

どういうことかと言うと、以前に仕出かしていた「庭の破壊事件」（昭和26年9月初旬か）の後、阿梨子、知義夫婦は平四郎の家を出て、すぐ近くの家で間借りの生活を始め、そこで約九か月を過ごすのだが、その間に、知義は泥酔の果ての大金紛失事件を起こす。その大金とは、写真に関する仕事を始めるための支度金として借りた十万円のうち、借金の返済等に必要な一万五千円を引いた、残りの八万五千円のことである。これが経済的に生活不能の二人の別離の遠い原因となった、と作者は書いている。

その事件があって後、二人は再び「父」の家の離れを借りる（昭和27年7月）ことになるのだが、すでにその時点で、つまり「ちゃぶ台返し事件」の起きる前に、知義に呆れ果てた「父」は阿梨子に宣告している。

「君達は生活というものを、どのように考えているのかね。物事には一応の区切りというものが、必らずある。ここでの一緒の生活は、来年の二月十一日迄と区切りなさい。暮迄といっても、難かしいだろうから。その間に知義君は生活の方法を講じ、何かの収入の道を考えて、二人だけの一つの生活の形を作りなさい。それが二月十一日迄に出来ない時は、君だけをわしが預かる。知義君は駒込の両親の処に行って、君を迎える準備をするのがよい。わしから知義君に言えば、お互いに感情的になるだろう。君から納得いくように、静かに話し給え。」

これが、先に予告していた「父に区切られた日」である。先に引いてある昭和27年11月25日の犀星日記が、この宣告にかかわるものであろう。

宣告を受けた後のある日の午前中、知義の頭のはっきりしている時に、阿梨子は冷静に父からのそれを伝える。すると、知義の顔面に「しまった」という神経が動き、次のように言う。

「もっと早く我々の方から、言い出すべきだったよ。やはりおれのやり方が悪かった。仕方がない。それまでに何かの方法を考えよう。別居するのは避けて、何処かに部屋を借りよう。」

つまり、「ちゃぶ台返し事件」のあった後すぐには、「『明日から、二人ともこの家から出て行ってもらおう。』とはさすがに父は言いはしなかったが」、すでに事件の起こる前から阿梨子に宣告していたのであって、ただ「ちゃぶ台返し」のあった時すぐには言わなかった、ということである。

しかし、気位の高い知義に収入を得る仕事を求めるのは無理である。ついに、そのまま年が明けてしまう。そして起こったのが、「ちゃぶ台返し事件」であった。その背景は先に記した犀星日記の、昭和27年12月30日と昭和28年1月11日の文面に見ることができる。

「ちゃぶ台返し事件」のあった翌日、庭を破壊した時よりも更にみじめな姿で知義は阿梨子に

「ともかく、おれはもうこの家にはいられない。駒込のおふくろの処に暫く行って来る。そして生活の方法を立てて、君を迎えに来るから、それ迄君はこのまま此処に居てくれ。致し方がないが、当分の間は別居だ」と言って、止めてくれない阿梨子に未練を残し、出て行く。

　これが「ちゃぶ台返し事件」のあらましであり、ここに記した事件に対する「父」の反応は、おそらく犀星のそれに近いものであったのであろう。

最後の、そして最大なる反逆

　庭を破壊する「杏つ子」の亮吉は、創作において思いどおりの結果が得られない故に、酔って平四郎に、そして平四郎の作家としての存在に対して剝き出しの反抗心を示していた。杏子は、それを「莫迦莫迦しい復讐」と表現していた。また、犀星は自己認識の一部を亮吉の発言の中に取り入れる形で、亮吉を描いていた。つまり、「小説稼業の難かしさ」に直面している亮吉は妻杏子からは冷ややかな冷静な目で捕らえられ、平四郎の分身的存在としても描かれていた。

　一方、食卓を引っくり返す行為を仕出かした「赤とんぼ記」の知義はどのように描かれていたか。酔って、劣等感と反抗によって「愚行」を冒しておいて、「おれが、これをしたのか、一体どうしたのだろうか?」とつぶやく男として描かれる。つまり、「小説稼業の難かしさ」に打ちのめされている知義を冷静な目で捕らえているという点では、亮吉にほぼ重なっているといえよう。

　しかし、「杏つ子」が主に平四郎の目から描かれている自伝的小説であるのに対して、「赤とんぼ記」が阿梨子の目からのみ描かれている私小説的作品であるので、創作動機も主題も異なる故に、当然ではあるが、知義像と亮吉像にもかなりの相違がみられる。その相違の内の顕著な一つを、「ちゃぶ台返し事件」を引き起こした知義の心中に関する表現の中に見ることができる。それは、「赤とんぼ記」が知義の苦悩、寂しさを、作者が阿梨子の目を通してしっかり捕らえている点である。

「ちゃぶ台返し事件」後の阿梨子の知義に対する思いを、作者朝子氏は「その後の自己嫌悪、後悔、羞恥、それらを人一倍その度に感じている知義であるから、もっと自分自身を大切にとり扱わないのが、阿梨子は悲しくもあり、残念であるという気持は、まだ失ってはいなかった」と書いて、知義の心性を明らかにしている。

また次のような場面もある。「翌日の知義は、庭を壊した時よりも更に一層みじめであった」という、その知義が、自ら別居を阿梨子に告げ、父と母に軽い挨拶をし、「今日は、おれを止めないのか」と一言言って出て行く。見送る阿梨子の目に「知義の物足りない顔、唯淋しさでかたまっているような男の顔、いや夫知義の顔が、蒼白く」写った。それは父の決めた二月十一日までには、まだ一か月ばかり余裕があった、と作品にあるが、その日は犀星日記の昭和28年1月22日のことであろう。

さらに、「赤とんぼ記」には、実体験を元にして描く作者ならではの、知義像が記される。「ちゃぶ台返し」という「凡そ非常識極まる愚劣な行為」を仕出かした知義に対して、阿梨子は、ふと「自分自身の生活態度というものに、極度の嫌悪を感じ、知義は自ら墓穴を掘るごとく、自分でひとつのきっかけを、わざと作ったのではなかっただろうか」という思いを抱く。そして「家を出て行くきっかけを作ったのは、知義の父に対する最後の、そして最大なる反逆であったのかもしれない」と思いを巡らす。夫をよく知る妻の目が、夫の心中を的確にとらえていたのであろう。鋭く悲しい指摘である。

「赤とんぼ記」には、文学という魔物に魅せられ自己崩壊して行く男の悲劇が描かれている。酒に溺れ、嫉妬深く反抗的で対抗心が強い一方で、「自己嫌悪、後悔、羞恥、それらを人一倍」感じ、優しくもある知義は、「小説稼業の難かしさ」を体現する人物ではあるが、当然ながら決して「道義的な復讐」の対象としての男ではない。別居している知義に、「協議離婚に承諾をほしい」という手紙を出した後でも、阿梨子には「別れる決心はしていたものの、そこには、女の夫に対するぎりぎりの歪んでしまっている愛みたいなものの、期待が微かに残っていた」。

挫折し、絶望の底に落ちて行く夫、その夫の狂気じみた言動の波に巻き込まれ、傷つく女心。その夫婦間の、結婚から離婚への時間における激しい葛藤、そして、そこに描きこまれる、父の、そして父への娘の愛。これが「赤とんぼ記」の世界であったといえよう。

「知義の父に対する最後の、そして最大なる反逆」は「ちゃぶ台返し」であった。「赤とんぼ記」での「庭破壊事件」は、別居の予兆ではあり、作品における「庭」の役割は限定的であった。

物言わぬ名脇役

おそらく、犀星はクライマックスに「庭」、そして「庭の破壊」を置く、という着想を得ることによって、「杏っ子」の執筆を始めたのではないだろうか。作家の平四郎に盲目の反抗を繰り返し、「書くこと」に綿々とこだわり経済的に独立し得ない娘の夫を処罰することは、義父平四郎にとっては最大の「怒り」の爆発である。それは「小説稼業の難かしさ」を思い知らせることであり、やがては「道義的な復讐」につながる決断でもあった。

それを描くのに、「ちゃぶ台」では荷が重すぎる。「庭」の代役にはなり得ない。

最終章「唾」の《手の跡》には、暗示的な文章がある。杏子、亮吉夫婦が平四郎の家から出て行くようにと、杏子に向かって宣告する場面である。「庭の破壊」が、亮吉と平之介の二人によって行われたということを知った後の平四郎の台詞から始まる。


「それで判つたよ、一人ではあれは却々崩すことが出来ない、併し好い処に気がついたものだ。ついでに広庭の分まで打倒せばよかつたのに、併し或ひは大怪我をしたかも知れない。」

平四郎は九重の塔を見上げた。

杏子は頰をぶるつと慄はせた。

平四郎は突然、例の他人のやうな、たすかりやうのない突つ放した言葉づかひで言つた。

「これを機会に君達夫婦はこの家を退去して貰ひたい、僕のいふことはこれだけしかない、それも相当に早い期間に出て行つてほしいんだ。」

「はい。」


平四郎の文学世界である「広庭」には、平四郎という「九重の塔」が聳え立っている。「百二、三十貫」もあるその塔と格闘すれば、亮吉は肉体的にだけではなく、精神的にも立ち直れないほどの大怪我をするだろう。すべてを理解した杏子は「頰をぶるつと慄はせ」る。平四郎の「怒り」は頂点に達する。突然、親子の世界から隔絶された「孤」の世界の人となった平四郎は、この家からの「退去」を命じる。亮吉は、平四郎、そして平四郎の文学という「庭」に挑みかかり、ついに敗北したのであった。

また、「庭」は、杏子も平四郎に倣って日々掃き清め作り上げた、杏子にとっても分身のような存在であった。なぜかと言えば、馬込の平四郎の家、そしてその家の庭は杏子の何げない一言によって誕生し、成長したのであった。作者は、最終章「唾」の《箒》の最後に、あえて、「杏子は庭に出て箒を手に取つた」と記している。その直後、亮吉が庭に唾を吐く。その破壊行為は杏子に対する挑戦という意味をも含んでいたとも言えよう。

「ちゃぶ台」では「庭」の代役は不可能なのである。「杏つ子」において、「庭」は三人の主役を支える、物言わぬ名脇役であったのだ。

四　「三十年」と、その前と後

庭を逍遥する

地蔵尊のこと・雨宝院の庭

犀星を最も身近に感じられる場所は、雨宝院である。金沢を訪れる度に、私はまず雨宝院を訪ね、ご住職高山光延氏にお会いし歓談する。そして、犀星の「幼年時代」の昔に帰ったような空間で有意義な時間を満喫する。

それは、平成十四年三月十七日の夕刻、三時間近くも長居して、さてお暇しようという時であった。玄関へ下りる手前で、なかなか切れない話をご住職と続けていてふと本堂を見ると、四十歳前後と思われる女性が、金毘羅大権現と大日如来の前に置かれた賽銭箱に寄り掛かるようにして、横座りに流れるような姿勢で座っていた。賽銭箱の置かれているあたりは特に明るい。その電灯の下で顔色は白く、白い手は細く長く美しい。白いブラウスといい薄茶の長いスカートといい、地味で古風な装いだが、どこか垢抜(あかぬ)けした女性という印象を受ける。B5ほどの紙を広げて見入っている。その目は真剣そのもので、愁いの表情があった。私は、何の抵抗もなく、主人公が「記帳場の重い板戸の節穴」から賽銭泥棒をする女を盗み見する「性に眼覚める頃」の世界に入り込んでいた。

ご住職にその女性の存在を「あそこに」と小さな声で伝えた。と、ご住職はその女性の存在に初めて気づいて、少し身を引かれた。何かに浸り切っている人の心を乱してはいけないというお気持ちがあったのだろう。そして、「御神籤(おみくじ)です」と小さいお声。賽銭箱の脇に置かれているそれを引いたのであるとのこと。吉であったのか、凶であったのか、御神籤に頼る心の内は何なのか。しばらくして、彼女は何かに縋る時のような格好で移動を始めた。進む先には、昔、西の廓の女人たちが参拝に詣でたという、汚れを濯いでくれる川濯大明神が祀られている。

この女性の出現は、文学老年の心を刺激するのに十分な偶然であった。辞して後、犀川大橋で振り返って、私はいつものように雨宝院に別れを告げた。

さて、いつであったか、ご住職はすでにご存じであろうとは思ったが、昭和二十七年十一月十二日の犀星日記の一部をコピーしてお送りしたことがあった。その部分を次に引く。

> 金沢の北國新聞に小畠悌一の未亡人が、家を売つて立ち退いだことが書いてあつて、僕の生れた実家が文化財として保存されるやうに、買つた人の談話まで掲つてゐる。小畠夫人は家も売らなければならなかつたであらうが、僕は寧ろ雨宝院の方が生ひ立ちに関係があり、あそこだけはくづさないで境内なぞ、昔のままにして置きたいくらゐである。
> 小畠家は生れただけで、少しも気持にのこつてゐるものはない、雨宝院こそ一石一草の記憶があり、あそこは、そつとして置いて貰ひたいものである。

「郷里金沢市千日町雨宝院といへる金毘羅神社、寂しき栂、榎の大樹に寺領の四方はとりかこまれ、昼なほ暗き前庭のほとり極めて幽遠なり」（『抒情小曲集』覚書）と記されている雨宝院の幽遠な庭、そこでの孤独な作庭は、犀星の庭、作庭の原点の一つであったと思う。犀星は、自伝的小説「弄獅子」において、雨宝院の庭で得られた動植物たちとの交感の実際を描いている。それは、動植物や自然界の中に、つまり奥深く魅惑的な異界、言い換えれば「幽遠な世界」にあることの喜びと実感であったが、それを与えてくれたのが雨宝院の庭であった。そしてまた、その庭は「孤独の友達」（「わが庭の記」）でもあった。『忘春詩集』（大正11年12月、京文社）に収められている、四聯から成る詩「童心」（『新潮』大正11年5月）の第一聯で、犀星は「をさなきころより／われは美しき庭をつくらんと／わが家の門べに小石や小草を植ゑつつ／春の永き日の暮るるを知らざりき」と記していた。

雨宝院の庭といえば、多くの人が思い起こすであろう「照道少年の石地蔵供養」がある。その庭は、正確には、雨宝院の庭ではなく、その垣根越しの庭ではあるが。後年、「庭と仏教」（『都新聞』、昭和8年1月10日）において、庭は、「その森厳な内容から言つて宗教的な調子をもたねばならないし、何処か徳や善の意識があらねばならない。単に美しいとか幽邃とかいふ光景ばかりでなく、何となく襟を正さしむる厳格さを必要とするのである」と記すが、犀星は、地蔵尊を祀るその庭に、すでにそれを、つまり、「幽遠な世界」「孤独の友達」だけでなく、「宗教的な調子」「徳や善の意識」「襟を正さしむる厳格さ」を描いている。

「うしろの犀川の水は美しい」と書き出される「幼年時代」（『中央公論』大正8年8月）の「六」を中心に、「七」「八」には犀川にかかわる「私」の「一つの話」が記されている。犀川が増水した折のことであった。「私」はかなり重い石の一尺ほどもある一体の地蔵が蛇籠にかかっているのを見つける。「私」はそれを庭に運びいれ、小石の台座をこしらえ、その上に鎮座させて祀り、その台座のまわりに草花を植えたり花筒を作ったり庭の果実を供えたりする。そして、姉から教えられた毎月二十四日の祭日、地蔵会の日には、自分の小遣で供物を買ってきて供えたりする。「私」は、そのような行為を「決して悪いことでないことを知つてゐ」る。さらに、その「平凡な、石ころ同様なものの中に、何かしら疑ふことのできない宗教的感覚が存在してゐるやうに信じて」いる。「森厳な気」にさせる夜には、特に「地蔵さんを崇拝する私の心を極めて高く厳粛に」するのであった。そして、その宗教的な行為の核には、行方の知れない「母」への思いがあった。雨宝院の庭は、「聖なる空間」であると同時に「哀惜」の場でもあった。

やがて、「私」の地蔵信仰は、垣根越しの寺の和尚さんの目に止まる。裏木戸から「私」のいる庭に入ってきて、和尚さんは、地蔵経をよみ、地蔵さんの縁起について話してくれる。「私」はその親切な和尚さんの寺に地蔵を預けることにする。こうして、地蔵尊は隣の寺の堂宇に収められるのだが、これがきっかけとなって、「私」はしばしば寺へ遊びに行くようになり、「お寺にゆけば何も彼も私は心から清い、そして、あの不幸な母のためにも心ひそかに祈れると思」い、「お寺に起居するといふことだけでも、私は孝をつくしてゐるやうな気が」して、坊さんにはならないという条件で寺に養子にいく。

「性に眼覚める頃」(『中央公論』大正8年10月)には、寺の堂宇に祀られた地蔵尊に関して書かれた次のような箇所がある。

私は地蔵尊のそばへゆくと、それらの果しない寂しい心になつて、いつも鬱ぎ込むのであつた。私は人の見ないとき、そつと川から拾ひ上げた地蔵尊の前に立つて手を合せた。母を祈る心と自分の永い生涯を祈る心とをとりまぜていのることは、何故かしら川から拾つた地蔵さんに通じるやうな変な迷信を私はもつてゐたのである。自分が拾ひあげたといふ一つのことが、地蔵さんと親しみを分け合へるやうに、幼年の時代から考へた癖が今もなほ根を張つてゐるのであつた。

雨宝院には多くの地蔵尊が祀られており、地蔵会も行われている。また、犀星がそこで生活する以前から、子安延命地蔵尊が祀られている。犀星に、地蔵尊は身近なものであったのであろう。子安延命地蔵尊の胸には赤子が抱かれており、その子は前垂れを握っている。ご住職のお話によると、その地蔵尊は現在は本堂に向かって右手奥に祀られているが、もとはその場所は外であったということである。犀星は、この子安延命地蔵尊を描いていないが、「幼年時代」「性に眼覚める頃」を読むと、私はこの地蔵尊を思い起こしてしまう。

それはともかくとして、雨宝院の庭、そして「幼年時代」に描かれた（雨宝院の庭の一部とも言える）その垣根越しの庭には、既述したように、「犀星の庭」の原点とも言える諸々の要素を見ることができるように思われる。

室生朝子著『追憶の犀星詩抄』（昭和42年8月、講談社）に、次のような箇所がある。庭の変貌を記す中で「ある時期には、突然に地蔵様が何体も庭に座るようになった」と記した後に、「毎月二十四日になると、父は庭にある石の朝鮮の祭器に、その時その時の野菜や果物を、母によって供えさせた。母の発病後それは自然に私の仕事となった」と書いている。その後の数行を次に引く。

私には兄が一人あった。だが、初誕生をすぎて間もなく、肺炎をおこして亡くなった。その時の悲しみを父は、多数の詩で表現している。祥月命日は六月二十四日である。子供の仏様はお地蔵様であり、お地蔵様のお祭りの日は二十四日なのである。

「赤ん坊の時に死んだ長男を想い、葬うために、お父様は毎月二十四日には、お庭のお地蔵様になにかしらお供えになるのですよ。」

と、私は母から聞かされていた。


「幼年時代」において、照道少年が、姉から教えられた「毎月二十四日の祭日」のことを、朝子氏は母から聞かされた、と言う。長男、豹太郎の命日と地蔵会の日は重なっていたのである。朝子氏の文章は、これに続いて「幼年時代」「性に眼覚める頃」に描かれていた「照道少年の石地蔵供養」に触れ、犀星の地蔵供養の底には、「一生涯しまいこまれていた、ひとつの感情」があったのだろうと記している。その感情は、具体的に「父は毎日庭の地蔵様を眺め、生母ハルを求め、こいこがれ、記憶としても残っていない人間的な想い出のただひとつもない生母を、終始愛しつづけていたのであろう」と描かれている。

なお、馬込の庭の地蔵尊についてであるが、朝子氏の文章によると、地蔵尊は馬込の家の新築後、四、五年して急速に集められたとのことである。そして、特に気に入っていた美しい顔の地蔵を、庭から移して別の場所に安置したという。そこは、「書斎の硝子戸ごしに見える裏の万福寺の赤土の崖を、三尺四方ほど四角にくりぬい」た所であったとのこと。

その地蔵尊との出会い等については、『文藝林泉』（『中央公論』昭和9年5月）に収められている「石仏群」（『都新聞』昭和9年1月11日）と「菩薩も市に」（『都新聞』昭和9年1月12日）に詳しく描かれている。「石仏群」の最後に「新年の庭ともなれば雪を迎へて一層うつとりと私を魅惑させてくれるであらう」とあるので、その出会いは、おそらく、昭和八年の暮れのことだったのであろう。

　ある朝、犀星はある古い寺の境内を逍遥していた時、宝永三年という年号のある「あまりに美しい上瞼（うわまぶた）を持つた」お地蔵様を目にし、寺の住持に哀願してその地蔵尊を戴く。そして「世界ぢうに捜してもない美しさ」を見せるその地蔵さんを馬込の庭に移し、「朝は朝日のなかに薄暮はうす暗い光のなかに打眺めるのであつた」。

　さらに、その後に宝永二年の記銘のある「よく肥つた童女のごとき菩薩」を手に入れる。その「童顔の菩薩はたつぷりした二つの垂れた頬と、それから豊かなあごをふくよかに持つて」いて、「眉、眼、鼻、口元は薄彫りで殆どまぼろしのやうに幽かで、しかも、すぐどこかにゐる女の人の新鮮さをも兼た表情をしてゐる」。さらに、犀星は、その地蔵尊は昨夜見た女に「余りにも悲げに似てゐた」のであるが、それは「私の石仏へのひた向きの心が何者をも似させて見てくれるのかも知れぬ」と、暗示的な表現を残している。その地蔵尊が、万福寺の赤土の崖をくりぬいた所に安置されたのであろうか。そして、庭に安置された「あまりに美しい上瞼を持つた」地蔵尊は、長男豹太郎の命日に供養されたそれであったのであろうか。馬込の庭での事実である。

　一つ書き添えておきたい。豹太郎さんのことで思い起こすことがある。平成三十年八月四日、室生犀星記念館で「塩原行のこと—不安、祈りと哀惜の背景として—」という演題で講演をしたことがあった。講演の前日、室生犀星記念館名誉館長、室生洲々子氏と一緒に雨宝院を訪れ、朝子氏のお位牌に手を合わせ、ご住職、高山光延氏とお話しする機会があった。その折、ご住職から激しく心動かされるお話をうかがった。お寺の蔵を整理していたところ、犀星の手作りの、豹太郎さんのお位牌が出てきた、というのである。犀星の字で書かれた小さな、小さなお位牌であったという。その講演で、私は、塩原は愛児豹太郎誕生の喜びと、特にその後に生じた不安と哀惜の時間にかかわる場所であった、という趣旨のことを話すつもりであったのである。犀星の哀惜の深さを思う。私も、長女を生後間もなく、失ってしまった。

飛石づたいも鳥渡風流・田端の庭 1

「杏つ子」の第二章「誕生」の中の《親友》に次のような場面がある。関東大震災後、平四郎は、田端の借家から、妻子を連れて郷里の金沢へ居を移すのだが、そこへ芥川龍之介に連れられて菊池寛が訪ねてくる。


午後に芥川と菊池寛が訪ねて来た。

芥川は離れをあごで杓(しゃく)つて見せていつた。

「離れは書斎にするといいね、飛石づたひも鳥渡(ちょっと)風流でいいぢやないか。」

「素足で行くのか。」

菊池寛は飛石を見て又いつた。

「きれいだから素足でわたつてもいいね。」

「君のこつたから庭下駄(げた)なぞはかないで、跣足(はだし)で行き来するだらうな。」

芥川は面白さうに虫歯を出して笑つた。ずつと後に聞いたことだが、菊池寛は女中に飛石の上に雑巾がけをさせて、母屋(おもや)から、ぺたぺた素足で離れに行き、また、ぺたぺた飛石をわたつてゐたさうである。

また、芥川には次のような文章がある。それは大正十三年一月『サンデー毎日』に載せた「野人生計事」であって、その「二　室生犀星」は「室生犀星の金沢に帰つたのは二月ばかり前のことである」と書き出されているから、ここに引く芥川文は、犀星の大正十二年十月の帰郷時のことを記しているのであろう。

室生はまた陶器の外にも庭を作ることを愛してゐる。石を据ゑたり、竹を植ゑたり、叡山苔(えいざんごけ)を匍(は)はせたり、池を掘つたり、葡萄棚を掛けたり、いろいろ手を入れるのを愛してゐる。それも室生自身の家の室生自身の庭ではない。家賃を払つてゐる借家の庭に入らざる数寄(すき)を凝らしてゐるのである。

或夜お茶に呼ばれた僕は室生と何か話してゐた。すると暗い竹むらの蔭に絶えず水のしたたる音がする。室生の庭には池の外に流れなどは一つもある筈はない。僕は不思議に思つたから、「あの音は何だね？」と尋ねて見た。

「ああ、あれか、あれはあすこのつくばひへバケツの水をたらしてあるのだ。そら、あの竹の中へバケツを置いて、バケツの胴へ穴をあけて、その穴へ細い管をさして……」

室生は澄まして説明した。室生の金沢へ帰る時、僕へかたみに贈つたものはかういふ因縁のあるつくばひである。

僕は室生に別れた後、全然さういふ風流と縁のない暮しをつづけてゐる。あの庭は少しも変つてゐない。庭の隅の枇杷の木は丁度今寂しい花をつけてゐる。室生はいつ金沢からもう一度東京へ出て来るのかしら。

ここに描かれた庭は、大正十年三月から、金沢へ転居する同十二年十月まで居住した借家、田端五二三番地のそれである。この間に犀星は、長男豹太郎の誕生と、夭逝という喜びと哀しみを経験した。そして、関東大震災直前の八月二十七日、長女朝子の誕生を迎えたのがここであった。

この田端の庭を直接描いた文章は、「杏つ子」には、先に記した《親友》の場面以外にはないようだ。「杏つ子」では、庭は、終始、杏子とのかかわりの中で馬込の庭が描かれる。杏子の何げない言葉によって馬込の庭が誕生し、杏子の夫によってその庭は破壊され、杏子は離婚する。ところで、この田端の庭はいつ頃から作られていたのであろうか。犀星がこの借家に身ごもった妻とみ子と越してきたのは、大正十年三月であった。その五月六日に長男豹太郎が誕生する。作庭は、愛児の誕生前後の頃から始まっていたのであろうか。

田端の借家の庭を「我庭」と表現して作った「我庭の景」という詩がある。

あやめが舟のやうに浮んでゆれてゐる
水盤に影がうつつて
そのまはりは芝です
あをあをとした繊細な高麗芝です。

すこし離れて朝鮮瓦の唐獅子が
苔むしたまま
青い雨にうたれてゐる。

わたしは古い石燈籠が一つほしいのです
苔のある
古い土と調和のとれた純日本風な石燈籠がどつしりと据ゑたいのです
楓と杏との陰に――。

そこは一番深い緑につつまれてゐて
きつと石に青みを着せるやうな
雨露がふるからです。

古い土や石は
日本風なわたしの室と調和します。

この作品は初出未詳であるが、これを収録している詩集『星より来れる者』の発行が大正十一年二月であること、また、詩に、新緑の頃に降る「青い雨」、「あやめが舟のやうに浮んでゆれてゐる」「あをあをとした繊細な高麗芝」とあるところなどから、この詩の作られたのは、大正十年の初夏ではないかと思われる。また、この詩集に収められている作品のほとんどが、大正九年あるいは十年に発表されたものであることも、推測を後押ししてくれるように思われる。
ここに描かれた庭のすべてが借家のそれとして既にあったものなのか、あるいは、犀星がいくらか手を加えた庭なのか、それは明らかではない。あやめや高麗芝や唐獅子が以前からあったものだとしても、おそらく、石燈籠は間もなく犀星の手によって庭に据えられたことであろう。
もう一つ、先にその一聯を取り上げている、『忘春詩集』収録の詩「童心」を次に記す。

春の永き日の暮るるを知らざりき。
わが家の門べに小石や小草を植ゑつつ
われは美しき庭をつくらんと
をさなきこころより

いま人となり
なほこの心のこり
庭にいでてかたちよき石を動かす。
寒竹のそよぎに心を覗(のぞ)かす、
われは疲れることを知らず。

ひとりかかる寂しきひそかごとを為しつつ

手をあらひまた机に向ひぬ。
このこころなにとて妻子の知るべき
まして誰にか語らんとするものぞ。

わが家の庭にさまざまの小草さかりて
みな花を着けざるはなかりしが
いまは花咲くものを好まず
わが好むは匂ひなく
色つめたき常磐樹のみ。

ここには、「疲れることを知らず」に「庭にいでてかたちよき石を動かす」詩人が描かれている。この詩が発表されたのは、大正十一年五月『新潮』であった。ということは、遅くとも、大正十一年の春からは作庭が行われていた、と推測できる。

また、作庭は、妻子の知ることのできない「寂しきひそかごと」、孤独の営みとして描かれている。病弱であった長男豹太郎を失ったのは、「童心」発表の翌月であった。この詩の背景には病児への思いがある。そして、この庭はやがてわが子哀惜の場として描かれる。が、先にも触れたように、「杏つ子」では、これに関しての叙述はほとんどない。ここは端役としてわずかに顔を出すに過ぎない。

なぜ、「田端五二三番地の借家の庭」にこだわるかと言えば、まず、そこでの作庭が、犀星の本格的なそれの最初だと推定されるからである。そして、これがやがて「杏つ子」での庭破壊時に繰り返し用いられる「三十年」という語に、深くかかわるからである。

ところで、この作庭を可能にしたのは何なのか。作品を発表して得る以外に金銭を手に入れる手段のなかった犀星は、小説家に転じてようやくその手段を得た。大正八年五月、『中央公論』に「幼年時代」を載せ、滝田樗陰の推挙を得た犀星は、続けて「性に眼覚める頃」「或る少女の死まで」を同誌に載せ、大正九年一月には新潮社から第一短篇集『性に眼覚める頃』が刊行される。犀星は、「文学的自叙伝」（『新潮』昭和10年5月）に「その様に僕は二年ばかりの間（大正八、九年―星野、注）に小説を書くのが商売になり、お金ばかりほしがつてゐた。まるでお金がほしいために書いてばかりゐて、気狂ひのやうに金の計算をしそれを撒き散らして歩いた。三年目（大正十年―星野、注）の一月号には十八ばかりの雑誌に書いて、餓鬼のやうに瘦せ衰へ、ブルブル身慄（みぶる）ひしながら着物を買ひ本を買ひ遊んで歩き、また代書人のやうに机にかがみ込んで原稿をのたくつてゐた」と書いているが、作庭も、これによって可能であったのであろう。いわゆる濫作期と作庭は同時期で、その時期、庭は「原稿料をとる蛆虫」（『泥雀の歌』昭和17年5月、実業之日本社）の孤独の、大切な安らぎの場でもあったのであろう。

なお、後述するように、やがて「殆ど十年間毎日いぢつてゐたも同様」のこの庭を自ら破壊するのだが、その理由の一つを「弄獅子」の「四十六　十年」（『サンデー毎日』昭和3年10月）において、「自分の僅な小遣銭」では、「風流意識をかざるボロ屑同様のものであり、つぎはぎの庭より外に残るものがない」、「いたづらに草木をあしらふことは寧ろ愚昧な男のすることである」と、経済上の原因をも記している。

愛する庭を破壊せり・田端の庭 2

話を元に戻して、大正十二年十月一日、田端を離れ、郷里に帰った犀星は、約一年半ほどそこで過ごす。この帰郷の折にも郷里の借家での作庭がなされたのであるが、これに関しては後で記すことにして、郷里を離れ、再び東京での活躍を決心した犀星は、大正十三年暮れから再三上京して借家を探し、田端五二三の旧居に落ち着いたのは翌十四年四月だった。大正十四年五月『新潮』に載った「廃園」には、久しぶりに再会したその旧居の庭への思いが記されている。

　二三年前に住んだことのある田端の家へ移ることになり、久しぶりで草木のある庭に佇(たたず)んだとき、無数に挨拶を交はすけはひを花を着けた沈丁や、しの竹、寒竹、とくさ等の群生したあたりに感じた。手をふれて見ると寒竹の上にも埃(ほこり)が花粉のやうに立つた。みんな疲れあへいでゐるやうなところが見えた。針のやうな細かい枝を交したどうだんの根もとに、二本の蕗(ふき)の薹(とう)があざやかな青さですつきりと霜で荒れた土の上に立つてゐた。よくも忘れずに薹を擡(もた)げたものだと思つた。

　震災後に、今朝は返り花も摘み捨てつ、といふ句を書いて帰国してからも、この庭のことがよく朝の目ざめに思ひ出されたりして、却(かえ)つて自分が住んでゐるよりも最(も)つと壮烈な抒情を感じた。まる三年ばかり住んでゐるうちに自分はほんの少しづつ植ゑては、隅の方から作つて行つた。借家の庭を作るといふ気持でなしに、居る間は自分のものだといふ心もちであつた。いま古い主人のわたしが立ちかへつて佇んでゐるが、微風もない穏かな春浅い日の中に、自分の耳もとにひそ〳〵した話ごゑが漏れてきこえる。……眼を土の上に落すと歯のやうに細かい擬宝珠の芽先きが隙間もなく古葉をつんざいて出揃つてゐた。

犀星は、かつての借家の庭に「自分が住んでゐるよりも最つと壮烈な抒情」を感じている。その庭の植物に久しぶりで旧友に再会した時のような感動を覚えた犀星は、それを「自分の耳もとにひそ〳〵した話ごゑが漏れてきこえる」と表現する。

犀星は、この借家で昭和三年七月まで暮らす。つまり、大正十年三月からの約二年七か月、それに、震災後の金沢での生活を終えて田端に戻って後、大正十四年四月からの約三年四か月、合わせて約五年十一か月が、この借家での生活期間ということになる。なお、引用文中の句「今朝は返り花も摘み捨てつ」（『石楠』大正13年1月）は、『魚眠洞随筆』（大正14年6月、新樹社）には

　十二年九月大震、十月一日東京の草庵を去りける折によめる

けさは帰り花も摘み捨てつ

として収められている。

今朝は、住み慣れたこの家に別れて故郷の金沢へ帰る日である。その帰る日に、慣れ親しんだ庭に、帰り花が別れを惜しむかのように狂い咲いている。今日は花を摘んでも、それを慈しむ時

がない。庭に捨てなければならない。私の庭への思いも共に。

上京後の田端では、近くに越してきた萩原朔太郎との交流、中野重治、堀辰雄、窪川鶴次郎ら詩雑誌『驢馬』の人々とのそれ、また、次男朝巳の誕生、芥川の死などの悲喜こもごもの時を過ごしているが、特に、庭とのかかわりでいえば、長男豹太郎の大正十一年六月二十四日の夭逝後の犀星の文学に注目しなければならない。田端の庭は、豹太郎への哀惜の場であった。

昭和三年四月十七日から二十二日まで『時事新報』に連載された「過去の庭園」には、その思いが満ち満ちている。その中の「(二)『童子』の庭」で、犀星は「亡児と『庭』との関係の深さ」を記している。

亡児の俤(おもかげ)は、「庭」の「竹の中や枇杷の下かげ、或は離亭の竹縁のあたりにも絶えず目に映り、自分を呼び、自分に笑ひかけ、自分に邪気なく話しかけ、最後に自分の心を掻きむしる悲哀を与へ」、「或日の自分は埒もなく畳を掻きながら死児を慕ふの情に堪へなかつた」と、犀星は書く。また、そういう亡児の俤を宿す「庭」は、「自然に自分の考へをも育てる何者かであり、その何者かを自ら掃き清めることは喜びに違ひなかつた」。犀星は、その「庭」に亡児のために樹木や花を植え、飛石を置く。「単なる樹木は樹木でなく『子供』に関係した宿縁的なもの」であり、「庭を掃き清めること」は「彼への心づくし、彼へのいとしい愛情、彼への清い現世的な徳と良心の現れ」だったのである。自分の掃き清めた「庭の光景は亡き愛児の逍(さま)よふ園生(そのう)のやうに思はれ、杖を曳(ひ)いた一人の童子を何時も描かない訳にはゆかなかつた」のである。そして、「自分の悲むで鶴の如く叫ぶ詩の凡ては毎日その一二枚あてづつの原稿紙に書かれて行き、自分が初めて詩の中に分身を見、詩中に慟哭(どうこく)したのも稀な経験だつた」と書いている。

この思いは、いわゆる「亡児もの」に結晶するのだが、それは「童子」「冬近く」「後の日の童子」「或る家の花」「童話」等の小説であり、『忘春詩集』に収録された「我が家の花」十篇、「続、我が家の花」三篇であり、それらは独特の「哀惜」の世界を創造している。この頃、犀星は、今は亡き愛児豹太郎を「花」と表現している。先に挙げた帰郷の折の句「けさは帰り花も摘み捨てつ」における「花」にも愛児への思いが込められていたのであろうか。

しかし、犀星は、この哀惜の庭を、ついには自分の意志で破壊することになる。それは、昭和三年六月から七月にかけてのことであった。「過去の庭園」は、その哀惜の庭を振り返ってそれへの思いを綴ったものなのだが、その「(一)　憂鬱なる庭」は「春になつてから庭を毀すことが最初の引越しの準備であるのに、一日づつ延期してゐるうちに」と書き出されている。そこで、犀星は、「自分は茲(ここ)二年ばかりの間に『庭』を考へることに、憂鬱の情を取除けることができなかつた。或時は自分の生涯の行手を立塞がれるやうな気になり、或時はさういふ考へを持つときに、何か後戻りをする暗みの交つた気持を経験するのだ」と書く。そのような苦悩の中で行われた庭の破壊を、詩「砂塵の中」(『近代風景』昭和3年7月)で描いている。

われは愛する庭を破壊せり、
自らその古色蒼然に倦怠を感ず、
されば此の日
ひそかなる微風の中に
石を起し樹木を倒伏せり

何ぞ我が情の悲しみあらんや、
石を起し苔を剝奪せるに
おのづから西方に風起り、
我が庭に濛々たる砂塵を上げて行けり。

そして、「過去の庭園」の「(六) 別れ」で、田端の庭との別れを次のように記している。

自分は荒れた破壊された庭の中を歩いて見たが、何か永い間に疲れたものが抜け切つたやうな、それこそ精神的な或平和をさへ感じるのであつた。その感じは自分を一層孤独な立場に勇敢に押出してくれ何よりも平穏と闊達とを与へて呉れた。小さな風流的な跼蹐から立ち上つた自分の行手は、寧ろ広広とした光景の中に数奇ある人生的な庭園を展いて見せてゐた。自分はその庭園を見ることに泉のごとき勇敢を感じた。自分はそれ故今は眼の前で此小さな「庭」の壊されることを希望し、過去の庭園に静かに手を伸べてその姿に別れを告げるのであつた。

このようにして、犀星は自己の、そして自己の文学の変革を覚悟して、昭和三年七月、庭を破壊し、田端の家を引き払い、妻子を連れて軽井沢へ向かい、貸別荘で夏を過ごした後、その九月金沢へと仮りの住まいを移すことになる。そして、同年の十一月、妻子を妻とみ子の実家に残して単身上京し、東京市外大森馬込村谷中一〇七七番地に居を構え、妻子を呼んだのであった。犀星は、この借家で約三年半の歳月を過ごすことになるが、ここでは、庭はあったが「庭造りをしなかったように思う」(『大森　犀星　昭和』昭和63年4月、リブロポート)と、朝子氏は書いている。「杏つ子」第四章「家」の、「金沢にある百五十坪くらゐある庭」の破壊を記す《むだごと》の中で、犀星は「おれといふ人間は何時も作つては壊し、壊しては作つてゐるやうなものだ。作ることと、壊すことしか知らない人間だ、おれはその真中で怠けてゐたためしがない……」と書いている。その事実の初めがここにあったのである。

作庭「三十年」

先に「庭の破壊」(178頁参照)において、「杏つ子」第十二章「唾」の内の《つば》の中で用いられている「作庭三十年」という語には、犀星のさまざまな思いが込められていると記したが、そこに込められていると思われる思いを推し量ってみたい。

再度の引用になるが、「杏つ子」には、杏子の「お庭のことはいはないで頂戴、もう三十年も作つていらつしやるんだから」、亮吉の「これで三十年も作庭を凝らしてゐるのか」、「三十年の作庭も一瞬のうちに叩き壊せる」などと、「三十年」が繰り返し用いられていた。

また、この部分も先に用いているが、『刈藻』(昭和33年2月、清和書院)に収められている「わが庭の記」(初出未詳)には、「三十年も庭をいじつて見てゐるが、庭はせせつこましく、樹木はやせ石は生気を失つて古いろう屋のやうに憂うつである」、庭を掃くことを「三十年もくり返してゐる」などとあった。

また、「三十年」は、「赤とんぼ記」の、知義と邦彦によって庭が破壊されて後の、次のような場面にもある。

　父の庭に対する愛着というものは、三十年以上も延々として続き、父の言葉としては、父としての最後の最高なる庭に、なるばかりであった。引っ越して来てすぐに、阿梨子はこの理由を父から聞いた。

「三十年近くかかって作った庭を、こわすとは、どんな恨みがお父様にあるのでしょう。こんなくやしいことはありません。明日、軽井沢に手紙を書いて、言いつけます。」

と、母は言った。阿梨子は、黙っていた。宮坂も余りのことの重大さに、何も言わなかった。三人のぎごちない沈黙の時間があった。


「引っ越して来てすぐに」というのは、経済的に立ち行かない阿梨子と知義の生活を案じた「父」が、自分が軽井沢に避暑にでかける三か月の間、「大森の母の処に留守番に来てほしい」と二人に言った時を指しているのだが、それは作品には「五月の半ば」とあって、犀星日記でそれを確かめれば「昭和二十六年五月二十日」ということになる。その時に、「この理由を父から聞いた」とあるが、残念ながら、なぜ「父としての最後の最高なる庭」になるのか、その理由は明記されていない。その折、田端の庭からの、いやそれ以前、幼少時からの庭、作庭への思いが語られていたのであろうか。それはともかく、ここには「三十年以上」「三十年近く」とあるが、ほぼ「三十年」ということで、それは納得できる。

　つまり、大正十年三月、犀星夫妻が田端の借家に越してきて、犀星が早速作庭を始めた頃をそれの初めとすれば、昭和二十六年春でちょうど「三十年」、ということになるのだが、実際に馬込の庭が破壊されたのは、先記しているように、昭和二十六年九月初旬だと推定される。犀星は、その事実によって「三十年」を繰り返し用いていたのであろう。

犀星は、平四郎に、そして亮吉に繰り返し「三十年」という語を使わせていた。「三十年」の作庭によって「父としての最後の最高なる庭」になる寸前の「庭」が破壊されたのである。作品に庭の歴史は特に記されてはいない。しかし、犀星が「三十年」という語に特別の思いを込めていたのは確かであろう。

なお、「杏つ子」では、杏子の成長期までは杏子の年齢を記し、また、「終戦になつた」という年を示す表現もあるが、それ以後の年月は明らかに描いてはいない。したがって、「杏つ子」において、実際とは逆に描いた「ちゃぶ台返し」と「庭の破壊」に関しての「時」は定かではなく、「杏つ子」の「三十年」という語に矛盾はない、ということになる。

さて、これ以後、表現がかなり込み入ってくるので、ここで取り上げている「犀星の庭」を整理しておきたい。

1　田端の庭―田端五二三番地の庭―大正十年三月から昭和三年七月まで（大正十二年十月から同十四年四月までの約一年半を除く）―自ら破壊する

2　金沢、川岸町の庭―川岸町十二番地の借家の庭―大正十二年十二月から同十三年十二月まで

3　金沢、天徳院寺領を借りて作った庭―大正十五年五月中旬から昭和七年春まで―自らの意

志で手放す（犀星は「破壊」と表現）

4　軽井沢の庭―軽井沢一一三三番地に新築した家の庭―昭和六年七月から現在

5　馬込の庭―大森区馬込町久保七六三番地（現在、大田区南馬込一―四九―一〇）に新築した家の庭―昭和七年四月から犀星没後まで

6　軽井沢、碑の庭―軽井沢矢ヶ崎川二手橋畔の詩碑のある庭―昭和三十六年七月から現在

わたしの病・金沢、川岸町の庭

点描的に、しかも駆け足にではあるが、「三十年」に込められた犀星の思いを辿ってみよう。

大正十二年十月、関東大震災後郷里の金沢に帰った犀星は、妻とみ子の生家に仮寓、後、一時、山田屋小路、次に上本多町川御亭（かわおちん）の借家に住むが、同年十二月に川岸町十二番地の借家に転居する。ここのところが、「杏つ子」第三章「故郷」の《饅頭》には、平四郎の、青井おかつに言う台詞として「ともかくりえ子の実家に落ちつくつもりですが、わるく思はないで下さい」とあり、同章の《此方》には「初め山田屋小路にある広い家に住み、居間ががらんとしてゐるので、川御亭といふ前に小川のある家に引越して冬を迎へ、さらに大河を前にした町に移つて住んだ。三度引越したこの家で、杏子は這ひ這ひができるやうになり、こんどは右と左の肩を振つて歩き出した」と記されている。

この「三度引越したこの家」、川岸町の借家で、犀星は約一年過ごす。その借家の庭を借りて、犀星は作庭することになる。それを「わたしの病ひ」として「故郷を辞す」（『改造』大正14年2月）に次のように記している。

こちらへ来てから小さな庭をつくらうかとも考へて見たが、そのうち、いつの間にか石手洗ひを置き、芭蕉を植ゑ、とくさを石のまはりに植ゑたりした。これはわたしの病ひらしかつた。人間は自然風物を愛するものであるが、もう一度それを自分の所有の中で愛したいものであるらしかつた。(略)も一つ言へば自然の真似をしてみたい子供らしい考へもあるのであらう。自分は自分だけの世界で小さな自然をいつくしむ感情、自分で自分の心を配して慈しんでみたいのも自然の風物であらう。(略)生きた草木を心のままに配しやうとしたりするのは、当然こちらも生きてゐるせいで、大きな地面を対手の仕事であるために思ひにまかせぬ疲れを感じる。一枚の原稿に心血をそそぐ人はあらう。それと庭つくりと同じい心もちだといふこともできるのだ。

「これはわたしの病ひらしかつた」とあるように、田端の庭に一時別れなければならなかった犀星は、金沢の借家に庭を作り始める。

この庭に関して朝子氏が『大森　犀星　昭和』(昭和63年4月、リブロポート)に書いている。朝子氏は、金沢で、その川岸町の借家の大家さんの奥さんに何度も会っていて、ある時家の中を見せてもらい、話を聞くことができたという。その時のことを、次のように書いている。

ある日、犀星は奥さんに、／「あのう、庭を壊してもいいでしょうか」／と聞いた。／「壊されるのはかまいませんが、……どうなさるのですか」／「南方の木を植えて南洋の庭を作りたいのですが……」／庭はそれほど広くはないが、正面の板塀の向う側は泉さんの家であった。その庭には杏の木が一本あった。大きな木は残して小さい木は抜いてしまった。次の日から植木屋が、棕櫚（しゅろ）、芭蕉などをたくさん運びこみ、犀星の指示によって植えた。

「故郷を辞す」に、次のような箇所がある。

「もうおかへりださうですね。」

家主の奥さんがどこで聞いてきたか、芭蕉を束ねてゐるわたしに声をかけた。破れた芭蕉はきれぎれに裂け、芭蕉破れて盥（たらい）に雨をきく夜かなの句が思ひ出されるほどだつた。水気の多い葉は冷たかつた。

「ええ、もう一年も居たもんですから、そろそろかへらうかと思つてゐるんです。」

奥さんはわたしが来て植ゑたものばかりの庭をながめて、「植木だの石だのはどうなさいますの、お持ちなさいますか。」さう言つて唐棕櫚の葉をなでて見たりした。

「このままにして行きますから、お世話でも面倒を見てやつてくださるんですね。」

川岸町の借家の庭での「わたしの病ひ」は、このようにして大正十三年十二月に終わっている。犀星一家は、大正十四年二月上旬に上京し、田端六一三番地の借家に仮寓し、田端五二三番地の借家である旧居に移ったのは、同年の四月であった。

なお、思い出されたという「芭蕉破れて盥に雨をきく夜かな」の句だが、それは芭蕉の「芭蕉野分して盥に雨を聞夜哉」のことであろうが、秋の野分の強風がすでに芭蕉の広葉を破ってしまっているという自身の句解が頭にあったが故に、「野分して」を「破れて」と記してしまったのだろうか。あるいは、「破れて」の句があるのであろうか。「野分」がなくても「芭蕉」が、秋の季語。「故郷を辞す」には、「芭蕉破れて」の句の方がぴったりするようである。

時折眺めたい野心・金沢、天徳院の庭

昭和三年七月、田端の庭を破壊して一家で旅に出、やがて同年九月に金沢に辿りついた犀星は、その時から同年十一月にかけての約三か月間、庭造りに専念している。その庭は、大正十五年五月、金沢の禅寺天徳院の寺領を借りて作り始めた庭であり、昭和七年四月に手放されるそれである。したがって、犀星は一時期田端と金沢に同時に庭を作っていたということになる。この天徳院についての概略は、次のとおりである。

関東大震災後、一時郷里に帰った犀星は、郷里での本格的な庭作りを考えるようになる。その動機を「築庭雑話」(『庭と木』昭和5年9月刊、収録。初出未詳)で「自分は最初その小さい庭を作つた動機は、矢張り田舎に落ちて行く日のことや、老後や天災の考へが無いでもなかつた。それに郷里特殊の樹木に、親愛の情を持つ自分はそれを己れのものとして、時折眺めたい野心をもつてゐたからである」と書いている。

この思いをいつから持ち始めたのか。それは、早くも、金沢を離れ、再び田端での生活を決意した頃からであった。つまり、先に「大正十三年暮から再三上京して田端に借家を探し」ていたと記した頃であり、まだ川岸町の借家で庭作りをしている頃である。それは、その頃の小畠貞一

（本名、悌一）宛の数通の書簡から伺えるのである。

まず、大正十三年十二月二十日付、田端より、と推定される書簡は「その後お変りもなきや、僕来年こそ五月ころに土地をかひたく思うてゐる、こんどは実行するつもり、土地は笠舞のあたり、或ひは水の引けさうなところ、気をつけておいて下されたし」とある。その後、同年同月二十五日、翌年二月二十四日と、金沢に庭を求めたいという思いを含めた書簡を貞一に送り、同年三月十日付、田端より、と推定される封書には「土地のこと、昨年は笠舞は十三円くらゐなりしが残念也。卯辰山のゴリヤの近くはよからんと思ふ。あるひは天徳院近郊か、笠舞も奥ふかければ安くかへるかもしれず」とある。

しかし、自身が行動に移したのは、それから一年以上経ってからのようである。それは、金沢から妻とみ子に送った数通の封書によって知ることができる。

大正十五年五月十四日付の封書には「土地仲々に見当らず、表記に仮寓す」とあるが、同年同月十七日付の封書には「拝啓／大徳院(ママ)の寺領を借りることにした、多分そこに決定することと存じ候、小さい流れも取れるし、近日植木庭石の売立の市もあり万端運ぶべく候、（略）月末にはかへれぬかも知れず仲々庭つくりは時日を要するべく候」とある。そして、六月三日付の封書には「拝啓　大部分出来上つたが、多分十日ころには帰れることと存じ候、何分にても後庭百坪あり、どれだけ樹を植ゑても足りなくて閉口いたし候、（略）」とあって、その熱意の程が察しられる。

昭和三年の夏、この庭に犀星は草庵を建てる。昭和四年七月十七日から二十日にかけて『朝日新聞』に連載した「寒蟬亭雑記」の「一、春蟬」は、次のように書き出されている。

寒蟬亭（かんせんてい）といふのは金沢にある草庵で、私の小さい庭のなかに建つてゐる粗末な草房の名前である。東京に家を建てる資力のない私は、数年前から造りかけた庭のなかに初めは小屋掛けをして、植木屋の指図をしたりして疲れると憩（やす）んだりしたものであるが、下町の宿屋から郊外に通ふことの臆劫（ママ）さから、去年の夏に建てたものである。

ここ天徳院の寒蟬亭には、年に一度か二度（昭和七年六月『新潮』に載せた「僕の家」には「殆三年間庭を見に行く暇もなかつたが」とあり、行けない年もあったようだが）、二、三日、多くて三週間ほどしか訪れていなかった。そのわずかな貴重な時間をどのように過ごしていたかは、「寒蟬亭雑記」を読むことによって知ることができる。また、東京にあっても「時には自分は東京の我家の机のそばにゐて、今日のやうに時雨そぼふる昼深い時に郷里の庭のことを考へると、又同様な時雨の音を聴く思ひがして、和歌などにある無情感と物の哀れを感じるのが常である。或は知らぬ間に自分はかういふ物の哀れさを愛するが為、郷里に庭を置いてゐるのかも知れぬ」（『庭と木』収録の「築庭雑話」）という心境であったようである。

この天徳院の庭は、昭和七年四月、終（つい）の住処（すみか）となる大森区馬込町久保七六三番地（現在、大田区南馬込一－四九－一〇）に新築移転する際に、家建築の費用に充てるため、手放されることになる。この間のことが、自伝小説『泥雀の歌』（昭和17年5月、実業之日本社）の「弐拾壱　家を建てること」には次のように書かれている。

或日、子供と外を歩いてゐると、男の子がふいに実に何でもない調子で、その事がいかにも簡単明瞭に行はれるやうにすらすらと云つた。／「お父さんも家を一軒建てて見たらどう?」／「さうだな、もう家を建ててもいいころだな。」／「家なんてかんかん叩いてゐるうちにすぐ建つよ。」／「さうさ、すぐ建つさ。」／私は愕乎として急所を衝かれたやうな気持だつた。家を建てる? 家はかんかん叩いてゐるうちにすぐ建つ、――そして金はどうして作る、私は国にある庭を思ひ出した。それは毎年春と冬とに支払ふ経費だけでも、相当の額に上り、私にはもはや重すぎる負担であつた。（略）

私は咄嗟に庭を壊さう、壊して了はう、そしてそれの金を建築の一部に当てよう、それから永年あつめた書庫を開放しよう、そつくり街に出して終はう、そしてそれも建築の費用に当てよう、そしたらこの湿地な土地から子供達を救ふことができる、ここを逃れるためにはもう家を建てるより外に方法がなかつた。そしてこんどは最後の庭を作つて見よう、家なんか小ぽけないい加減なものでも宜い、庭だけはいいものを作らう、誰でもいい、庭の中にはいつて来た人があつたらその人の身を引き緊めるやうな庭を作つてやらう。幾つも作つては壊したがこんどは最後の庭をつくつて見る考へは、澎湃として起つた。それは思うても愉しいものであつた。

ここからは馬込の庭を作るために天徳院のそれを手放そうとする犀星の思い、さらに、「庭の中にはいつて来た人があつたらその人の身を引き緊めるやうな庭」、これから作ろうとする「最後の庭」、馬込のそれに対する重い決意が記されているのを確認することができる。

ところで、平四郎が家を造ろうと思うきっかけを作ったのが、「杏つ子」では（「男の子」ではなく）杏子になっていた。第四章「家」の《悲劇》の中に、「『ね、家を一軒建てたらどう』／或る日一緒に歩いてゐた杏子が、だしぬけに木原山の新築の家ばかりある、分譲地にかかると言った。」とあって、作品の主人公、杏子に寄り添うように書かれていた。

家建築のために蔵書を売り払うことが記されているのは、同じく第四章「家」の《縄》の中である。そして、その先の《むだごと》は次のように書き出されている。

次ぎの日平四郎は金沢に向つて出発した。金沢にある百五十坪くらゐある庭の物も、この際処分したい考へであつた。平四郎はこの庭を作つてから七年経つてゐたが、おもに、幼少年の時に虐待されて育つた金沢に、木木や石をもつてその酷いおもひをしたことを取り消すために手ごろな庭を作り、時々東京から行つてただ穏かに眺めてゐたい考へであつた。

郷里での作庭には不幸な出生と幼少時の悲苦が、つまり自叙伝の世界がかかわっている、と記している。

「杏つ子」では、この後に「雲のごとき男」、植木職人物吉繁多（ものよししげた）が登場し、庭作りが始まることになる。

氷の眼・軽井沢、山荘の庭

犀星は、自身の「出稼地である軽井沢に三間ぐらゐのコホロギ箱を建て」、そこで子供らを遊ばせておき、自分は仕事を抱えて行って「出稼ぐ」ことを考え、そのコオロギ箱を昭和六年七月に造る。以後、亡くなる前年の昭和三十六年の夏まで毎夏をそこで過ごした。庭には樹を植え芝生を張り、水引草、女郎花（おみなえし）、うどの木、萩、芒の繁みをつくり、そこにきりぎりすやすいっちょを幾疋となく放し飼いにし、その声を楽しみつつ夜中に酒を飲み、カッと目を覚まして今人故人を思い出したりしている。以上は、『犀星随筆』（昭和7年9月、春陽堂書店）に収められている「山粧ふ」（初出未詳）を参考に記したものである。馬込の庭で盆供養をした後に出掛けて行く軽井沢の庭も、毎年の盂蘭盆（うらぼん）の日には、「哀惜の場」「聖なる空間」となっている。立原道造、津村信夫の死を哀惜した随筆「悲願の人」（『婦人公論』昭和26年8月）には、「毎年の夏のお盆に焚（た）く迎へ火で迎へる故人の数は、かれこれ十指にかぞへられるくらゐだつた。お盆にはどんな忙しいことがあつても、庭の真中に出て焚く麻の木の迎へ火をわすれることはない」とあるが、その十指にかぞえられる故人を、小説「詩人・堀辰雄」（『文芸』昭和28年9月）の書き出しに記している。

　けふはうら盆もはての日である。
　うら山から拾つてきた枯枝で、僕は先刻から送り火を焚いてゐた。龍之介、白秋、暮鳥、朔太郎、惣之助、俊郎、信夫、貞一、道造の諸君に、ことしは堀辰雄のにひ盆で彼の名も加へて、招霊三日間が過（す）んだのである。しかも死友はことごとく詩人ばかりであり、黙々として火を焚き、枯枝をくはえて燠（おき）を掻き立ててゐるものは、僕一人のしごとである。外にこの信州の家には誰もゐない。前の道路にも人どほりが絶え、焚火は庭垣にしきられ、庭の風物だけをうき上らせてゐる。

朝子氏は、『父室生犀星』の中で「毎年、軽井沢の庭も少しずつ変わっていった」、そして、「どことなく馬込の庭に似ているが、木や石類も質の違ったものが多く、やはり簡素のなかにもきびしい美しさのある、山の庭であった」と書いている。その庭に、犀星は砂の池を作り、その池を「洞庭湖」と呼んでいたという。

「杏つ子」で軽井沢の庭は、第十一章「まよへる羊」の《氷の眼》に、庭そのものが描かれるのではなく、単に平之介の降り立つ場所として出てくるだけである。

平之介とりさ子が結婚し、晩春初夏の何か月かを軽井沢の家で過ごすことになる。しかし、そこで日を送る内に、価値観、趣味、性格の合わない二人は心の通じないまま馬込に帰ることになるのだが、その軽井沢での最後の日を描くのが《氷の眼》である。平之介が、りさ子に「とても一緒について行けない、石のやうなものを感じた」のは、りさ子が、その「氷の眼」に何の感動も驚きも示さなかったことであった。

翌日平之介はまだ時間があるので、庭に出て、土手にとほした土管を覗くと、そこに光つた物が見え、よく見ると冬の間からのこつた氷のかたまりが、執拗に融けもしないで泥まみれになり、そして一処だけ光つてゐたのだ。平之介はりさ子を呼んだ。

「ほら、土管に光つてゐる奴が見えるだらう。あれが氷の眼なんだよ、去年からのこつてゐる奴なんだ。」

「氷の眼つていいやあね。」

「冬がどんなに酷いかが判るだらう。」
　感動してくれるかと思つたりさ子には、この驚くべき暴威をただ一処にのこしてゐる氷の眼にも、なんの驚きもあたへなかつた。

「氷の眼」には犀星の深い思いが宿されている。その思いは、「三十年」という語がそうであったように、「杏つ子」を読むことによって十分に理解されるようなものではないが。
　昭和二十一年一月、全国書房から出された短篇小説集『信濃山中』の扉裏に、小さく「昭和十九年十一月―二十年九月にいたる」と記されている。つまり、同書は、終戦直前の疎開時から終戦直後までの軽井沢体験を記した著作である。その「一章　信濃へ」（初出未詳）の終わりに、犀星は「　」を付して、「どういふ冬が遣つて来るか、ともかく、そ奴にお目に懸からう。そして信濃の冬といふものの厳しさを、一生を通じての心の凍傷として、あの世まで持つて行つて遣らう」という悲壮とも言えるような決意を記している。「氷の眼」は、その「八章　片信」（初出未詳）に次のように記されている。

　或日彼は水捌けをよくするために、石垣の土管の中に棒切をさしこんでみたが、中に閊へるものがあつた。よく見ると、土管の奥の方に光つてゐる眼のやうなものが、動かずに棒切を突き戻し、突つ込むほど勁く突き戻して来たが、つひに何度もつツつくうちに竹の棒は折れて終つた。光つてゐる奴は氷だつた。熱湯をとほしてみても、がたりともしなかつた。恐らく此奴は春を送り夏越しでもする気かも知れない。

彼はこの寒帯地方の冬越しに何が一等辛かつたかと尋ねられると、すぐ、氷だと答へ、次には氷るといふこと、何でも彼でも氷るといふことが、恐しいといひ、神秘的に似てゐるとさへ答へた。

彼は雨が三日ばかり続いたあと、石垣の土管の中をのぞきこんで見たが、眼のやうな氷はまだ生きてゐて弱つたやうすもなく、あふれる温い春雨をせき止めてゐて通さなかつた。

そして、章は逆になるが、「七章　続・山家」(『新文学』昭和21年1月)に「例の土管の奥の方に凍てついた氷のかたまりは、五月五日の朝、刺し込んだ竹切のさきに、その真中を突き破られて、はじめて穴が開いた。硝子屑を掃くやうな内部の崩れはほんの一氷塊に過ぎなかつたらしく、竹切は向ふ側にあかるく突き抜けられた。かくて、わが家の冬の名残りはその翌々日には、もう、あとかたもなく解けて終つた」とあって、「氷の眼」の正体が明らかになる。犀星は、その「一氷塊のしぶとく動じない冬姿」を、「裏山の木々の若芽をあふぎ見」ながら、「けなげにも感じ」るのである。

「杏つ子」には、平之介の言葉として、「氷の眼」に対する驚き、感動は記されてはいるが、『信濃山中』に描かれた犀星の思いを具体的に読み取ることは当然不可能であり、作者もそこまでは読者に求めていないであろう。

ここで、令和元年六月十八日の『読売新聞』朝刊「文化欄」で紹介された、犀星の未収録詩作品「花咲翁」に触れておきたい。これは、「氷の眼」の時代の作品である。

室生犀星記念館名誉館長、室生洲々子氏から電話で内々伺っていた件について、読売新聞の、当時金沢支局の記者であった前田啓介氏（現在は、読売新聞本社、記者）から電話をいただいたのは平成三十一年三月一日であった。お話の趣旨は、金沢市の古書店「金沢文圃閣」が、東京の古書市場で、岡山県の新聞社が昭和二十一年四月に発行した『月刊をかやま』を見つけた、そこに、犀星の詩「花咲翁」が載っていた、それが未収録作品ではないか、その作品についてのコメントを貰いたい、ということであったと思う。

調べて見ると、確かに未収録作品のようである。その後、何回かの電話、ファックスでの情報交換があって後、作品の一部を取り上げて、その記事が新聞に載ったのであった。次に挙げるのが、その作品である。

花咲爺

どこを見ても枯木だ
枯木の灰色だ眼に痛い枯木のとがり
ばかりだ、
花咲爺はまだ来ないだらうか、
風がわたり枯木が鳴る
晧としてその行くところを知らない
山々を越え

野にくだり
風は絶え間がない
聴きすましてゐると
自分すら遠いものになつてしまふ。

どこを見ても
単調なさむざむとした
はだかの木々ばかりが
きのふも　けふも視野にあるだけだ
そのほかに雪と氷がある
家がある
曇天がある。

此処で温かに住もうとし、
人びとは心をくだく
靴かと見れば
氷つた雑巾だつた、
鳩かと見れば
枝に雪がこびりついてゐるのだ、

どこを見ても
鳴るものは風と枯木だ、
花咲翁はいつたいどうしたのだらう。

軽井沢の厳冬の中に、これまで経験することのなかった過酷にして新鮮な自然を発見し、その驚き、感動を、抒情詩発光の青年時代のように、日々書き綴った作品の中の一つ。この詩には、その驚き、感動に重なって、終戦直後の蟄居中の、自身のそして時代の「春」を待つ心境が滲み出ているようにも感じられる。

詩集『旅びと』（昭和22年2月、臼井書房）には、「氷の歌」という標題の元に、「氷」「氷る」をテーマとした十一の作品が収められている。先に引用した『信濃山中』の「八章　片信」で、犀星は冬の軽井沢での「氷」「氷る」という現象を特に取り上げて、それを「恐ろしい」「神秘的に似てゐる」と表現していた、それである。その十一の詩の最後の作品「キヤベツ」（初出未詳）の後に、この「花咲翁」があってもおかしくないように思われる。その「キヤベツ」を次に引く。

いつたいこの寒さの果は
何処にあるのでせう
すずめのおやどをたづねる媼さんは
冬に出会つてあちこち訊ね回つた
誰もそんなことは知らない

或る家ではキヤベツが氷つて
いろまで曇つて了つた
まるで老眼鏡をかけて見るやうだ。

「序」に「本篇はさきの『信濃山中』とともに、信濃滞在中の作品であり、詩集『旅びと』とともに三部作をなすもの」とある『山鳥集』は、昭和二十二年三月、桜井書店から出された短篇小説集（小説集ではあるが、「序」に「所謂小説的なわざとらしい手法を用ひず、あるものをあるものとし、いくつかの心の辿りをさぐり、昭和二十年の冬から二十一年の春までの、僕の生活をおもにつゞり上げたもの」とある）である。その「第十一章　春一番」（『婦人公論』昭和21年5月）の終わりに、軽井沢生活での「春二番」の作業として、軽井沢の庭の掃除が描かれている。その終わりの部分を次に引く。

私は庭をすつかり掃いてしまふと、土のでこぼこを平らに直し、それが織物のやうに水平な面になると、さらに、小さい石や、ささくれや、ゴミを抜き取つた。土といふものは、土だけで見られるやうにしなければならない、土だけを見ようとするなら色に気をつけなければならない、赤土と黒土とが表面にまじつてゐては、色を汚すから、黒土はどこまでも黒土で行かなければならないし、赤土はできるだけ取り除かなければ、色を汚してしまふ。絵をかくのとどれほども違つてゐない、土さへ美しく整へることが出来れば、庭はそのまゝで見られる、だから、庭といふものは、たとへ寸地といへども、米粒のやうな小石がまじつてゐても、腫物のやうに汚なく見えるのだ、其処まで気をつかへば、庭の達する処にまで達した庭作りといつてもいゝであらう。併し人びとはそんな手間をかけるのが大変だといふならば、一そ、庭など作らない方がいゝ、土を見るのなら、たとへ、一粒の籾がらが落ちてゐても、庭の風景を打ちこはすことになる。私はあらはれた部分では、厳密にそれを掃き清めるのである。

終戦直後の軽井沢生活での「春一番」の仕事は、「書斎開き」。「春二番」は、庭を「掃き清める」ことであった。

「掃き清める」こと

犀星にとって「庭」は、単に「掃く」のではなく、「掃き清める」場であった。

再度の引用になるが、昭和九年一月十日『都新聞』に載せた「庭と仏教」で、犀星は「庭といふものは神社とか寺院とか宮殿とかから出たもの」であって、それ故、「その森厳な内容から言つて宗教的な調子をもたねばならないし、何処か徳や善の意識があらねばならない。単に美しいとか幽邃とかいふ光景ばかりでなく、何となく襟を正さしむる厳格さを必要とするのである」と書いていた。

『泥雀の歌』には「こんどは最後の庭を作つて見よう（略）誰でもいい、庭の中にはいつて来た人があつたらその人の身を引き緊めるやうな庭を作つてやらう」とあった。

また、「杏つ子」の第十二章「唾」の《石》で、亮吉は「おれは唾より外に対手にくれてやるものがないんだ、こんな威圧の虚勢を振り回した庭の何処が好いといふのだ。人間が出来上つてゐたら、もつと人を寄せつけない庭が作れるんだ、人間も出来てゐないくせに作庭なんて呆れらあ」と、犀星の怒りと自嘲の凝縮された台詞を言う。つまり、犀星が生涯かけて作り上げようとした「人を寄せつけない庭」を、亮吉に「威圧の虚勢を振り回した庭」と言わせている。

　これらの表現によれば、「庭」は、まずそこには「宗教的な調子」「徳や善の意識」がなければならない、それ故に「襟を正さしむる厳格さ」が必要であると言い、また、庭の中に入って来た人の「身を引き緊めるやうな庭」でなければならない、「人を寄せつけない庭」とも言っている。このような「庭」であれば、単に「掃く」ではなく、「掃き清める」が適切な語と言えよう。

「杏つ子」第十一章「まよへる羊」の《赤い旗》には、亮吉の「掃く」ことに関する平四郎の解釈と行為が書かれている。

> 　亮吉は杏子と庭を掃いてゐたが、亮吉の庭を掃いたあとを亮吉の留守の間に見ると、神経質にこまかいゴミまで掃き取つてあつて、それは亮吉が原稿をかくときと同じ丁寧さのあるものであつた。妙な処に亮吉の凝性を見付けたが、だんだん亮吉が庭を掃くのを見てゐられなくなり、寧ろ、打棄つて置いてほしかつた。平四郎は杏子にそれを話して、庭掃きはやめるやうに言つた。ひとつは亮吉の矜持が、うやむやにならない平四郎のいたはりもあつたのだ。

亮吉の「掃く」に、平四郎は「神経質にこまかいゴミまで掃き取」る「凝性」を見ているだけなり、平四郎は、娘婿の「矜持」をおもんばかって、「掃く」のを止めてもらうように、杏子を介して伝える。

もともと亮吉は、庭を掃くことを嫌っていたようであり、「庭」に何も求めてはいない。したがって、やがて平四郎の作りつつあった「人を寄せつけない庭」を、「威圧の虚勢を振り回した庭」と罵倒し、破壊してしまう。「庭」は、そこでは、憎むべき平四郎、平四郎の文学の代役になっていた。

この《赤い旗》からの引用箇所には、更に興味深い点を指摘することができる。そこでは、亮吉の「掃く」丁寧さが原稿を「書く」時のそれと同じものである、と記されていて、「掃く」と「書く」が、重ねて表現されている。したがって、ここでの亮吉の「掃く」ことを「書く」ことに置き換えることによって、平四郎の心中を読み取ることができそうだ。

亮吉は「神経質にこまかいゴミまで掃き取」るように執拗に執筆する。たいへんな「凝性」で、(売れない原稿を)終日書いているようである。平四郎は、その様子を見ていられなくなり、杏子に、亮吉が「書く」ことをやめるようにと言う。亮吉に直接言わないのは、亮吉の「書く」ことに関する「矜持」が傷つけられないようにという、亮吉に対するいたわりの気持ちもあったからである。このようになろうが、しかし、作品では「掃く」ことの場合とは違って、平四郎は亮吉の「書く」ことに関しては見守るだけであった。ここには、平四郎の複雑な心境が読み取れそうだ。

「庭」は、犀星にとってどのような存在であったか。「幽遠な世界」「哀惜の場」「聖なる空間」

などとも表現する犀星は、そこを『文学者』（昭和15年7月）に載せた随筆「市井文」では「私といふ人間の記録が未完成のまま毎日書かれてゐる」心の記録の世界だと言い、『文藝春秋』（昭和16年9月）に載せた小説「庭」では「詩とか俳句とか随筆とか、あるひは書かない小説の幾篇かが層をつくつて（略）鬱然とうもれて」いる世界であり、したがって創作する空間でもあると表現している。

その心の記録の世界、創作する空間を、犀星は日々「掃き清める」。「庭の命は掃除だけだと考へてゐる」（『此君』収録の「庭」）、「土を見るのなら、たとへ、一粒の籾がらが落ちてゐても、庭の風景を打ちこはすことになる。私はあらはれた部分では、厳密にそれを掃き清めるのである」（『山鳥集』収録の「第十一章　春一番」）などと、犀星は「掃き清める」意の表現を繰り返し記している。「掃き清める」は、創作の世界に真摯に向き合っている状態であり、「小便をこらへて書く」に等しい行為だと言えよう。

第十一章「まよへる羊」の《同じ家に》は、経済的に自立不可能な亮吉、杏子夫婦が平四郎家の離れに住むようになるところから始まるのだが、その書き出しは、こうである。

亮吉はうしろ向きになつて書いてゐるが、窓からその正座のすがたが平四郎の眼に、見まいとしながらも入つて来た。これは困つたことになつたと思ふが、亮吉は終日座つて飽きないらしい。平四郎は予定の枚数に達しると、書くことをやめた。おれも亮吉と競争して書いてゐるのかと、平四郎はどういふ人間がどんな原稿を書いてゐるにしろ、書いてゐるといふ事実は大したことだ、書いてゐる生き身はないがしろには出来ない、ペンを原稿紙にうごかしてゐる事実の前では、有名も無名もなかつた。ただ惨酷な才能の批判の行はれる時にだけ、その書きあがりが時間の空費であるかないかが決定されるのだ、だが、いま書いてゐるすがたはいかなる場合でも、これを抹消出来るものではない。

ここは映画「杏つ子」の中で強く印象に残る場面の一つである。亮吉、平四郎ともに、互いに異なる思いをもって、亮吉は離れから、平四郎は書斎から、奥庭を隔てて、互いに原稿を書きつつ様子を伺っている。平四郎に扮する山村聡は雪見障子だったと思うがそのガラス越しに、木村功扮する亮吉も障子に嵌められたガラス越しに、互いにちらっちらっと。

平四郎への対抗心を持ちつつ、終日、執拗に執筆し続ける亮吉。その亮吉に、やがて「残酷な才能の批判」が下されるかもしれない、日々繰り返される終日の執筆が「時間の空費」であったと決めつけられる時がくるかもしれない。「書く」ことに飽きなかった亮吉だが、亮吉には、「掃き清める」べき「庭」がなかったということなのであろうか。

夕がほの花よりあをき月出でぬ・馬込の庭

馬込の庭は、とみ子夫人の庭でもあった。

昭和十三年十一月十三日、とみ子夫人が脳溢血で倒れる。すると、犀星は「庭深く／煌々と灯は点けにけれ／死とすれすれの／人をまもらむ」「隈もなく／庭のあかりを見入りつつ／なにものか我は／捕縛せんとす」（『むらさき』昭和14年3月）と歌い、庭を明るくして妻の命を奪いにくる何者かを捕縛せんと構える。妻は幸い三日後に意識を取り戻し、徐々に回復するが、半身不随

馬込の家の茶の間から見る広庭。遠くにゴマ穂の垣根。二体の俑人も見える。
昭和29年４月。（撮影・吉村正治）

となり、病床の身となる。

なお、この「庭のあかり」は、「杏つ子」では「『電気屋さんがお庭に電燈をつけに来たことも、おぼえてゐます。』／庭の中を明るくすることで、平四郎は病人のゐる憂鬱さを少しでも、すくなくしようと電燈を急拵へに点けたことも、おぼえてゐた」（第五章「命」の《古手紙》と意識を回復したりえ子の台詞とともに簡単に記されていて、ここには先記のような深刻さはなく、一家の安堵の会話の中に記されている。

「杏つ子」で犀星は、「りえ子は三年間臥床（がしょう）のままで暮した。或る日起き上れるやうになり、間もなく座つたままゐざりのやうにずつて行くことが出来、或る日にはまた柱につかまつて立つことが出来るやうになつた、それを十日間繰り返してゐると、こんどは、らくに柱につかまつて立つことが出来た。杖が用意され一と月程後の日に、その杖にすがつて二、三歩すすむことが出来た」と書いているが（他書での犀星、朝子氏の文章に照らして、これはほぼ事実であったと思われる）、多くの時間を病床の間で過ごさざるを得なかった夫人のために、庭の眺めを一層美しくする。

『此君』（昭和15年9月、人文書院）に収められている、初出未詳の随筆「庭」は、次のように書き出されている。

> 妻が永く病床にゐるやうになつてから、庭の眺めが一層美しくなつた。美しくなつたといふよりも、妻の眼のとどく範囲内は一本の塵をもとどめぬやうになつたのである。平常からも庭の命は掃除だけだと考へてゐる私は、私も座ることの多い妻の病床のほとりから眺める庭は、できるだけ掃き清めるやうにしそこだけを眺めて暮す人の身の上をも考へたからである。広庭といふのか、本庭といふのか、ともあれ私の書斎から見える奥庭より、ずつと樹木のなりふりがととのへられ、灯籠や石仏も、いいものが据ゑられてゐた。病妻はあけくれ庭ばかり見てゐるから一処に秋は曼珠沙華（まんじゅしゃげ）を二三本、あるひは白菊二三本といふふうに植ゑるところを定めて置いて、花のある間だけ眺めて、花が過ぎるとまた別の花を植ゑるやうにしてゐた。病妻をねぎらふ気持もあるが私自身が、さうして置かねばならぬ気持があつたからであつた。

妻を思い自分を責める犀星の思いを知ることに加えて、ここで注目しておきたいことがある。

それは、少しの塵もとどめぬように掃き清められ、灯籠や石仏も妻の見やすい位置に据え、四季の花を楽しめるように一層美しくした庭が、「広庭（本庭）」であることだ。そこが、位置的に、病妻が病床からいつも眺める庭であるから当然のことではあるが、「杏つ子」での、亮吉と平之介が共同しての庭の破壊の場面を思い起こしてみたい。「赤とんぼ記」では「奥庭」だけでなく「広庭」も二人によって破壊されていたのであるが、「杏つ子」での破壊は「奥庭」だけであった。それは、「広庭」は九重の塔が睨んでいるというだけでなく、そこには妻への思いも含まれていたのであろうか。

「庭」の続きを引く。ここで、犀星は新しい発見を示している。

　私は庭をつくつてゐながら病人に庭が役に立つとは、いままで少しも考へたことがなかつた。こんど初めて庭といふものはその家族に病んだ人がゐる場合何よりの美しい役目を持ち、病んだ人の命をなぐさめるものであることを発見した。これが反対に私自身が病床にゐたらどれだけ庭といふものを自分の命とすれすれに愛するか分らなかつた。ここまで行くと庭をつくるのは遊びではなく、自分の死を庭の中に刻一刻と見くらべながらも、愛しいつくしむものらしかつた。すくなくとも自分の死の時も考へて庭はつくるべきものではなからうか、そこまで行けば庭をつくることも徒事でないことが分らう。

まず、庭の役目を知る。庭は「病人に役立つもの」であった。庭は「病んだ家族の者の命をなぐさめるという、美しい役目をもっている」という。さらに、自分自身が病んでいた場合を考えると、自分は「庭というものを自分の命とすれすれに愛する」だろうと思う、と書く。

転じて、庭造りについて考える。庭造りは遊びではない、「自分の死を庭の中に刻一刻と見くらべながらも愛しいつくしむもの」であり、「自分の死の時も考へて」行うべきものだという。とみ子夫人の脳溢血という大病に真っ正面から向き合う犀星は、庭に「命」を、庭造りに「死」を意識する。かつて、「哀惜の庭」「亡児の庭」を「憂鬱なる庭」として破壊した犀星であったが、年輪を重ねて、ここに、再び「命」そして「死」と深刻に結び付いた庭、庭造りが蘇ったのである。

この思いは、先に「生涯の垣根」（196頁参照）において記した「庭」へのそれを思い起こさせる。犀星は、そこで、庭の美しさに「一生涯の落ちつく先」を見、庭に「彼を呼びつづけてゐる」「一つの空漠たる世界」を見ていた。

この世界は、昭和三十四年十月十八日に、妻とみ子が引きずり込まれた「恐ろしいばうばうとした白夜」に通じるものであろう。犀星は、『生きたきものを』に、妻が昭和十三年十一月十三日に脳溢血で倒れ、「死とすれちがひの交差点」を「駈け抜いて来た」時に加えて、次のように書いている。

たしかに通つて来た処の異常は死とすれちがひの交差点であつたこと、其処を非常な早脚で駈け抜いて来たことだけが判つたのである。それはその日から算へてみると二十一年めの昭和三十四年の十月の十八日に、彼女はいま一度その恐ろしいばうばうとした白夜の中に、いやでも、其処に誰もゐない筈であるのに引き摺りこまれたのであつた。

犀星は、夫人の亡くなる一年前、部屋だけの生活を余儀なくされている夫人のために、新しく四畳半を家の隅に建て増ししたという。そこは、「母が座ったままどの角度からでも庭が見渡されるよう、ガラスは一枚の大きい戸、そして障子には雲見ガラス(ママ)をつけ、それも二枚の障子の真ん中が両開きになり、障子を閉めたままでも広い視野で庭が眺められるよう」に、犀星の厳しい指示によって造られた、と朝子氏は『母そはの母』に書いている。

とみ子夫人は、本人の努力と夫や子供達の愛とによって体の不自由を少しずつ克服し、幸せな生涯を全うした。亡くなったのは、病を得てから二十一年後の昭和三十四年十月十八日、六十四歳であった。

犀星は、昭和三十五年六月号の『週刊コウロン』に発表した「女学生への還元」の中に、とみ子夫人の亡くなる四か月前、昭和三十四年六月十六日のとみ子夫人の「日記」の一部を紹介している。長くなるが引用する。

　昭和三十四年六月十六日の日記といへば、彼女の死ぬ四ケ月前に当るのだが、その日にはこんなふうに記されてゐる。

　　杏、そつとあかみを帯びてうつくしく

木もれ日が、おどつてゐる。たのしげにあんずの色を染めてゐる。光りの小人たちを、わたしはいたづらつぽい目で追ふ。葉がゆれて小人たちといつしよに、あんずもかくれてしまふ。木の枝のなかでのかくれんぼ、わたしと小人たちのかくれんぼ。

くちなしも夕あかりするかほりかな

匂ひは、色であつたのか、—夕やみのなかのくちなしの匂ひは、目をつぶつてゐても白いともしびのやうに、わたしの瞳のなかを明るくする。目をあけると、深い葉と葉のかさなりのなかに、匂ひの灯がともつてゐる、匂ひはともしびであつた。心のしづまるともしびにむかつて、わたしは、夕べのこころをあづける。

彼女の起居してゐた離れから、庭の杏の木が見え、それはどのやうにして眺めても眼にとまる木のすがたであつた。彼女はつひにこの一文をとどめてゐたが、このみぢかい文章にも生きる願ひがこもり、それを読む私はこの人のあはれを捉へることが、文章によつて為される最後の宿命にまで漕ぎつけて、それの奥まで読むことができた。

とみ子夫人の「生きる願ひ」と「最後の宿命」。「命」と「死」を、ここにも見ることが出来るのではなかろうか。

もう一つ、朝子氏の文章（先出の『母そはの母』からのもの）を紹介したい。

ある日、朝子氏は母に夕顔を一鉢買ってきてほしいと頼まれる。時期が少し早かったために、頼んで五日目にやっと一鉢が届く。すると、待ち侘びていた母は「鉢の中で窮屈にして花を咲かせるのは可哀想」だと言って、茶の間のすぐ前の庭先に移し植えるように言う。その日から、母は女中さんに命じて、食卓を縁側に出させ、そこで夕顔を長いこと見つめるようになる。特に、花の開く瞬間を見たいのであった。そして、ついにその瞬間を捉える。

「その時の母のうれしそうな顔を、私は今も忘れ得ない。／『朝子、朝子、早く!! 開きはじめました。』／台所にいた私と女中さんは、とんで行った。／『ホウラ、ホウーラ、あんなにきれい。』／母は勝ちほこったように、目に見えない母自身の力で花が咲いてゆくように、感激していた。うすい大きめの花びらは、そうっとそうっとひとひらずつ開き、風もない静かな夕方に、開いた自身の動きでかすかに揺れていた。その夕の開花はかなり遅く、そろそろ暗くなりかけていた。／うすやみにぽうっと音もなく開いた、大輪の夕顔の白さは、美しいのをとおりこして、崇高な気配がした。母は暫らく放心したようにしていたが、冷えるからお部屋に入りましょうと言った私の声で、やっと机の処に行った。そして、藁半紙に何句かの俳句を書きつけた」と、朝子氏は書いて、その後に、とみ子夫人の句と文章を引いているが、そのうちの、「夕顔」を詠んだ二句をここに示す。

夕がほ
夕がほの咲きいでしままくれにけり

月

夕がほの花よりあをき月出でぬ

犀星は『生きたきものを』で「『夕がほの花よりあをき月いでぬ』は最近二、三年の作句らしく、見やうに拠つては物すごい一句である。稀ではあるが意識してゐない偶然の表現がこんな内容を展げる時に、句作人として何の経験をもたない人が、突然、大きい広野にさまよひ出るやうな驚きを人に与へることがあるが、この句にもそれがあつた。作者自身も作つた後で見直すやうな境である」と書いている。

この項の初めに、「馬込の庭は、とみ子夫人の庭でもあった」と書いたが、そこは、一時とみ子夫人の墓所にもなった。朝子氏は『大森　犀星　昭和』に次のように記している。

室生家には墓所がなく、母の墓を作らねばならなかった。分骨を母の里のお墓に納骨することは、きまっていた。

四十九日がすぎたある日、犀星は突然、

「とみ子の墓は庭に作ろう。すぐ民さんを呼んでくれたまえ」

といいだした。庭に墓などを作ってはいけないのではないか、という私に、

「わしの女房の骨をわしの庭に納めてはならない、そんなことはないだろう、作ろう」

穴を掘り、四角くコンクリートで囲い、その中に骨壺を収め、水がはいらぬように目張りをした。その上に庭の中から一基の五輪塔をえらび、墓石として据えた。五輪塔の横には万年青を一株植え、その前に丸い水鉢を地面すれすれに埋めて水を張った。そこに供花とし

て花を浮かせた。椿の季節には犀星は毎朝あらたな花を浮かせ、昨日の花は捨てていた。私が時には花を浮かせようと思っても、その時にはすでに花は変っていた。私のはいりこむ時はなかったのであった。

なお、現在、墓地埋葬法では、庭に墓碑を造ることは認められているものの、遺骨を納めることは禁じられているとのことであるが、犀星には通じなかった法律のようである。

洲のような空き地・軽井沢、碑の庭

「私の文学碑」（『別冊週刊朝日』昭和36年9月）に「去年の秋から冬の初めに、誰ともわからぬ人がこの碑の庭を掃く人があるらしく、落葉の季節にも、落葉のあとをとどめてゐなかつた」という一文がある。犀星は、軽井沢、矢ヶ崎川畔の文学碑前の洲のような空き地を「碑の庭」と呼んでいる。

今、私の手元に、金沢市上松原町に住む大友楼主人、大友圭堂宛ての犀星のはがきのコピーがある。表、左下には「大田区馬込東三／室生犀星／十二月二十六日」とある。かつて、朝子氏に協力して室生犀星書簡集を作成しようとしていた頃の資料の一つである。初めに「葉書にて失礼」とあって、次のように記されている。

拝けい　蕪鮓お贈りにあづかり毎度乍大謝、愚著一冊別送ご笑読たまはりたいと存じます、さて文学碑の事、これは特別のお慈悲をもつて沙汰止みにして下さい、まだ、小僧つ子の小生にはそんなもの建立の際はいよいよ金沢へも参れなくなります、先日雨宝院からの便りも固く断つて置きました。どうかこの気持ご考察の上、中止重ねておたのみします。

コピーの消印部分が不鮮明なのだが、おそらく、昭和三十四年十二月二十六日付のはがきだと推測される。その年、十月十八日に妻とみ子を失った犀星は、十一月に「わが愛する詩人の伝記」で毎日出版文化賞を、十二月には「かげろふの日記遺文」で野間文芸賞を受賞する。おそらく、この頃の話であろう。

昭和三十五年十月『群像』に載った小説「我が草の記」には、犀星の文学碑への思いが記されている。晩年の犀星のところに、郷里の金沢から、泉鏡花、徳田秋声の文学碑の横合いに犀星の碑を建てたいという企てが報じられたが、冒頭に挙げた書簡にあるように、犀星はそれを断ったという。生きている内にしかも他人の寄進で建てるというぬけぬけした気持ちはない、もしやむを得ず造るとなれば「自分で好きな碑」を建て金も自費でまかなうと記し、犀星はそれを実行した。

次に引くのも、「私の文学碑」の一節である。

恰度(ちょうど)、軽井沢の町はづれから旧道の碓氷峠にのぼる登山口に、ひとすぢの渓流があつて水はいつも涸(か)れ、石が小さな河原にごろごろしてゐる矢ケ崎川があつた。その石垣沿ひに長い洲のやうな空地が見つかり、暗くない落葉樹の林が前と後ろに迫つてゐて、水の音や、流れが石の間にせせらぎを綴つてゐる景色は、あつらへ向きの眺めであつた。長方形の空地は十五メートルくらゐあつて、左は渓流、右は道路になり道路とのしきりに、十メートルの石垣を築いた。石は浅間の焼石で黒くない赫石をえらんだ。

犀星は「かげろふの日記遺文」で野間文芸賞を受賞する。その知らせがあったのは、とみ子夫人が亡くなって約一か月後の昭和三十四年十一月十九日であった。よく知られていることだが、犀星は、その賞金で三つのことを行った。一つは、「室生犀星詩人賞」の創設、その二は、妻とみ子の遺稿発句集の刊行、その三が自身の文学碑の建立であったが、それが軽井沢矢ヶ崎川畔に建立した詩碑で、犀星はそこに「自分の好きな碑」の建碑を実践したのであった。

初め、犀星は、碑の下に妻の分骨を納め、やがて自分の骨もそこに入れるつもりであったが、ある日、馬込の家の庭に並び立つ二基の石の俑人、昭和十二年朝鮮で買い求め、馬込の庭に長年犀星と共にあったそれの内の一体を、軽井沢に運んで建碑の標識にし、その下に骨を埋めることを思いつく。

つまり、「自分の好きな碑」は墓碑であったのだが、最終的には、妻の分骨は俑人の下に埋められ、文学碑は、墓碑である俑人の立つそこへ行く手前の右側の石垣の中にはめ込まれたのである。しかし、文学碑が墓所にあることに変わりはない。そして、その黒御影石の文学碑には、詩「切なき思ひぞ知る」、および「昭和三十五　十月十八日／室生犀星／之建」という文字が刻まれたのであった。

その詩に触れる前に、まず「年」の欠けている、謎めいた刻字に注目したい。これに関して、朝子氏は著書『詩人の星　遥か』の中で「日付が昭和三十五　十月十八日、とあるが、この日は母の祥月命日であるが、年がぬけている。これは犀星が書くのを忘れたのか、意識して書かなかったのか、私は知らない」と書いているが、私は「意識して」であると推測する。特に、「祥月命日」を建碑の日と定めたことが、それを教えてくれる。つまり、とみ子夫人が亡くなったのは、三十五から「一年」を引いた、三十四年十月十八日であるということであって、そこには、没年月日が記されているのである。さらに、刻まれた年月日の数を足し、「年」を取る、つまり一年を加えると、六十四になり、それはとみ子夫人の没年齢であった。墓石に記されるそれらが、文学碑に刻まれていたのである。本来そこは墓碑であったのであるから、当然のことである。

この愚論を後押ししてくれる文章が「我が草の記」の中にある。犀星は暗示的に「若し人あつて碑歴が知りたかつたら、この土手に下りてゆく入口にわづかに記された詩の数文字と、年齢銘記の碑標を読み分けるくらゐで他には何も置いてない、一つのさびしい辺地を作るつもりであつた」と書いている。読み分けてみれば、碑標には没年齢と没年月日が「銘記」されていたのだ。

さらに、犀星は「読み分ける」対象として、「詩の数文字」をあげている。これも周知のごとく、昭和三年二月『不同調』初出、「切なき思ひぞ知る」を少し改めた詩である。

我は張りつめたる氷を愛す
斯る切なき思ひを愛す
我はそれらの輝けるを見たり
斯る花にあらざる花を愛す
我は氷の奥にあるものに同感す

我はつねに狭小なる人生に住めり
その人生の荒涼の中に呻吟せり
さればこそ張りつめたる氷を愛す
斯る切なき思ひを愛す。

勿論、犀星はこの詩を自身の代表作として選んだわけではない。おそらく、とみ子夫人の墓碑に刻むのにこの詩がふさわしいと思ったからであろう。したがって、初出の時の詩に込められた思い、かつて私は自著（『室生犀星―何を盗み何をあがなはむ』）で「この詩は、『寂しさ』を求める犀星が、芭蕉の『うき我をさびしがらせよ閑古鳥』に感動して作った作品ではないか、いや、その句に心動かされた犀星が『寂しさ』を求める芭蕉の精神を自分も求めたいという強い思いを込めて作った作品」であろうという鑑賞を記したが、いずれにしても、碑に刻まれた詩には新たな思いが込められているはずである。

詩碑に定めたこの詩に関して、犀星は随筆「私の文学碑」で「私の氷を愛する詩の意味は我々の生きてゐるせちがらい人生にも、結局、それらの紛糾を愛して生きねばならないことを歌つたもので、それ以上のふかい象徴を内容としたものではない」、そう読み分けてほしいと記している。思うに、犀星は「張りつめたる氷」の示す「寂しさ」を心に抱きながら、これから先、私は「狭小なる人生」「人生の荒涼」に耐えて生きていかねばならない、という覚悟を、そして亡妻への哀惜の思いを刻み、これを「碑文」としたのであろう。

文学碑前、そして墓碑前の洲のような空き地を「碑の庭」と呼び、とみ子夫人の鎮魂の場とするとともに、「将来は私もこの地に同じ墓碑の中に埋めて貰ふつもり也」と「一日の光栄」（『婦人之友』昭和35年2月）にあるように、犀星は、将来はその「碑の庭」を自分の墓所とも考えていた。

　犀星には「碑の村」という語もある。犀星は、随想的小説「我が草の記」（『群像』昭和35年10月）をまとめる中でその語を用い、「同じ信濃追分を愛した津村信夫や立原道造の共同碑のやうな物も、信濃追分の堀辰雄の碑の近くに建立して碑の村のやうなものを作ってもよいと思うた」と記し、つづけて次のように書いている。

　「塚も動け我泣声は秋の風」と詠んだ芭蕉ほどの慟哭（どうこく）はないが、夜中に碑の下の者共がぞろぞろ詩

犀星自身が昭和36年に建立した軽井沢の詩碑「切なき思ひぞ知る」。（提供・室生犀星記念館）

をうたひ、そこらを散歩するのももの凄い壮観であらう。ひよろひよろした亡者共の世界も生きてこの文章を綴つて居れば、我が親友達も未だ生きてゐるのかと惘れ返つて、呼びに来てまた引き還してゆくかも知れない、皆で共に声を揃へてどうしても死ねと叫びあふかも知れないのである。

芭蕉の「塚も動け」の句は、旧知の俳人、一笑（金沢の人）の死を悼み、その追善の句会において詠んだ、元禄二年の作とされる。ここには、友を悼む芭蕉の悲痛な思い、切なる心が叫びとなって現れている。すさまじい音を立てて吹きすさぶ風は私の声なのだ、私の切なる心に感動して塚よ動いてくれ、私は悲しみに堪えられないのだ、と。なお、この句は、芥川龍之介への思いを綴り、最後に龍之介の墓に詣でた折のことを記した「芥川龍之介氏を憶ふ〔芥川龍之介一周忌に際して〕」（『文藝春秋』昭和3年7月）の終わりにも引かれていて、そこで犀星は芭蕉になっていた。

「『塚も動け我泣声は秋の風』と詠んだ芭蕉ほどの慟哭はないが」と、切なる心の激しさを否定しつつも、犀星は「我が草の記」の最後に今は亡き文友たちを蘇らせ、心を通わせていた。この結びに示された哀惜の情は、その前まで書き綴られてきた、妻とみ子の墓碑ともいえる文学碑に関する表現と、そして妻の死を悼む心と無関係であるはずはない。

さて、次に引くのは「庭をつくる人」（『中央公論』大正15年6月）の書き出しだが、これを先に引いた「私の文学碑」の一節と読み比べて、その類似性に注目したい。

つれづれ草に水は浅いほどよいと書いてある。わたくしは子供のころは大概うしろの川の磧（かわら）で暮した。河原の中にも流れとは別な清水が湧いてゐて、そこを掘り捌（さば）いて小さいながれをわたくしは毎日作つて遊んだものである。ながれは幅二尺くらゐ長さ三間くらゐの、砂利をこまかに敷き込み二た側へ石垣のまねをつくり、それを流れへ引くのであつたが、上手の清水はゆたかに湧きながれて、朝日は浅いながれの小砂利の上を嬉々（きき）と戯れて走つてゐるやうであつた。自分はところ〲に小さい橋をつくり、石垣には家を建て、草を植ゑ花を配したものであつた。

犀川の河原で、そこに湧き出る水を引いて小さな流れをつくり、その両側に石垣の真似をつくり、小さな橋を架け、家まで建てて、そこに草を植え花を配す。この一人遊びは、繰り返し行われていたようである。この文章を読むと、私は、二手橋の架かる矢ヶ崎川の石垣沿いの、長い洲のような空き地の上の「碑の庭」を思い起こしてしまう。

　この幼少時の河原遊びと、庭作りとの関係を示した文章がある。庭作りの夢をよく見る犀星は、その夢を描いた後に「そんな夢は幼時川原ばかりで遊んだことが原因してゐるらしく、現に石の堤の中にも一条の流れを引いて、そこに自分の食ふべき魚を池と流れに囲うてあつたのは、夢の中にも用意ぶかいことをしてゐたものと思うた」と「庭をつくる人」に書いている。

　ところで、これら、つまり「碑の庭」と、幼少時に犀川の河原で毎日作ったという「庭」には共通点が見られる。それは共にそこには水の流れがあり、そこに架かる橋があり、そのそばの空き地が「庭」となっていることである。

かなりの昔、金沢に雨宝院を訪ねた折のことであるが、ご住職高山光延氏に寺に残されている、明治時代の雨宝院が描かれた貴重な絵を見せていただいたことがあった。その絵の右下には、「昔の雨宝院の山門ちかく」とあって「犀星が育った頃は山門の前に流れがあり小さい橋を渡ってお寺にはいった。雨宝院のそばの石鹸屋のおぢいさんが画いたもの、そのおぢいさんも亡くなった」という添え書きが記されていた。

その絵を見れば、雨宝院は「水」に囲まれていた寺であった、ということが分かる。後ろには犀川が、前には犀川の水を引き入れた小流、泉用水（現在は暗渠になっている）が流れており、犀川には犀川大橋、泉用水には小橋（「泥雀の歌」ではその橋を「用水の橋」と記している）が架かっている。つまり、犀星の「庭」の原点である「雨宝院の庭」は、いわば川の流れの、そしてそこに架けられた橋の、そのそばの空き地にあったのである。犀星が第二の故郷と言う軽井沢に造られた「碑の庭」は、第一の故郷である「雨宝院の庭」がたどり着いた終着点を意味しているのであろうか。犀星の「庭」は、幽遠、哀惜の場、そして聖なる空間としての「雨宝院の庭」に始まり、墓庭としての「碑の庭」に至って完成したのであり、「碑の庭」は「雨宝院の庭」の影を宿しているのである。

以上、長々と犀星の「庭の逍遥」を試みたのだが、また、そこに犀星の「庭」への個性的な思いを見つめてきたのであるが、ここでの私の主たる思いは、「杏つ子」のクライマックスに「庭」を、そしてその「破壊」を設えた作者の心意を探ってみたかったことにある。

すでに記しているように、実際には、朝子氏の夫、青木和夫による「ちゃぶ台返し事件」（昭和28年1月11日）の前に、和夫と朝子氏の弟、朝巳氏による「庭の破壊事件」（昭和26年9月初旬頃）があった。その「庭の破壊」への怒りを、犀星は我慢し抑えた。朝子氏のためにこらえた。しかし、「ちゃぶ台返し事件」によって、その後の和夫に対する不満もあり、鬱積していた怒りは爆発した。ついに、朝子氏を介してではあったが、和夫を別居させることにする。これが事実であったのであろう。

それに対して、「杏つ子」では事件の時を逆にし、「庭の破壊事件」をクライマックスに設定した。杏子の言葉によって造りはじめ、物吉繁多の助力もあって、丹精を込めて創造してきた庭、平四郎自身の分身であるとも言える「作庭三十年」のそれを、亮吉と平之介とに破壊させた。そうすることによって、亮吉、杏子の離別を決定的なものにし、平之介の屈折した内面を描き、平四郎には自己を熟視熟考する時を与え、物語を決着へと導いた。また、それは「小説稼業の難かしさ」「道義的な復讐」というテーマ完結への糸口を示したものでもあった。そのような大役を担うに足る重みを、犀星の「庭」は備えていたのである。

余録・平四郎の野性

ここで少々横道にそれる。明治時代の雨宝院を描いた先の絵の添え書きにあった「石鹼屋のおぢいさん」のことである。この人物は、恐らく、自叙伝「弄獅子（らぬさい）」の「四　姉びと」（『早稲田文学』昭和10年3月）に、「四十女」（犀星の義母、赤井ハツ）の酒の相手をする男たちの中の主な一人として、さらに「時借り」を重ねて七十円ばかり（今の金額にして百四十万円程か）の借金をついには返さなかった男として登場している人物であろう。あるいは、「おぢいさん」とあるからその父親に当たる人物か。さらに、自叙伝『作家の手記』（昭和13年9月、河出書房）の中の、冒頭に「月のごとき母に逢はなむ」と綴った詩を収めている章「良い心」、短篇小説を読むに等しい魅力をもつその章に、その男は重要人物として登場している。その「良い心」の章の内容をごく大雑把に記す。

子供の「私」（犀星）が、近所の石鹼工場に下駄ばきで入り、乾かしている石鹼を手で弄んでいるところを石鹼屋の主人に見つかり、殴られる。主人は殴った上に、「私」の母である「青井の花」（犀星の義母、赤井ハツ）のところに出掛けて行って激しく文句を言った。その日の夕食時、「母」にその件の事実を確かめられた「私」は、その時に石鹼屋の主人に「殴られた」ことを告げる。それを知った「母」の表情は、「興奮して例のぴりつと罅の入つたやうな」それに変わり、「可愛い子供を殴つて置いて逆捩ぢを食はせ、暴れ込まれて黙つてゐられるもんかね。それでは青井家の花の顔が立たんぞ」といきり立って、「私」を連れて石鹼屋に向かう。

そこで描かれる小話の中心は「青井の花」と石鹼屋の主人との激しく勇ましい口争いであり、結末は「花」の勝ちで終わるのだが、そこに見られる迫力ある表現世界を具体的に示すことは不可能である。そこで、「花」の放つ啖呵、三つを記してその補いとしたい。

1　殴つたのなら殴つたと云ひなされ、あいまいなことは嫌ひな青井家の花はな、可愛い子供をおぬしらの手にかけられる弱みは持つて居りませんぞ、殴つたのなら謝まらつし、たつた今そこで謝まらつし、それでなかつたら近隣ぢう喚いて歩くぞ、人の子供を大人のくせに頭痛のする程殴り抜いでゐながら、それを今になつて誤魔化してゐる卑怯者だと喚いて歩くぞ。

2　何云ふ石鹸玉屋(しゃぼんだまや)さん、わたしの子供をどう育てやうがお前さんのお世話になつてゐる訳ぢやあるまいし、おふざけにもほどがあるよ、垢(あか)のついてゐる着物を被せてゐても人間だけは丈夫に、うまい物を食べさせて育ててゐるのです。お湯屋の一銭石鹸(しゃぼん)の型をこつこつ一人で起してゐた昔をお忘れらい、その鋳型を購ふおあしを頭を下げてどうか工面してくだされと手をついて托(たの)んだ昔をおもひ出したら、お前さんなんかわたしの前で人間らしい言葉づかひのできるがらぢやないさ、突つッくとぼろばかり出てしまひますよ。

3　何に引張たく！　若しわたしを引張たいたらどういふことになるか、能く考へて見るがいい、可愛(かわい)い子供を殴つて置いてその母親を殴るなどとは、世間どころかお上で承知なさるまい、引張たけるものなら美事に引張たいてごらん、男なら男らしく遣つてご覧。青井家の花は昔から男に殴られたことがないのやから一つ殴つて見るのも面白からうぢやないか。

ついには、「花」の見幕に圧倒され、石鹸屋の主人はたじたじとなってしまい、勝負は決する。「良い心」の最後は「『健も悪いが昔から彼奴はくへない奴や、対手が悪いのやから仕方がない。』／それ以来、私の一家と石鹸屋とは交渉を絶ち、途で会つても挨拶もせずに睨(にら)み合つて別れた」という二文でまとめられる。

「花」にこっぴどくやり込められ、以後交渉を絶たれた「石鹸屋の主人」は、あの絵を描いた「石鹸屋のおぢいさん」なのか、あるいは「石鹸屋の主人」の父親なのか、また、あの絵は「借金」に関わりがあるのかないのか、すべて不明。なかなか興味深い話である。

ここで話題は転じる。先に引いた三つの引用文は、おそらく小説「あにいもうと」での、兄「伊之」と妹「もん」との激しい喧嘩、そこでの「もん」の啖呵を思い起こさせるであろう。それだけではない。私は、「杏つ子」の第六章「人」の《餡(あん)こ餅(もち)》から《一つの瞬間》までの九つの節題に描かれた、平四郎の怒りと、その行動を思い浮かべてしまう。

そこには、平四郎の二回の怒りとその行動の場面が描かれていた。一つは、杏子が自分の息子と付き合ってくれては困ると言ってきた鳩井夫人に対するそれであり、もう一つは、その息子の結婚相手と思われる娘を持つ野村技師が、鳩井夫人に頼まれたらしく、鳩井夫人と同様に、家に遊びに来てほしくないと、こわごわ言いに来た、その技師に対する怒りと行動である。

平四郎は、その二人による二回の難癖を自宅で聞いた上で、わざわざそれぞれの相手の家にまで出掛けて行って、激しく怒るのであった。その時の平四郎の心意を、作者は「怒ることの必要は暴力のやうなものだが、人間はそれだけはしなくてはならない時があると思つた」と書いている。また、この小話の最後に「平四郎は生きてゐるあひだは、理由のない敗け方をするのは、卑屈だと考へてゐた」とも書いて、怒りと行動の必要、必然を主張している。

その主張を読み取った上で注目したいのが、鳩井夫人の訪問時を描く中にある、次に引く箇所である。

> 平四郎は突然この時、平四郎自身ですら決してへいぜいから停(と)めることを知らない、野性の平四郎に全身のいろが変りかけつつあつた、青井かつといふ女に二十年苛酷な教育をうけ

た数々のものが、平四郎をむやみに後ろから突つつき返した。

野性の怒りを描いた中に、突然「青井かつ」(赤井ハツがモデル)が登場する。ここに、「青井かつ」から受けた苛酷な教育が平四郎の野性を作り上げた、と記されている。つまり、平四郎の怒りとその行動の源に、青井かつの教育、存在があった、ということである。

これの根拠を示すような文章が、先に取り上げた自叙伝『作家の手記』中の「良い心」の章にある。それは、怒りとその行動を激しく示す母「青井の花」に対する「健」の感動として、「私は私に意地悪く叱言をつらねる母が他人に殴られたりしたことを聞くと、気狂ひのやうに猛り立つて対手に噛み付いて行く気合ひを見せるのを不思議な愛情のあらはれに思ひ、ちよつと異体が分らなかつたけれど、そういふ母は私には嫌ひではなかつた」「かくまでに母が私の味方になり愛してくれてゐることを、此処まで来て始めて知つて驚くのであつた。これは全く蒼ざめ切つた人間の奥の奥にある良心のやうなものの叫び声が、母の奥の方にあつたものとしか思はれず、それが表はれるやうな機会に今まで火先が点かなかつたやうに、思はれた。(略)母には私だけしか味方がなく私には母だけが味方なのだ」のように描かれている。

晩年の随筆「母親といふ教師」(『婦人公論』昭和34年6月)に、犀星は「厭らしい継母さんのきびしい教へには私を卑屈にはしないで、こころを練るやうに役立ててゐるのだ。もし継母の苛酷な教へを受けてゐなかつたら、今日の烈しい私が明日も烈しく生きてゆくために、何物の用意もできなかつたのであらう」と記している。

犀星文学に見られる「野性」「怒り」に、赤井ハツは深くかかわっていたのである。そして、犀星は怒る人であったが、その犀星に愛情豊かに育てられた朝子氏は怒らない人、寛容の女性であった。

雲のごとき男

出会い

「杏つ子」の終盤に「風のごとき男」官猛雄が風のごとく現れて、亮吉の庭破壊行動のきっかけを作ったのだったが、これに対して、第四章「家」の後半、《雲のごとき男》には、平四郎と共に馬込の庭の創造に最初からかかわる、「雲のごとき男」物吉繁多（ものよししげた）が登場する。そこから《三つの不幸》までは、物吉繁多が中心人物である。「雲」のごとき男と「風」のごとき男、つまり「風雲」の男二人は、「庭の創造と破壊」という、平四郎にとって重大な「事変」にかかわる人物なのであった。

まだ寒い頃の縁日の日、仲間の植木屋の屯（たむろ）した辺りから離れて、客の目を引くような花物も置かず、身長六尺もある「ぬうとした煙突に似た男」がただ雲のごとく突っ立っている。四、五日前にそこを通った時に平四郎はどこかその男に引かれるものがあったのだが、植木屋の方もその時からすでに平四郎を意識していたという。

その日、平四郎はその男から、あすなろを買い求める。その折の会話。「これは幾らかね。」「どれだけでもいいんですよ。買つてさへ貰へば……。」「そんな話に行くまい、これ全部で幾らになるの。」「垣根におつかひになるんですか。」「さう、垣根だ。」「では全部お持ちください。」「実はあら庭を作らうとしてゐるんで小物が沢山いるんだ。」「新庭ですか。」「明日君が来て植ゑてくれると、都合がいいんだがね。」「植木屋が決まつてゐるんですか。」「いや、まだ家も建築中なんだ。」

出会いはこのように描かれる。翌日、あすなろを提げもってきた物吉に井戸掘りも頼むと、それも引き受けてくれる。さらに、大工に断られた、はめ込みの棟や柱に鎹（かすがい）を打ち込む作業をも引き受けてくれる（昭和七年六月『新潮』に載せた「僕の家　四　雀のお宿」には、大工が「天井の梁に悉（ことごと）く鎹を打ち込むことなどは、家に傷をつけるのが勿体ないと言つて拒んだが、僕は耐震の時の用意を考へて、八十何本かの鎹を打たせるのであつた」とあり、鎹を打ったのは大工のようである）。そのようにして、物吉は平四郎の頼りとする存在になっていく。

ここまでが、《雲のごとき男》《呑まれる手》《九十本の鎹》までのあらましであるが、創作されたこの世界の背景を見つめてみたい。

まず、平四郎と物吉との出会いである。おそらく、次に記す犀星日記にある事実が作品に用いられているのであろう。

昭和6年5月10日　縁日を歩き顔見知の植木屋に会ふ。卯（う）ツ木があるかといふと、家にあるといふ。明日持つて来るやうにいふ。

これに続いて、翌日の日記には「植木屋から花卯ツ木を持つて来る」とある。

犀星が昭和六年五月に居住していたそこは、昭和三年十一月から住んでいた東京市外大森村馬込町谷中一〇七七番地の借家であった。「新居雑談」(『文芸時報』昭和3年12月13日)によれば、その借家は萩原朔太郎の奥さんが見つけてくれた「郊外の貸家としては割合に庭も広く、いろんな樹木も目を楽しましむるに事かゝない位の手頃の家」で、「松、八つ手、つげ、楓(楓は今が美しい)、山茶花……などはそれ〴〵新居の朝夕を楽しましてくれる」庭もあったようだが、犀星はその庭については「鳥渡庭をいぢりたい気がしないでもないが、自分はもう庭はいぢらないつもりだ」と書いている。

また、「奥馬込の春」(『読売新聞』昭和7年4月19、20日)によれば、その「家のまはりは昔は深い沼沢地方で、二三尺掘ると葦や芦の根が腐れたまま泥のなかに組み合うてゐて、庭のなかを女中などが走つて歩くと家の中に響をつたへ地震かと思ふくらゐ」で、「大雨の時は庭が水溜りになり衛生には悪く不潔な土地」であったらしく、馬込町谷中の家の庭は、「庭いじり」には適さなかったのであろう。先に触れているが、朝子氏は『大森　犀星　昭和』の中に「この家では犀星は庭造りをしなかったように思う」と書いている。

おそらく、そこでは「庭作り」は積極的にはしなかったのであろう。しかし、谷中時代の犀星日記には、幾つかの庭に関する文、俳句などを見ることができる。「水引草を原ツパより採り来りて植ゆ、／畳より水引草も臥ながらに／水引草畳に寝やり見えにけり」(昭和4年7月25日)、「去年の春に植ゑ付けしたる蕗の薹出づ。初め巻葉なりと思ひしなり」(昭和6年1月18日)、「障子張りの事、庭掃除、それぞれ、いそしむ」(昭和6年3月12日)、「草むしりを為す」(昭和6年5月8日)などとあり、当然、庭に全く無関心でいる訳にはいかず、多少の「庭いじり」はしていたのではないか、と推測される。

なぜそこに拘るかといえば、犀星の植木職民春（物吉のモデル）との出会いは、実際は日記にあるように昭和六年の五月頃で、民春の持ってきた花卯ツ木は、大森区馬込町（現、大田区南馬込）に新築する家の庭にではなく、馬込町谷中の借家の庭に植えられたのだろう、という推測を記したかったからである。そのように推測する根拠をいくつか挙げてみたい。

まず、昭和六年六月十九日、小畠貞一宛の犀星書簡を見ると、そこには「実は大森にて犀星長屋を建てることに決し、地所大工の交渉済、三月末に建上るヨ定」とある。これによれば、昭和六年六月の段階で、つまり卯ツ木を買い求めた日の一か月後には、「交渉済」とあるが、建築工事はまだ始まっていないようである。

さらに、随筆ではあるが、『犀星随筆』に収められている「僕の家　一　故園の別れ」（『新潮』昭和7年6月）には、「この春の二月から住居を建てはじめ、八十日間といふもの毎日植木屋を対手に暮してゐた」とあって、これによれば家の建築工事を始めたのは昭和七年二月ということになる。そして、同書中の「僕の家　二　庭土」（同前）には「庭は建物と同時に作りはじめた」「僕はまた建築着手と同時に家のまはりの垣をつくり」とあるのを見れば、「庭作り」も昭和七年二月から始まったと推測できる。

「杏つ子」における平四郎と物吉との出会いにもどる。そこでは、寒い頃の縁日の日に二人は出会い、その翌日に物吉が新庭の垣根に用いるあすなろを持ってくる。そこから本格的な庭作りが始まるのだが、これを作品「杏つ子」の中に当てはめてみれば、二人は昭和七年二月の縁日で出会い、その翌日から物吉は新しい庭作りに、平四郎の協力者としてかかわっていた、ということになろう。つまり、馬込町谷中の庭との関係は捨てられ、純粋に新居であり終のすみかとなった馬込町久保の庭創造の時からの関係の中に物吉を置きたかった、ということである。

犀星の小説「庭」は、昭和十六年九月『文藝春秋』に発表されたいわゆる〈甚吉もの〉の一作であるが、ここにも「杏つ子」の平四郎に当たる甚吉と、物吉に当たる豊さんとの出会いとして描かれている。季節は春、縁日の日。甚吉は、列を離れて商う男から小米桜を一本買ってやる。翌日、甚吉の庭にやってきた男が、植木の手入れをさせてくれぬかと言う。「甚吉はまだ借家住居ではあつたが、植木の手入れをさせることにした。間もなく家を建てるやうになつたので、彼に庭の一さいを任せ、井戸のことを任せた」。小説「庭」では、春であり、花は小米桜（「ゆきやなぎ」か「しじみばな」か）となっている。ここでは、まだ（馬込町谷中の）「借家ではあつたが」、（その借家の庭の）「植木の手入れをさせることにした」。そして、間もなく（馬込に）「家を建てるやうになつたので、彼に庭の一さいを任せ、井戸のことを任せた」、となるのであろう。

さらに、「僕の家　三　植木職坂本民部」（『新潮』昭和7年6月）には、「大森の夜店で去年の春初めて小梅の木か何かを買つてやつたが、その植付に来てから出入するやうになつたのである」「考へると植木屋といふものは可愛いものである。二月頃から毎日仕事をして来たので」などとある。

つまり、植木屋がもってきた、季節に合わせての木の種類の違いがあるが、その木を植えた庭が借家の庭であり、後に新築の家の庭の仕事をその植木屋に任せたという点は、「杏つ子」を除いて共通している、ということである。

「杏つ子」に戻ってみたい。まさに馬込の家は建築中であり、ちょうど新庭も作ろうとしているまだ寒い頃に二人は出会い、その翌日に物吉が新庭の垣根に用いるあすなろを持ってくる。したがって、先にも記したように、二人の出会いは昭和七年二月か三月頃ということになろう。つまり、「杏つ子」では、馬込町谷中の庭は捨てられ、純粋に馬込の庭創造の時からの関係の中に、雲のごとき男、物吉を置きたかったのである。そして、物吉は、終戦前まで登場し、庭とのかかわりだけでなく、平四郎、及び平四郎一家を支える人物として描かれる。

そして、物吉繁多が提げもってきた木は、井上靖の「あすなろ物語」を思い起こさせる「あすなろ」でなければならなかった。俗に「あすなろ」という名は「桧のように明日なろう」という意をもっているとされる。そこで、植木屋にもって来させる木は、「あすなろ」という、成長を期待し、未来に希望をもつ名前の木に定めたのであろう。また、あすなろの花言葉に、永遠の憧れ、不滅、不死、変わらない友情などという意味があるという。まさに、「杏つ子」における平四郎と物吉との関係を思わせるような言葉であるが、これは蛇足である。

物吉の息子

「杏つ子」第四章「家」の《職》《仕事》《或る生涯》《灯しび》《おれは轢(ひ)かれる》は、父親物吉への、一人息子太一の反抗と、物吉の父親としての「手荒な説教」、そして太一の死という悲劇が描かれる。

物吉には、太一という息子がいた。その息子に庭の仕事を手伝わせていたのだが、太一は反抗的で、満足に仕事をしない。そんな息子に遠慮勝ちであった物吉は、ついに息子を空き地に連れ出し、「気付薬をくれてやる」と言って殴り飛ばす。そして、手出しをしなくなった息子に向かって、物吉は、「こんどの仕事をしくじると、当分、またあぶれなければならない、何としてもこんどは落度を見ないでつとめたい腹でゐるんだ。お前もそのつもりでやれ」と言う。二人は別々に帰って行く。平四郎も普請場から馬込町谷中の借家に戻って行く。「親父としての物吉のした手荒な説教は、平四郎を久しぶりで爽快にした」のであった。

しかし、親子の対立は激しくなる一方であった。太一は家を出て行き、友人の家から別の仕事場に通うようになる。そして、父親との軋轢(あつれき)に苦しんだ太一が泥酔し、ついに夜中の貨物列車に轢かれてしまう、という事件が起こる。五日ばかり後に仕事に出て来た物吉は悲観している様子を見せず、仕事を続ける。平四郎も深くは触れようとしない。

平四郎一家を支え続ける物吉　1

そんな事件のあった後のある日、平四郎が建築場から馬込町谷中の家に帰ってくると、杏子がプトマイン中毒で熱を出している。すぐ入院させなければならない。このようなことが《おれは轢かれる》の最後に書かれていて、次の《メロンの水》から《あさつゆ》(第四章「家」の最後)までは、杏子、平之介、妻りえ子三人の発病から、りえ子の回復、二人の子供の平癒へ向かう頃までが描かれるのだが、ここでも注目されるべきは、雲のごとき男、物吉の存在である。

不幸は重なる。まず、杏子のプトマイン中毒による入院。その杏子を病院に送る自動車の中で妻のりえ子が貧血を起こし、意識を失う。平四郎は「メロンの水」を口移しにして妻を正気に戻す。結局二人とも、新橋に近い病院に入院。その病室でのユーモラスな場面。

新橋に近いこの病院では、二人ベッドをそろへて寝てゐるので、医者がはいつて来ると、りえ子と杏子を交々（こもごも）見ていつた。

「どちらがご病人なんです。」

「こちらは途中で貧血を起して倒れたんですが、もうだいぶ快（よ）いんです。」


ここのところが、室生朝子著『母そはの母』では次のようになっている。正月の三日、朝子氏は昨夜の牛肉によるプトマイン中毒による高熱に襲われ、母に連れられて車で新宿の武蔵野病院に入院することになる。車中のことは覚えていないのだが、気がついてみると、

　どうした訳か個室であるのに、私の寝ている左側の隣にもベッドがあった。そして、そのベッドには母が寝かされていたのだ。

　医者が病室に入ってきて、最初に口をついて出た言葉が、

「どちらが御病人ですか？」

であった。

　父はこなくて女中さんが一緒であった。医者は母の方を先に診て、注射を打った。


朝子氏の『大森　犀星　昭和』にも、これとほぼ同様のことが書かれている。つまり、この時、犀星は一緒ではなかった。同書に「何人かの人が、犀星は『杏つ子』を書く時に、私にいろいろのことを聞いたのか、といったが、そのようなことは一切なかった。私がその都度その都度、話

したことが下敷になっていたのである」とあるが、その通りであったのであろう。
《門》では、そこにさらに創造が重なる。作品では、平四郎が付き添い、二人の寝ている病室に、女中からことづけられたと言って、物吉が食器、湯たんぽ、着替えの包み、果物などを持ってくる。このような事実はどこにも記されていない。

その折の平四郎と、貧血から回復したりえ子との会話。「地震の時に赤羽でたべた梨を思ひ出すね。」「あの梨もこの林檎もどちらも不幸せね、おいしいだけ一層かなしいわ。」。そして「あの時は長井といふ車やさんがゐて、たすかつたが、いまは物吉がそばに居てくれると、平四郎は人がかはりながら、誰かが彼らのそばに居てくれる柔(やさ)しさを思」う。

りえ子が寝入った後、物吉と平四郎は暖炉にあたりながら顔をよせ合って、変な親密感で、ただじっとしている。その折の会話。「君の奥さんはゐるの。」「とうにゐません。」「ぢや太一君と二人だつたのですね。」「ええ、こんどは一人になりました。」

このように物吉の孤独が設定されているが、ここも、事実とはだいぶ異なるようである。昭和二十八年四月十二日の犀星日記には「民春は息子をつれて来たが、もう二十二になりやはり植木屋の職をつがせることにしたといつた。名付親であるが秋彦といふのである」とある。年月を計算すれば、おそらく、「秋彦」は、民春が犀星と初めて会った頃に生まれたのであろう。また、随筆「僕の家　三　植木職坂本民部」には、民部は「無口で、なりが高く、肥つて気の弱い鳥渡(ちょっと)小綺倆(こぎりょう)のある女房を持ち」とあり、また、創作ではあるが、小説「庭」の豊さんは、「子供三人と妻とを坂下に住ませてゐる彼はしじゅう暮しではこまり切つてゐた」とある。

「杏つ子」に戻る。りえ子と杏子を病室に残して、平四郎と物吉が谷中の家に戻ると、今度は平之介が高熱を出している。物吉は氷を買い求めてくる。医者を呼ぶがなかなか来ない。

そのような慌ただしい時間の中で、平四郎はそばに座って火鉢に手をあたためている物吉の、ふし高な指を見る。そして思う。「この男を今夜は放したくない。この雲のごとき男は何の役に立たなくとも、この家の中に今夜はゐてもらひたいのだ、これが女ならもつといいかもしれないが、いまは体力のある人間でないと、おれのよりどころがない」。さらに、平四郎は「この物吉のどこかに、全く奇跡的に女性のやうなもの」を感じる。続けて、「それは物吉がいきなり煙草に火を点けてくれた、わづかなことから急激にこの男にあるものが、この場合平四郎にほしいものであることが判つた。それはかなりに永い間火を点けないで、平四郎が巻煙草を指の間にはさんでゐたからであつた。／『どうもありがたう、君も一本。』／この間際に、恐らく息子を轢死(れきし)させた物吉繁多と、平四郎とのあひだになにかが通じてゐるやうな気がした」と書く。

ようやくやって来た医者に、平之介は赤痢だと言われ、翌朝、昭和医専に入院することになるのだが、医者が帰った後の物吉が次のように描かれる。

物吉は「旦那は明日もあるからお寝みなさい、私が氷砕(か)きをやります」と言って平四郎に寝るように言い、女中にもすぐ寝るようにと言い、火鉢に炭をつぎ、お湯をたぎらせるようにして、お座布団をお借りしますと言って座り込む。平四郎はその姿に、「巌石の一群のやうな頼母しさ」を感じる。「この男は部屋にゐても、庭の中で下草を植ゑ、その蕾(つぼみ)をいたはるやうなものを持つてゐる」と思う。

平四郎は、平四郎そして平四郎一家に献身的に尽くす雲のごとき男、物吉に、「変な親密感」「奇跡的に女性のやうなもの」を、また「巌石の一群のやうな頼母しさ」を感じる。「庭の創造」

に初めからかかわってきたこの男に、「部屋にゐても、庭の中で下草を植ゑ、その蕾をいたはるやうなものを持つてゐる」と思う。物吉は、無学ではあるが、ともに庭を創り続ける相棒としての力を持ち、岩石のような強さ頼もしさと、女性のような優しさを兼ね備える人物として描かれる。

さらに、平四郎にはもう一つの思いがあった。「恐らく息子を轢死させた物吉繁多と、平四郎とのあひだになにかが通じてゐるやうな気がした」とある、それである。

「杏つ子」には、満一歳一か月で失った長男豹太郎のことはわずかに描かれているだけである。第四章「家」の《熱》には、子供の発熱に関する平四郎の極めて神経質な姿が描かれる。その中に、子供が熱を出し、医者を呼ぶ、そのような時の平四郎の様子が次のように描かれている。

　すぐ床をしき医者を呼び、面白くない顔付で平四郎は座つてゐた。この面白くない顔は八年前に長男を死なせたときから、平四郎の顔のうら側にこびり付いてゐる、もひとつの平四郎の顔つきであつた。長男が死んだときに腹が立つて、何故生きるちからがないのかと、罪のない子を叱り飛ばしたかつたのだ。正直な父母といふものは心で赤ん坊を叱りつけないものである。余りに早く死ぬことのだらしなさが、それが、たとへどのやうに柔弱な赤ん坊であつても、父親は一応怒つてみなければならないものである。

「こんどは一人になりました」と言う物吉に、私生子として生きてきた平四郎は自分の思いを、さらに、息子の太一を失った物吉に、「八年前に長男を死なせた」自分の悲しみを重ねたのである。つまり、そのように、雲のごとき男、物吉という人物像を、犀星は創り上げたのである。

平四郎一家を支え続ける物吉 2

第五章「命」の《嬉しい日》の書き出しに、「その晩から杏子と平之介は、茶の間にちぢこまつて火鉢を囲み、そこに女中も割り込んでゐた。病室に看護婦と平四郎がついてゐて、物吉繁多は氷を砕いたり小物の用事をしてくれ、立会ひの医師が来てから三日間は過ぎた」とあって、そこには妻りえ子の脳溢血にかかわることが描かれるのだが、ここにも物吉繁多が登場し、平四郎一家を支えている。

さらに、「戦争があつといふ間に起つた」と始まる第六章「人」の《上野》にも、物吉が登場する。平四郎一家は馬込から軽井沢の家に疎開することになるのだが、その折、殺気を帯びて大混雑する上野駅で、歩くことの出来ないりえ子は「例の雲のごとき男の物吉繁多の背中におぶさつて」(『母そはの母』によれば「戦争中は、東京を離れるのを頑として嫌っていた母は、軽井沢なら行くと承知した。その時は、植木屋の背におぶさり、」とある)、人込みの中をくぐり抜けて行き、駅員の好意にも助けられて列車の座席に着くことができる。そこでも平四郎は、物吉に再度「誰かが彼らのそばに居てくれる柔しさ」「巌石の一群のやうな頼母しさ」を思うことになる。

次に引くのは、《釦(ボタン)の店》での書き出し。

軽井沢の陸橋は、物吉が、十六貫もあるりえ子を背負ひ、一段づつ注意深く足を踏みしめて登つた。彼等の一行を除いては人々は、階段の上からと下からでは目まぐるしく、乗降の際限がなかつた。

「大丈夫か。」

「ええ、死んでも。」

物吉の額から汗がしぼられた。

暢気（のんき）なりえ子は悠（ゆっ）くり言つた。

「此処も大変な人ね。」

物吉、りえ子の人物像を浮き彫りにする巧みな書き出しである。

これによれば、献身的な物吉は平四郎一家に軽井沢まで付き添ったということになる。

触れずもがなのことかもしれないが、ここでも事実との関係を推測して、物吉という人物の造形の背景を見つめてみたい。

まず、りえ子の脳溢血の時、それは昭和十三年十一月十三日のことであったが、その頃植木職の民春は犀星家に出入りしていたかどうか、ということである。民春は、一時、解雇されたことがあるらしい。

民春がいつ解雇されたかは、正確には分からないが、その根拠を小説「庭」に求めれば、恐らくそれは昭和十三年の春遅くの頃であったろうと推測される。

「庭」には、「この松だけで今年の春の仕事が終る筈であつた。それを合図に豊さんは甚吉の庭仕事が終りその上、彼と甚吉はもう一さい縁切る筈だつた」「永い七年間はほとんど一週間と会はない日とてはない、変に親しい男だつた」「そして戦争がはじまり」「それから七年間、甚吉はこの豊さんと会はない日はなく」などの表現がある。これに根拠を求めれば、甚吉（犀星）と豊さん（民春）との別れは、昭和六年五月に初めて会ってから日中戦争を挟んでの七年間があって、その春の終わり、ということになるであろう。

また、昭和二十八年発表の「生涯の垣根」に根拠を求めれば、そこには「翌朝、民さんはしごとにかかる前に、おぼえのある彼処此処に眼をとめてゐたが、かれの最初の言つたことは庭は十五年前とはずつとよくなつた、何処にもみがきがかかつてゐて、何処でも眼が遊べるやうになつてゐますと、えらいことを言つた」とあり、ここからも推測は可能となる。以上のような推測を基にすれば、民春は昭和六年五月から同十三年晩春頃までの約七年間、犀星、そして馬込の庭と共にあったが、その後、別れた、ということになろう。

しかし、次に記す犀星日記を見ると、事情は異なる。

昭和28年3月26日　植木屋来る、仕事がないかといつたから、垣根を直すやうに言い置く、

同年同月27日　村上植木屋来る。垣根直し松の手入れ等、

同年4月9日　植木屋来る、垣根をゴマ穂でやりなほすのに、一万五千円出してやらう、それなら税金の方もいくらかどうにかなるといふので、仕事を出すことにした。以前つかつたことのある民春といふ男もつかつてやれといふことで、承知したのである。民春も困つてゐるとのことで、その方へもたすけ手を回したのである。

同年同月12日　夕方、民春と村上とが来て、垣根の材料が高値になり一万七千円に請負はしてくれといひ、承知した。民春は息子をつれて来たが、もう二十二になりやはり植木屋

の職をつがせることにしたといつた。名付親であるが秋彦といふのである。（略）民春は十年出入りしなかつたが、もうこの男に仕事をさせることもあるまいと思つて、おわかれに垣根をやらせることにしたのである。この庭をはじめて手がけたのも彼なのだ、かへりにぶどう酒の手のついたのを一本みやげに持たせた。

小説「庭」と「生涯の垣根」を手掛かりとした前者によれば、民春は昭和十三年晩春の頃から約十五年間の絶縁があり、昭和二十八年四月十二日、再び犀星の庭仕事を手伝うようになったということになる。

一方、昭和二十八年四月十二日の犀星日記を手掛かりとすれば、「民春は十年出入りしなかつたが」とあるので、これが事実であるならば、昭和十八年までは出入りしていた、ということになる。さらに、確たる証拠となり得る朝子氏の文章（その文章に関しては、後に具体的に示す）によれば、太平洋戦争開戦前後の時代、民春は犀星家での力仕事など諸々の仕事を任せられていたようである。

ということは、民春の庭に関する仕事は、昭和十三年晩春の頃、一応は解雇されたが、犀星家への出入りは、戦前までは続いていたということであろうか。そして、終戦直前の頃から、犀星一家が軽井沢に疎開し、朝子氏の結婚生活が終わる頃までは縁が切れていたが、破壊された庭を、垣根と土を中心とした庭に新しく造り替える時に一家との関係が復活し、犀星が亡くなるまで犀星家に尽くしたということであろうか。おそらく吉村正治氏撮影の写真（P282参照）に写っている垣根は、民春の作ったゴマ穂（昭和二十八年四月十八日の犀星日記に「黒竹の小枝をゴマ穂と称ふのである」とある）のそれなのであろう。

さて、「杏つ子」に戻って、そこで描かれていた、りえ子が脳溢血で床についた折に、物吉が「氷を砕いたり小物の用事をしてくれ」ていたかどうかの事実は、不明である。しかし、軽井沢への疎開に関しては、異なる事実が朝子氏の『大森　犀星　昭和』に記されている。

母はあの胸の悪い辰っちゃんが疎開するのなら、私も軽井沢にいきましょう、と夕食のあとで前後の話と関わりなく、ポツンといった。喜んだのは犀星であった。とみ子の気の変わらぬうちにすぐ疎開の準備だ、といろいろ私達は相談した。体の不自由な母を動かすのには、力のある大人がまず必要であった。金沢から母の兄、軽井沢から植木屋のヤッさんを呼び、すでに入手困難だった汽車の切符を伊藤信吉に頼み、衣類だけ送った。（略）母の兄とヤッさんが交互におんぶをして、出発した。（略）雑踏の中の上野駅から汽車に乗り、無事に軽井沢の山荘に着いた。（略）郵便局に走って行った。「ブジツイタ　ゴアンシンアレ」と犀星に電報を打った。

つまり、とみ子夫人の軽井沢山荘への疎開の手伝いは、民春ではなく、ヤッさんだった、ということである。しかも、犀星はこの時大森に残っていた。

これに関しては、犀星自身も『信濃山中』の「第一章　信濃へ」（初出未詳）で、そこに小話を添えて、事細かに書いている。

端的に記せば、「彼」は、歩行困難な妻を軽井沢の家に疎開させるために、信濃に住む、「植木屋もやるし手間賃取りもやる」、「なり高く背中の強い大抵の石は持ち上げる男」、行平を馬込に呼び寄せて助力を依頼し、「彼」自身は東京に残ることにする。つまり、「ヤツさん」は「行平」で、「彼」は東京に残った、ということである。

小話とは、行平に頼むことに決定した翌日のことである。「彼」のところに疎開の荷造りをしに頑丈そうな老爺がやってくる。その老爺が、自分が奥さんを背負うなどして軽井沢までお連れすると申し出る。「彼」は行平に断られた時にはその老爺に頼もうかとも思い、試みに妻を背負ってもらってみたりする。しかし、どうも足取りに不安がある。実は、その老爺は七十二歳で、過去に二度、一度は道路で、もう一度は家の中で、脳溢血で倒れた過去があったという。彼は思う。「老爺に頼まなくてよかつた。脳溢血を二度もやつたといふ老爺と、おなじ脳溢血で八年間も半身不随でゐる妻とが相重なつて階段から墜落したら、同時に二人とも、発作がはじまるかも分からない危険があつた」と。犀星らしい表現といえようか。

ともかく、犀星は馬込に残り、妻とみ子を背負うなどして軽井沢の家に行ったのは、信濃の植木屋だったようである。「杏つ子」において、急にヤツさん（行平）を登場させることによって小説の弛みを避けた、ということもあろうが、先の引用箇所、「大丈夫か」「ええ、死んでも」という会話の迫力、それとは対照的に呑気に妻りえ子の「此処も大変な人ね」と呟く台詞の妙、これは、ヤツさん（行平）では描けない。

「杏つ子」における重要な脇役である「雲のごとき男」物吉が登場するのは、一家が軽井沢に疎開するまでの、ここまでである。先に取り上げている「生涯の垣根」に描かれた時間は、昭和二十八年であった。「杏つ子」の時間にそれを当てはめれば、それは最終章「唖」の《本物》からの、杏子の別居中の時間内に当たり、現実にはそこに民春は再登場するのだが、「杏つ子」には物吉は描かれていない。また、そこに「生涯の垣根」の世界を描けば、作品は乱れてしまうであろう。

室生家と民春

『大森　犀星　昭和』の中で、朝子氏は、民春は犀星との最初の出会いから「犀星が亡くなるまで、庭のすべてを手がけた人であった」と書いている。犀星一家が軽井沢に疎開する昭和十九年の夏頃から昭和二十八年四月までの九年間ほどの空白期間を跨いで、縁日での出会いの昭和六年から犀星の亡くなる昭和三十七年まで約二十二年間、民春は犀星と共にあった、ということであろう。その間の民春の働きのいくつかを朝子氏の著書から拾いあげてみるだけでも、「杏つ子」における物吉像の造形の背景を見ることができるように思われる。

『母そはの母』には次のようにある。昭和十六年十二月八日、四時頃、家に帰った朝子氏は、縁側から母屋に入ろうとしてびっくりする。「開けようと思っている硝子戸(ガラス)が、一枚もないのである。八枚もある硝子戸を、宣戦布告の知らせを聞いて、すぐ父は全部はずして物置に片づけてしまったのだ。東京は直ちに空襲されると思っていたらしい」。

ここのところが、『大森　犀星　昭和』では次のように記されていて、そこに民春の協力があったということが分かる。

犀星はお昼のニュースで開戦を知った。そしてその次に考えたことは、明日にでも空襲があるかもしれない。爆撃に合うと硝子は粉々になる。きっと誰かが怪我をする。第一動けないとみ子を運び出すことは出来ない、と次から次へと思いは進み、すぐに植木屋の民さんを呼び、台所の二枚だけを除いて、家中の硝子戸を全部はずして、裏の納屋に納いこんでしまったのである。

この時から犀星の生活の中心は、開戦になったからよけい、すべて母が芯になって考えられ、物事がすすめられていったのである。

この、家中の硝子戸を全部外すいかにも犀星らしい愛情溢れる「奇行」に続いて、両著には、「防空壕を掘る」、「リヤカーを買い求める」という、犀星の素早い二つの行動が描かれる。母没後間もなくに刊行された『母そはの母』には、その二つの行動に関する諸々が描かれる中に犀星夫妻の姿が感動的に浮かび上がってくるのであるが、ここには、その事実が端的に表現されている『大森　犀星　昭和』から引くことにする。

春になると犀星は裏庭の狭い場所に、防空壕を掘ることを考えた。民さんが呼ばれ、あれこれと相談、指示をした。（略）犀星はただの素掘りの壕ではなく、母が楽にはいれて、一日ぐらいは生活の場となるようなものを設計した。（略）裏庭といっても横穴を掘るのだから、裏の万福寺の墓場の下を掘りすすめることになる。犀星は私に、／「君、万福寺の住職に会って、防空壕のためにお墓の下の方を借して下さい、と頼んできたまえ」といった。（略）民さんは三人の人を連れて来た。（略）／完成まで十日ほどもかかっただろうか。

両著には、これに続いて母の防空壕への移動に関する緻密な訓練の様子が描かれる。昭和十七年の春のことであったのだろう。結局、この防空壕は一回も使われなかったということである。そして、毎日出る庭のごみだけを使って、戦後十五年を要して埋めつくした、と朝子氏は記している。そこにも、民春はかかわっていたのであろう。

その次に犀星の用意したものは、リヤカーであった。民さんはどこかから、古い小ぶりのリヤカーを買って来た。両脇を板で囲い、厚い板をしき、その上に茣蓙（ござ）を敷いた。玄関の前にリヤカーを置き、犀星は座布団を提げて、母に、／「とみ子、リヤカーの練習だ」／といった。

両書とも、この順序に書き記されているので、リヤカーを買い求めたのは、防空壕掘りの後であったのであろう。ともかく、民春は犀星に頼りにされていたらしい。

先に、昭和二十八年四月十二日の犀星日記を引き、犀星と民春の「復縁」に触れたが、その後の同年十月十二日の日記には「きのふ植木屋民春のところをたづね、来るやうにいふ。（略）せんの植木やが越したので、手を切ることにした。すつきりした気持、十年前につかつた男民春をつかふことにした」とある。さらに、同年十二月二十九日「民春（植木屋）来る。古たんすをやる」、同年同月三十一日「民春来り牧（ママ）割りなどさせる」などとあり、昭和三十年四月十六日には「植木屋民春、五千円借りに来る。借す」、同年五月十二日「植木屋、民春此間の借りの五千円の返しに白椿一本持参、（略）植木屋きのふにて終る」、昭和三十一年一月二十四日には「民春、雪除けに来る、祝儀五百円」などとあり、関係の継続が確認できる。

先にも取り上げた嶋田亜砂子氏の「資料紹介　室生とみ子日記　昭和二十九年」にも民春はしばしば登場している。その九月十三日に「台風の被害拡大す。民さん松の木のまた棒をすぐかかへて来る」とあって、犀星が軽井沢から帰った九月二十八日以後は、「民さん来る」「民さん来ない」等の語がしばしば見られる。とみ子夫人は、何かと民春を頼りにしていたようだ。

そして、先にも記したように、昭和三十四年十月十八日、犀星の妻とみ子夫人が亡くなり、四十九日が過ぎた頃、民春は犀星に頼まれて馬込の庭にとみ子夫人のお墓を造っている。作品の外では、犀星が「杏つ子」を書き進めている頃、その後までも、関係は続いていたのであった。

犀星は、民春を「彼は幕末新撰組のなかの一人のやうな立派な坂本民部といふ名前を持つてゐた」（「僕の家　三　植木職坂本民部」）と親しみをもってユーモラスに表現したり、「豊さん以上の親友はない筈であつた」、「植木の好みをつうじて甚吉の心理をそのこまかいところまで狙ひ討ちにすることに馴れてゐる豊さん」、「彼は豊さんと密談でもするやうに顔を食付けて、小さい馬酔木をどうすればうまく落着かせることが出来るか、そしてその一株の馬酔木をあしらふことによつて、飛石の何枚かが生きて見えるかについて彼処此処に置き代へては、顔をすりよせて密談を交すのであつた」（「庭」）などと、庭を通じての親密な関係を随筆や小説に記している。

また、「庭」での挿話だが、貸した金を返してくれないことに怒ってその女の顔を殴ってしまい、豊さんは留置所に入れられてしまう。そこで、豊さんのおかみさんが来て甚吉に何とかしてくれと頼む。甚吉は手蔓を求めて請願書を書き、身柄を引き取る。その事件の後に「甚吉ははじめて豊さんといふ人物に妙な愛情を感じ、この男のためなら何でもしてやる気になる」。つまり、自分の心に素直な人間、怒ることのできる男への共鳴がそのように描かれているのだが、ここが、「杏っ子」では、物吉の太一への「手荒な説教」となって、表現されているのであろう。なお、この挿話は、「僕の家　三　植木職坂本民部」にさらに詳しく書かれているので、それは恐らく事実を基にしたものであると思われる。

「杏っ子」は「怒りの文学」であった。第六章「人」の《餡こ餅》から《一つの瞬間》までは、杏子のテニスを通じての男友達の母親、鳩井夫人と、平四郎家の建物を製図してくれた野村技師との、それぞれの身勝手な振る舞いに対しての、平四郎の「野生の怒り」を描いた箇所であった。平四郎は、「怒ることの必要は暴力のやうなものだが、人間はそれだけはしなくてはならない時がある」という信念を持って、両家に出掛けて行って怒りをぶつけていた。「雲のごとき男」は、平四郎の信念に通じる男として創られていたのであろう。

第八章「苦い蜜」の《爽かなる男》に、平四郎が、杏子の結婚相手として望ましい男の条件を示している。一つは「作為も衒いもない、つきの好い男」(「つき」とは「人間のさはり」ということで、「さはりが好い」とは「ごつごつしたところがない」ということだという)、さらに、平四郎は「えらい人といふものにはそれぞれ癖があつて厭なものさ、平凡で人間としては爽かな男が一等いいんだよ」と言う。これは、おそらく、平四郎の肯定する人間像の根本のところにかかわるものであろう。物吉は、そのような人物として創られていたのであろう。

犀星は、最後の自叙伝を創るに当たって、民春を、孤独で心優しく「つきの好い」、そして、偉くはないが頼もしい、しかも激しく怒ることもできる、平四郎の心許せる、平四郎一家を支える人物「雲のごとき男」物吉として、重要な脇役として描いたのである。そして、何よりも、「杏つ子」の主役の一つとして重要な「庭」の友、「庭」という陰の主役を支える人物として、また、作品の前半に欠かせない脇役として、そして犀星の好む人物像として造形されていたのである。

五　父と娘の背景

無題小説の位置

ここに四百字詰原稿用紙九十二枚にペンで書かれた小説の草稿がある。その一枚目の五行目下方に「室生朝子」という署名はあるが、題名はない。室生家から保管を頼まれている室生犀星関係の資料の中にたまたま見つけたものである。この作品を読了した時、私は錯雑したままの深い感動の余韻の中にあった。

作品は次のように始まる。

昭和四十七年の夏、邦彦は何時ものように、八時には帰宅した。万希子と洲々子はすでに食事を済ませていたが、邦彦は習慣のウイスキーを飲みはじめた。手のこんだ酒の肴の必要はなく、ひと切れの塩焼の魚があればよかった。

背の低い太めのグラスに氷をたっぷりといれ、ウイスキーをそそぐ、そのウイスキーも国産のそれほど上等のものではなかった。

急にあらゆる音が途絶えた瞬間、グラスにふれる氷の冷めたい冴えた音が、部屋中にひびいた。洲々子が、

「いい音が出たのね。」

と言った。

作品は、万希子（モデルは作者朝子）とその弟邦彦（モデルは朝子の弟朝巳）、邦彦の娘であ

室生朝子

昭和四十七年の夏。邦彦は何時ものように
八時には帰宅した。万希子と洲々子はすでに
食事を済ませていたが、邦彦は習慣のウイス
キーを飲みはじめた。手のこんだ酒の肴の必
要はなく、ひときれの塩焼の魚があればよか
った。

背の低い太めのグラスに氷をたっぷりとい
れ、ウイスキーをそそぐ。そのウイスキーも
国産のそれほど上等のものではなかった。
急にあらゆる音が途絶えた瞬間、グラスに
ふれる氷の冷めたい冴えた音が、部屋中にひ
びいた。洲々子が
「いい音がするのね。」
と言った。
ヴェランダのすぐ下を東海道本線・国電が

朝子氏の無題小説の原稿、書き出し部分

る小学校六年生の洲々子（モデルは朝巳の長女洲々子）の三人から成る家族の、夕食時の日常の描写から始まる。

突如、その家族の平凡な時間を切断するかのように、不気味な静寂が訪れる。邦彦がやがて迎えることになる、日常とは異質の死の世界の暗示のような静寂が。その静寂の中に、いのちの証のように「グラスにふれる氷の冷めたい冴えた音」がひびき、瞬時にまた静寂の中に消えてゆく。

食道癌のために固形物を嚥下（えんげ）できなくなる邦彦にとって、やがてウイスキーだけがいのちの糧となるのだが、その音はグラスという胃袋にウイスキーをそそぐことによって奏でられたのである。それを三人が三様に耳をすませて聴いている。詳しくは後述することだが、この無題小説は、その消えゆく音の正体をつかもうとする必死の営みを綴ったものである。無邪気な洲々子は、

その音を「いい音」とめでる。せめてもの救いである。

冒頭に記されていたように、作品の描く時間は、邦彦に食道癌の発症のあった昭和四十七年の夏から、その邦彦が死を迎える昭和四十九年二月八日までの約一年半である。空間の中心は、家族三人が住む大森駅近くのマンション七階の部屋と、邦彦が入院する胃腸病院の病室である。作品は、その時空の中で食道癌であることを知った上で死への時間を生きる邦彦の姿を、母がわりの万希子の目から克明に描いたものである。

邦彦の心はすでに秘境にあり、日常の現実に生きる万希子にはとうていその心をつかむことはできない。作者は、作中人物の生活背景を描くことなど小説作法の約束ごとを犠牲にして、死と対峙する邦彦の心の真実を知ろうと、邦彦の言動を冴えた目で細大漏らさず描くことに力を注ぐ。その表現には鬼気さえ感じる。錯雑する感動は、たしかにその悲しく凄絶な表現世界によるものではある。しかし、それだけではない。

感動の中心は、おそらく父犀星からその子朝子氏へと続く「哀惜の文学」の流れの、その先端に触れた驚きである、といってよかろう。

犀星文学の一面を「哀惜の文学」ととらえることができると思う。小説の第一作がすでにその特色を示している。「幼年時代」で実母を哀惜し、「性に眼覚める頃」で親友表棹影(おもてとうえい)を、「或る少女の死まで」で二人の少女を哀惜する。やがて、長男豹太郎を満一歳で失った哀しみは『忘春詩集』をはじめ、「冬近く」「後の日の童子」「或る家の花」「童話」などの小説に書き綴られる。詩友萩原朔太郎、堀辰雄、立原道造、津村信夫たちは、「詩人・萩原朔太郎」「堀辰雄」「信濃野」などの作品の中で哀惜される。芥川龍之介へのそれは厳しい自己凝視と重なった形で、「芥川龍之介氏を憶ふ」「山粧ふ」「芥川龍之介逝いて七年」「憶・芥川龍之介君」などでもっとも激しく繰り返し描かれる。また、たとえば、亀井勝一郎が「正宗白鳥の『作家論』と昭和文学史上双璧をなすもの」と評価した評伝『我が愛する詩人の伝記』などは、哀惜の書といってもよかろう。そして、最晩年に犀星は妻とみ子への哀惜を綴らなければならなかったのである。

とみ子夫人は、昭和十三年十一月十三日に脳溢血で倒れて後、不自由な身体ではあったが明るく気丈に生き、家族を支えとおした。その姿をわれわれは犀星や朝子氏の文章から知ることができる。そのとみ子夫人が亡くなったのは、昭和三十四年十月十八日であった。

前に記していて重複した記述にはなるが、昭和三十四年十二月「かげろふの日記遺文」で野間文芸賞を受賞した犀星は、百万円の賞金を三つのことに使った。それは一、軽井沢に犀星自身の文学碑を建立すること、二、室生犀星詩人賞を設定すること、そしてもう一つが妻とみ子の遺句集を刊行すること（昭和三十五年三月に『とみ子発句集』として刊行された）であった。因に、朝子氏は昭和四十一年に『ひるがほ抄　室生とみ子遺稿集』を編纂刊行している。

そして、さらに犀星は小説「告ぐるうた」随筆「生きたきものを」を書き、妻を哀惜したのである。

犀星は単行本『生きたきものを』の「あとがき」に次のように書いている。

死といふものは生きるための繰り返すことの出来ない躓（つまず）きであつて、まぬがれ難いものである。これの正体をつかまうとすることも、一つの表現になると解ることがある。さまざまな生き方に倣ふいろいろな最期もあるものである。

恐らくもつとも数すくない身親な問題として、これを解くために私の長期の生涯がかくのごとく既に用意されてゐたことは、全く偶然ではないやうに思はれる。二つの命がどちらかにそれの終りを負はねばならぬといふことも、今日に至つてはまことに人として当然受けるものを受けた思ひであつた。これらの記述が後に私がのこつてそれを現はしたといふことも、或ひはそれで一さいが完了したと言へるかも判らぬ。

作家としての「長期の生涯」が、妻の死の正体をつかむために用意されていたのであり、それをし終えて「一さいが完了した」という認識は、いかにも「哀惜」の作家のそれである。

朝子氏が『母そはの母』を出したのは、『生きたきものを』の三か月前の昭和三十五年六月であった。これは娘から母への「哀惜」の書であり、朝子氏の最初の「哀惜」の文章であった。

「父から貰った和歌について」（『短歌』昭和39年3月）の中で、朝子氏は次のように書いている。

母そはの　母の心を尋めゆけは　山川　あかき　野の辺にそ立つ

母が亡くなった後私は、母の想い出をまとめ、『母そはの母』という書物を出版した。父はいろいろ相談にのってくれて装幀なども考えた。出来上った本は美しく珍らしく父の気にいった。三、四日後、夕食時、父は何気ない顔をして、この和歌を詠んだ。（略）父は、これは君にあげる歌だから何かの時に使いたまえ、「犀星作朝子認」と書けばよいと、丁寧に言ってくれた。

短歌は、犀星の、そして朝子氏のそれぞれの母への「哀惜」の調べを奏でている。犀星は、歌の初めに娘が出す本の題名を詠み込み、そこに娘の将来への祈りを籠めたのであろうか。この書から朝子氏の「哀惜の文学」は始まったのである。

「生きたきものを」で妻との別れを描いた犀星は、妻を失って二年後の夏の軽井沢でにわかに体調を崩すことになる。微熱と咳、閉尿に悩まされ始めたのである。東京に帰り、虎の門病院に入院したのは昭和三十六年十月六日のことであった。その月の十七日、妻とみ子の三周忌の前日に、朝子氏は犀星が肺癌であることを医師から告げられる。本人に告知されないまま、約一か月の間、同病院で肺癌、閉尿の治療が行われる。やがてその効果が現れて食欲が出、小水の出もよくなり、退院したのは十一月八日であった。「われはうたへども　やぶれかぶはれ」は、その約四か月の間における自身の心境、出来事を虚構のうちに描いた作品である。

本多秋五は、この作品を「カミの使を次の間に待たせて書い」た「特種な秘境物」ととらえているが、私もそう思う。おそらく犀星は、病気の正体を正確には知らなかったとしても、すでに「秘境」に一人いる意識をもっていたと思う。つまり、「われはうたへども　やぶれかぶれ」が示しているのは、死の覚悟、死の用意をし、死というものの正体をつかもうとして、死と向き合ったところで描かれた表現世界であると思うのである。それゆえにこそ、研ぎ澄まされた表現の中にユーモアを滲ませた、あの特異な世界を創造しえたのであろう。

みずからのいのちを真正面から凝視し、つかみえた「いのちのあわれ」を最後の完成作品とした。それが「われはうたへども　やぶれかぶれ」であった。犀星の「哀惜の文学」の最後の作品は、散文と韻文の二つがある。前者が「われはうたへども　やぶれかぶれ」であり、後者は遺稿

「老いたるえびのうた」であった。

犀星没年の昭和三十七年十月に講談社から出された室生朝子著『晩年の父犀星』は、その「われはうたへども　やぶれかぶれ」と時間的には約二分の一が重なっている。残りの二分の一は、犀星の書き得なかった時間であり、世界である。十一月八日の退院後、犀星は比較的よい体調を保ち、一時健康を取り戻したかにみえたが、その年のクリスマスを過ぎたころから、再び微熱、閉尿、咳に悩まされはじめる。虎の門病院に再入院したのは、昭和三十七年三月一日であり、その月の二十六日に亡くなる。『晩年の父犀星』は、そこまでの秘境にある犀星の姿を外側から悲しみをこらえて描いたものである。

『晩年の父犀星』は『母そはの母』につぐ第二作目の哀惜の佳品であるが、この作品はまた結果として、「赤とんぼ記」と「杏つ子」との関係がそうであったように、「われはうたへども　やぶれかぶれ」を読み解く上での貴重な資料ともなっている。「われはうたへども　やぶれかぶれ」が虚構によって秘境にある我を描いた「表」の作品だとすれば、『晩年の父犀星』はその「裏」側をさまざまな事実にもとづいて細叙した記録である。犀星の晩年を知るためには、両者は必読の書といえよう。

さて、冒頭に紹介した無題小説にもどる。この作品の原稿用紙八枚目に、次のような万希子の深刻な心中が書き記されている。文中の「雅照」は犀星がモデルである。

万希子が癌の宣告をうけたのはこの日で二度目である。雅照の肺癌を知らされた時と同じ動揺が、万希子を急に不安にした。それにしても数少ない肉親二人までを、癌で失なわなければならない、残された者の生きていく上での、宿命のようなものを万希子は感じとったのである。

ここに示された万希子の雅照、邦彦への思い、つまり朝子氏の犀星、朝巳氏へのそれは、犀星が『生きたきものを』の「あとがき」で示した妻へのそれを思い起こさせる。無題小説において朝子氏は、犀星が「生きたきものを」で妻の「いのちのあわれ」を綴ったのと同じ思いで、朝巳氏の「いのちのあわれ」を虚構のうちに表現していたのである。

また、無題小説は、癌告知のこと、入院前そして入院後の家族の人々の言動や心理、死を迎える姿等々を、『晩年の父犀星』を常に対照させる形で描いている。つまり、現在の時間の背後に過去のそれをよみがえらせ、現在の感情に過去のそれを重ね合わせているのである。それゆえに、哀しみはより深い。

無題小説の終わり近く、八十六枚目まで読み進んだとき、私の驚きは頂点に達した。

ある夕方、病室を出ようとする万希子に、邦彦は前に読んだことのあるはずの「われはうたへども　やぶれかぶれ」を持ってきてくれと頼む。万希子は読ませたくない。邦彦がよけい心を痛めると思い、躊躇(ちゅうちょ)する。その様子を見て邦彦は、「君は心配しているのか、馬鹿だなあ、今さら僕が慌てるとでも思っているのか」と言う。万希子は邦彦の気持ちを次のように推し量る。

「われはうたへどやぶれかぶれ」(初出題—星野、注)を読みたいということは、雅照の最後の小説にも一度ふれたいという、子供として最後の甘えと親しみの感情で接したかったのか。

または雅照は癌ということを知らずに終ったが、作品の裏側からみて、肉親の同じ病魔と闘っている者として、果してどれだけ雅照が心の準備のようなものがあったのか、距離をおいて見つめ知りたかったのかもしれない。

再び本多秋五のことばを借りれば、「われはうたへども　やぶれかぶれ」は、「カミの使を次の間に待たせて書い」た「特種な秘境物」である。つまり、みずからの死をはっきりと意識し、みずからのいのちを真正面から凝視して描いた作品である。明らかに「カミの使を次の間に待たせて」いた朝巳氏は、その「特種な秘境物」の世界をだれよりも十分に深く読みえる人物だったはずである。しかも親子という血のつながりの中で。そのような作品受容の深さを私は知ることができない。

四、五日後、自分では読めなくなった邦彦は、主治医の児島先生に「われはうたへども　やぶれかぶれ」を読んでほしいと頼む。そこを読みつつ、私は横光利一作「春は馬車に乗つて」の一場面を思い起こしていた。それは死を迎えつつある妻が夫に「あたし、もう何も食べたかないの、あたし、一日一度づつ聖書を読んで貰ひたいの」という場面である。夫はその日から、課せられた聖書を妻に読み聞かせる。作品は、「さうして、彼女はその明るい花束の中へ蒼ざめた顔を埋めると、恍惚として眼を閉ぢた」という一文で、安らかな死を暗示して終わっている。

邦彦が「われはうたへども　やぶれかぶれ」を求め、それを主治医に読んでほしいと願う場面を作品の最後に描くことによって、朝子氏は父犀星と弟朝巳氏への哀惜の思いを重ねたのであろう。そして、この場面は、洲々子が「いい音が出たのね」と言った冒頭の場面と呼応して、読者の心を救ってくれるのである。

この無題小説の突然の出現は、私にとってたいへん衝撃的であった。そして、現在においても消えない、この作品の新鮮な迫力に、さらに驚くのである。おそらく朝巳氏を失って直後のわずかな時間の中で、一気に書かれたものなのであろう。時間を置いた後では消えてしまうに違いない、限られた時間の内であるからこそ存在し得た感情、心情の強さ、深さ、細やかさが、そして、それによって描出された緊迫感、焦燥感、無力感、絶望感が、異様な迫力となって読者に襲いかかってくる。それゆえに得ることのできた、貴重な感動なのだと思う。

『母そはの母』に始まり『晩年の父犀星』と続く流れの先にあったこの無題小説を、朝子氏はなぜ発表しなかったのか。後日、加筆推敲しようと思っているうちに、犀星作品の初出調べ、犀星の生母探索、犀星作品集の編纂等の仕事、さらに自身の執筆活動で多忙を極め、おそらくそのために草稿のまま埋もれていたのであろう。

常なる立ち返り

『晩年の父犀星』、および、『晩年の父犀星』刊行から九年後の昭和四十六年九月に毎日新聞社から出された『父室生犀星』、この両書の「あとがき」には、たいへん興味深いことが書かれている。

「君はいずれ何時か、わしのことを書かねばなるまい。君にあげる何よりも、大きい遺産になるね。」／私がぼつぼつものを書くようになった或る日、父は雑談の間に挟んで、何気なく言った。（略）／父なき後、私の頼るものは、ペンだけになった。在世中に父から受けたあったかさ、私はそれを大切に育て、その時の力一杯をそそいで、励んでいこうと思う。（『晩年の父犀星』の「あとがき」より）

私の前に、父の残した作品の大きい山が、立ちふさがっている。（略）俳句、詩、小説、そして二百首ほどの短歌、すべてこれらについて、私は初出の作品に興味を持つようになった。それらが単行本に収録された場合、初出の作品と照らし合わせる必要を感じている。（略）／父の残した「全作品」という偉大な遺産を、私は私なりに、作品を中心にして、今後も出来得る限りの力をもって、理解し調べることに、専念するつもりである。（『父室生犀星』の「あとがき」より）

朝子氏の文学的営為の中心は、「赤とんぼ記」「あさやけ」「杏っ子の告白」「万希子」等の小説もあるが、随筆と資料研究であると思う。その中でも特色ある活動は、犀星作品、そして犀星の生と愛にかかわる執筆、調査である。

朝子氏の本格的な執筆活動は、「父なき後、私の頼るものは、ペンだけになった」という覚悟のもとに、犀星没後に始まる。つまり、「詩人の娘」『晩年の父犀星』からということになるのだが、それに続く『追憶の犀星詩抄』『父室生犀星』『詩人の星　遥か』などは、「父から受けたあったかさ」を「大切に育て」つつ、「その時の力一杯をそそいで、励ん」だ結果を確実に示している。また、『石仏の里にて』『うち猫そと猫』『花の歳時暦』『わたしの古寺巡礼』『鯛の鯛』等々の随筆の中にも、父犀星の人と文学は見え隠れしている。

『室生犀星句集　魚眠洞全句』『室生犀星童話全集』『定本室生犀星全詩集』『室生犀星全王朝物語』等は、「父の残した『全作品』という偉大なる遺産」を「理解し調べることに、専念」し、ジャンル別に編纂した仕事である。『室生犀星文学年譜』『室生犀星書目集成』等は、厖大な犀星作品の「初出の作品に興味を持つようになった」朝子氏が、長年にわたって調査を続け、その結果をまとめた業績である。さらには、『父犀星の秘密』に示されたような、資料調査の実証的な積み重ねによる犀星の生母探索へと仕事の幅を広げていく。

ここで、若き日の朝子氏の、父犀星に対する恋愛感情の混じったような敬愛の情を確認することは、決して無意味なことではないと思う。というのは、先に記したような朝子氏の文学的営為は、時間とともに質的な変化を示しつつも強さにおいては衰えを見せないその愛への常なる立ち返りの上に成り立っているからである。つまりそれは、朝子氏自身の生と文学を支える熱い核ともいえる大きな意味をもっているということである。

具体的には、たとえば「詩人の娘」(『新潮』昭和37年6月)の中の「私はたまらなくお父様が好きだ、もし恋人であったなら、抱いてもみくちゃにしたいほどの、素晴しい言葉や動作……」とか、「父は、男友達としては、私には充分すぎそして余りに偉大すぎた。どれほどか愛し、そして肉親間の愛情の交った、やはり異性間の恋愛的愛情も、私はある時は父に抱いていた」というような表現の中に、その愛の実質はうかがえる。

茶の間から広庭を見る犀星と朝子氏。昭和29年４月。（撮影・吉村正治）

このような愛の生じた源をたずねようとすることは、所詮無理なのかもしれない。しかし、あえてその源を探り、要因と思える二つを示してみたい。

犀星の、本来あるべき親の愛の欠落している不幸な出生、生い立ちは、つとに有名であり、そこにすでに用意されていた喪失感が、犀星独自の文学を生み出す核の一つになっていたのだが、一つの因子は遠くそこにかかわっていると思われる。犀星は実生活において、その大きすぎる欠落を補うかのように、潤沢な愛を家庭にそそいだ。それは「杏つ子」が、また犀星、朝子氏の多くの文章が語っている事実である。その愛は、そのような家庭の中にこそ生まれえた感情なのかもしれない、ということである。

他の一つは、朝子氏自身が「詩人の娘」の中で述べていることだが、それは母とみ子の病という不幸である。「杏っ子」が『東京新聞』夕刊に連載された頃、父子の関係は「普通の親子以上の、肉親の愛の範囲からはみ出している」かのように思われるようになったが、「父と私は、なにも特別なものがある訳ではない」と朝子氏は書き、ただ特殊といえば、それは母が倒れて以後「父の身の回りはすべて私の仕事となった」ことだと記している。つまり、朝子氏は当時女学生であったが、それ以後、独身時代も結婚後も、そして離婚後も長きにわたり、妻がわりとして常に父に接し、仕え、父の人としてのそして作家としての偉大さをつぶさに知る生活を送ったのである。

「恋愛感情の混じったような敬愛の情」は犀星没後も消えない。朝子氏のある友人が北陸を旅行した折に犀星の墓に詣で、朝子氏が備え付けておいた椅子代わりの石に腰掛けて、「一時間近く金沢の町並と、細く帯のように地平線に見える日本海を見ながら、父のいろいろな想い出を惜しんでいた」、さらに「時々フッと馬込の家のお庭の中の先生と、立ち話しているような錯覚に捕われた」というような話を聞いて、自分の墓参の折には常に同行者があって、その友人のような機会をもてなかった朝子氏は、「彼女が一人で九重の塔のお墓の傍にいたということは、私にひとつの嫉妬を感じさせた」と、『雪の墓』（昭和48年1月、冬樹社）に書いている。

そのような父への特異な愛について、朝子氏は自身の最初の単行本『あやめ随筆』（昭和34年6月、五月書房）に収められている「『杏っ子』と私」で触れているが、そこにはその愛の本質が見えるようである。

まず、朝子氏は、父犀星を一人の女の立場から客観的に眺めた時に、父の「人間的な深さとか、広いあたたかさというものが、驚きと同時に、私にはこわさとなってひびいて来た」と記す。そして、そのような父と他の男とを比較してはいけないと思いつつも、「私の頭の中に始終住んでいる男性としての父の像」が、私に抵抗してくる、そこで、結婚しても夫と父とを「意識外に知らない間に比べてしまっていたらし」く、離婚の原因の一つは、このことであったかもしれない、と書く。その後に、驚くべき一文が記される。

神というものがもしもあるのなら、私にとって父は私の心の神といっても決して言いすぎではないと思う。

続いて、「杏つ子」が世に出て以後、「父のことを書くように」という原稿依頼が朝子氏のところにくるようになる、その時の犀星の助言が記されている。

〝娘が親父のことを書くのなら、秘訣を教えよう。決して褒めて書いてはいけない。悪口ばかりをみつけ、ほじくり出して何処までも、それで押して書いてゆけばいいのだ〟

しかし、朝子氏は「父の悪口などいかにしても見つけられないのだ」「父に対してほんの微塵もの不満もなく、褒めるなと言われれば、なおさら褒めてしまうのだ」と書く。

『父室生犀星』の「あとがき」の中の先に触れなかった部分で、朝子氏は「七十三年の父の一生については、まだまだ書かねばならぬことは多い。そして人間がその人に与えられた一生を終わり、後に残った者が、それらを書き記していくとき、そこには記憶の現実しか存在しないし、私の立場としては客観的に書かねばならないことのむずかしさを、つくづく感じた。だが今度、私はある距離をおいて、今までよりは、つきはなして、父を観察し、そして文章を綴ったつもりである」と記している。これは先に指摘した敬愛の情への立ち返りという営みを、そして犀星の人と文学の理解をさらに深めてゆこうとするひたむきな姿勢を示しているようである。

朝子氏は、犀星の人と文学を、長年にわたって多方面から総合的に解明しようとひたすら努め、そこに独自の表現世界を創造し続けた。その独自な世界は、父犀星に対する敬愛の情への常なる立ち返りの上に成り立っているのである。そこに見えてくるものは、父を「心の神」と、あからさまに、他にはばかることなく表現する娘でなければ成し得なかった、熱い文学的営為であった。

おそらく、「心の神」とまで表現するそのひたむきな愛を非現実的であると疑問視し、また、前近代的であるなどと批判あるいは否定し、そのような愛から生み出された表現世界をあまりにも一面的、画一的であるなどと忌避する人も当然いるであろう。しかし、朝子氏の愛と表現は、そのような疑問視、批判、否定、忌避を超えたところにあって、個性的な、孤独な輝きを放っているように思われるのである。

無題小説のその後

無題小説は、朝子氏の付した「弟の死」という題名で平成十年七月号の『群像』に載った。その折、朝子氏は作品の最後に「付記」を載せ、そこで「星野氏の手から編集者を通して、思いがけず急に活字になった。私はあの頃の気持を思い出しながら、活字に手を加えず、そのままの形で発表することにした」と書いている。

実は、私は朝子氏の不興を買うかもしれないとの覚悟の上で、画策を練ったのであった。無題小説の原稿を見つけたことを朝子氏に報告はしたが、この作品を、朝子氏の許可を得る前に名の有る文芸誌に載せる確約を得たい、と思った私は、当時、講談社、文芸文庫の編集者であった野村忠男氏にその旨の相談をしたのであった。当時の手帳を見ると、平成十年三月二十七日のところに、「野村さん（無題小説の件）」とあり、四月三十日のところに、「朝子さん（無題小説ゲラ）」とある。幸い、事は順調に運んだのであった。今にして思えば、随分勝手な行為であったと、大いに反省している。

「弟の死」が『群像』に載った当時の作品評のいくつかを、ここに記しておきたい。

荒川洋治氏はこれを平成十年七月五日『産経新聞』の「文芸時評」で取り上げ、その文章の魅力の深みに触れつつ、「印象の良い作品だ」と評言を結んでいた。さらに、荒川氏は同年十二月十日『読売新聞』夕刊の「文化」欄に載せた「8氏の選んだ小説ベスト3」において、自ら選ぶその年のベスト3のうちの一つに「弟の死」を挙げていた。また、同年六月十八日『東京新聞』夕刊の「大波小波」もこれを取り上げている。そこで（挽歌）氏は、作品には「弟の哀れさ、孤独、そして失ったものの大きさ」を思いやる姉の「切実な心情が溢れている」と指摘した上で、「出来栄えが万全なのではない」「それでもなおこの私小説が鮮やかな印象をのこすのは、昨今、人生に触れた小説があまりに少ないせいかも知れない」と説得力ある評言を記していた。

なお、その後、「弟の死」は、平成二十一年七月、ポプラ社から出版された『おでいと―晩年の父・犀星』に、「晩年の父犀星」とともに収録されている。また、同書には、「弟の死」の主要な登場人物の一人であり、現在、室生犀星記念館の名誉館長でもある室生洲々子氏の、「記憶をつむぐ――室生家の人びと」という、読む者の心に染み入る文章が収められている。

あとがき

令和四年は室生犀星没後六十年、また、朝子さんがお亡くなりになって二十年、そして、室生犀星記念館が創設されて二十年の年になる。この年に、犀星と朝子さんお二人にかかわる何かを著したいと思った時に思い浮かんだのは「杏つ子」、そして「赤とんぼ記」であった。そこで、「杏つ子」を再読しつつ、時に「赤とんぼ記」を併せ読み、心に浮かぶあれこれを素直に追いかけてみた。本書は、その結果の記録である。

「一 『杏つ子』、あの頃」で、まず作品の大筋を記し、作品発表時の諸々のことを考察し、さらに、杏子である朝子さんと作品、それに朝子さんとの私の初めての出会いをも思い起こしてみた。

「二 『あれ』を書く」で記した「あれ」に関しては、頭をかしげる方もおられるかもしれない。私にとって、「あれ」は犀星ではないが「書くまいと思って大事にとっておいた材料」のようなものではあった。しかし、長年心にひっかかっていたものを、周囲を気にすることなく書いておきたいと思い、書いてしまったのは、自身の「老い」と関係があるかもしれない。

「三 『小説稼業の難かしさ』と『道義的な復讐』」も、作品の筋を追いつつ、個人的な追想等を書き加えて、わがままな内容になってしまったかもしれないが、そこに朝子さんの文章を加えることによって、私には読みの楽しさを味わえたように思える。また、「杏つ子」への犀星の意気込みを感得することもできたようにも思われる。

「四 『三十年』と、その前と後」での「庭」の寸描は、多少「三 『小説稼業の難かしさ』と

『道義的な復讐』」での庭に関して論考した内容と重複する箇所もあり、また、既に発表済みの文章と重なる部分もある。さらに舌足らずの点も自覚しているが、ここで改めて整理してみたかったことである。

「五　父と娘の背景」は、平成十年三月発行の講談社文芸文庫、室生朝子著『晩年の父犀星』の「解説」に、加筆したものであるが、本書での趣意に沿ったものでもあるので、ここに収めた。

朝子さんと最後にお会いしたのは、平成十四年五月二十五日の土曜日であった。当時勤めていた大学の研究室での、NHKハイビジョン「よみがえる作家の声―室生犀星」作成のための取材、撮影、これは朝子さんからの依頼によるものであったが、それを終えて大森のお住まいに伺ったのは、その日の夕刻、五時半を過ぎていた。

その日、かなり悪化しているはずの病状を打ち消すかのように、いつもより濃いめのお化粧をなさっていたように記憶する。ビールをいただきながら、私は平静を装いつつ声を発していたように記憶する。

突然、朝子さんが「星野さんとは、一回も喧嘩しなかったわね」とおっしゃった。心を乱し、かなり異常であった私は、「喧嘩はしませんでしたが」と前置きして、愚かにも、やっかいであった過去の様々な出来事を復習するかのように、くどくどとしゃべり続けていた。そんな自分を悲しく思い起こす。

その時、同席していた介護の方が、それまでの私の言動を見かねたかのように、「目の不自由な朝子さんが、あなたのために午前中から作ってくださった料理なのですよ、召し上がらなかったら失礼ですよ」と、かなり強く私を叱った。叱られるままに、私は、美しく並べ置かれたたくさんの料理に、わずかに箸をつけた。

辞したのは、八時であった。大森駅から電話をかける。「大丈夫よ」という静寂の中で発せられたそれが、私には最後のお声であった。

朝子さんの亡くなられたのは、それから二十五日後の六月十九日であった。朝子さんの念願であった室生犀星記念館は、その年の八月一日、犀星の誕生日に開設されている。

紅書房代表の菊池洋子さんを紹介してくださったのは、朝子さんであった。古い手帳の平成七年の二月十七日のところに、「大森『京華飯店』、朝子氏と」とあるのが、菊池さんとお会いした初めのようである。犀星句についての話題が中心であった。その縁で、平成十二年一月に『犀星句中游泳』を出していただき、『室生犀星句集』『多田不二来簡集』などでお世話になった。そして今回もお世話になることができた。たいへんありがたく、感謝しております。

本書には、室生洲々子氏、室生犀星記念館、そして、吉村妙子氏（吉村正治氏夫人）にご快諾いただき、貴重な写真の数々を収めることができた。また、資料収集に関しては、島田紀子氏、奈良部晴美氏のご協力をいただいた。雨宝院ご住職高山光延氏、および畏友野村忠男氏、住谷淳雄氏には折々にご助言をいただいた。心よりお礼申し上げます。

八月十日

著者

星野晃一（ほしの　こういち）略歴

昭和11年（1936）東京に生まれる。

早稲田大学第一文学部卒業。元、城西国際大学教授、武蔵野大学客員教授。

著書、『室生犀星―幽遠・哀惜の世界』（明治書院）『室生犀星―創作メモに見るその晩年』（踏青社）『犀星 句中游泳』（紅書房）『室生犀星―何を盗み何をあがなはむ』（踏青社）『犀星書簡　背後の逍遥』（わらしべ舎）他。

編著、『新生の詩』（愛媛新聞社）『室生犀星句集』（紅書房）『童謡集――蘇る「幻」の調べ――』（わらしべ舎）『室生犀星アルバム・切なき思ひを愛す』（共編・菁柿堂）『室生犀星文学年譜』（共編・明治書院）『室生犀星書目集成』（共編・明治書院）『室生犀星未刊行作品集』全六巻（共編・三弥井書店）『多田不二著作集』全二巻（共編・潮流社）『多田不二来簡集』（共編・紅書房）『集英社国語辞典』（共編・集英社）など。

〈訂正〉

二七二頁十七行目・二七三頁五行目
二七五頁三行目・十二行目
誤「花咲翁」
正「花咲爺」

三二四頁十～十一行目
誤「持つてゐいた」
正「持つてゐた」

三二五頁八行目
誤「野生の怒り」
正「野性の怒り」

三三四頁九行目
誤「やぶれかぶはれ」
正「やぶれかぶれ」

お詫びし、訂正いたします。